KB092518

다른 여름

다른 여름

김희진
장편소설

푹스코너

차례

이것은 2006년 여름,

한 남자의 긴 외출에 관한 이야기다.

1

백화점에 갔다.

비웃을지 모르겠지만 태어나 처음이었다. 금요일의 백화점은 숨 막히게 아름다웠다. 습관처럼 분주했으며 불안하리만큼 친절했다. 이상하고 신기해서 신이 났다.

백화점은 국적과 계급은 물론, 계층 따위조차 통용되지 않는 곳이었다. 피부색이 어떻든, 많이 배웠든 못 배웠든 상관없었다. 나이와 성별을 떠나, 부모와 형제자매의 있고 없음을 떠나 무조건 친절했다. 행색이 아무리 남루할지언정 집어 든 물건값을 지불할 돈만 있으면 되는 곳이라니. 이보다 더 명확하고 확실한 평등의 원칙이 존재하는 곳이 있을까 싶었다.

무엇보다 놀라운 것은 물건을 구매하지 않더라도 그 친절만은 계속 유지된다는 사실이었다. 그것이 화려한 백화점의 아이러니이자 숨은 매력이었다.

　백화점에서의 환대는 중독을 야기했다. 꽤 쓸 만한 인간으로 대우받는 기분을 알아버린 그는 다시 한번 그 백화점에 가고 싶을 정도였다. 그것은 홍등가에서도 느껴보지 못한 실로 완벽하고 끝없는 친절이기 때문이었다. 그러나 지난 세월, 타인의 친절을 불안으로 번역해온 그는 백화점의 '완벽한 친절'을 '완벽한 불안'으로 받아들이고 있었다.

　타인의 친절이란 그에게 그런 것이다. 이유 없는, 혹은 무조건적인 친절 안에는 감춰진 반격이 있었다.

　환대나 친절 대신 이제는 '불안'으로 기억될 그 금요일의 백화점에서 그는 가장 먼저 조르지오 아르마니 바지 정장과 브룩스 브라더스 셔츠를 샀다. 셔츠는 색깔도 무늬도 없는 하얀색 반소매 와이셔츠였다. 처음에는 긴소매를 사려고 했다. 남자라면 한 번쯤 품어봤을 하얀 소맷귀를 장식한 커프스단추에 대한 욕망 때문이었다. 블랙 슈트 바깥으로 비밀스럽게 삐져나온 소맷귀와 거기에서 은밀하게 반짝거리는 커프스단추의 그 도도한 멋스러움 말이다. 하지만 지금은 여름이었다. 그는 더위를 몹시 싫어했다. 블랙 슈트와 긴소매 와이셔츠는 한여름 외출과는 어울리지 않았다.

　바지와 와이셔츠를 사고 보니 넥타이와 벨트가 필요했다.

그 사실을 먼저 인지한 백화점 점원은 그에게 에르메스 넥타이와 구찌 벨트를 추천해줬다. 남청색 바탕에 하얀색 가로줄 무늬가 있는 넥타이는 시원해 보였고, 은색 버클이 달린 가죽 벨트는 고급스러워 보였다. 특히, 구찌 로고를 이용해 만든 버클이 마음에 들었다. 버클은 자신의 몸값을 자랑하고 싶은 듯 시종일관 반짝거렸다.

구매에 필요한 것은 또 다른 구매였다. 아무리 봐도 조르지오 아르마니 바지와 낡은 운동화는 어울리지 않았다. 그는 패션의 완성은 신발이라는 말을 떠올리며 구두도 한 켤레 샀다. 그러나 큰마음 먹고 돈 좀 써보겠다는 호기도 돌체앤가바나 구두 앞에서는 무너지고 말았다.

첫눈에 반해버린 구두였다. 날카롭게 뻗은 뾰족한 구두코에서는 도시적인 냉철함이 느껴졌다. 니스칠을 해놓았을 리 만무한데도 구두에서는 윤기가 좌르르 흘렀다. 품격을 갖춘 광택이었다. 한마디로 구두는 도발적이고 섹시했다. 구두가 섹시하다니? 하고 그를 페티시즘 환자로 오해한다 해도 어쩔 수 없었다. '섹시'는 그 구두에 대한 그의 적확한 표현이었으니까.

아무튼 그는 풍만한 젖가슴을 드러낸 여자가 아닌 구두의 날씬함과 에로티시즘에 빠져들고 말았다. 그런데 가격이 무

11

려 사백만 원대였다. 수제화라는 이유를 갖다 붙이긴 했지만 납득할 수 없는 가격이었다. 그것은 열두 평 남짓도 안 되는 그의 월세방 보증금과 맞먹는 거였다. 누구는 고작 두 발을 위해 사백만 원을 쓰고, 누구는 온 생을 위해 사백만 원을 쓰고 있었다. 씁쓸했다. 세상은 때로 가혹하리만큼 불평등하다는 걸 집어 든 물건값을 지불할 돈만 있으면 되는 곳이 환기시켜 준 셈이었다.

하는 수 없이 그는 방향을 선회해야 했다. 사백만 원이 넘는 구두를 사버린다면 고가의 멋진 가방을 사는 데 돈이 부족할지 몰랐다. 그래서 고른 게 칠십만 원짜리 프라다 구두였다. 첫눈에 반해버렸던 그 구두와 디자인도 비슷하고 분위기까지 닮아 나쁘지 않았다. 물론 돌체앤가바나 구두에 비해 고급스러운 멋이 좀 부족하다는 생각이 들기도 했다.

그때였다. 백화점 점원이 말했다. "프라다는 손가락 안에 드는 명품인걸요. 후회 없으실 거예요."

점원의 그 말을 듣는 순간 그거면 충분하다는 생각이 들었다. 고작 두 발을 위해 칠십만 원이나 쓰고 있었다.

브랜드명이 적힌 각각의 종이 쇼핑백을 든 그는 마지막으로 가장 중요한 여행용 가방을 사러 갔다. 양손에 들린 쇼핑백은 그를 이 백화점의 구경꾼이 아닌 호탕하고 담대한 구매자로 분류해주고 있었다.

그 명품 종이 쇼핑백 때문이었을까. 모두에게 똑같이 친절하던 백화점은 왠지 그에게 더 친절하게 구는 것만 같았다. 우쭐대고 싶었다. 한 번쯤은. 그래서 그는 고개를 빳빳이 세운 채 여행용 트렁크가 진열된 매장을 모조리 찾아다니기 시작했다. 돈은 평생에 없던 자존감까지 만들어냈다.

삼십여 분을 돌아다닌 끝에 마음에 드는 트렁크를 발견했다. 바퀴가 달린 꽤 큼지막한 트렁크였다. 남녀노소 불문하고 누구나 갖고 싶은 충동이 일 만큼의 가방이어야 했는데, 일단은 그 요구 조건을 다 갖춘 것처럼 보였다.

트렁크는 고급스러운 데다 멋지고 깔끔했다. 겉은 무광택의 회색빛 철제 재질로 돼 있었고, 안은 연한 갈색 가죽으로 마무리돼 있었다. 트렁크 외관을 장식하고 있는 건 내부의 그 연한 갈색 가죽이었다. 몸체를 두 줄로 감싼 가죽 디자인 때문에 트렁크는 마치 멜빵을 메고 있는 것 같았다. 임의 조절이 가능한 손잡이 길이 하며, 크기에 비해 가벼운 무게도 좋았다.

가장 마음에 든 것은 트렁크 양쪽에 장착된 숫자 다이얼이었다. 비밀번호로 열리는 거라면 트렁크는 그만을 필요로 하게 될 것이다. 그만이 열 수 있는 오직 그만의 것이 되어 타인으로부터 트렁크 안에 대한 궁금증과 상상을 유도해낼 것이다. 거래와 유착과 유혹의 미끼가 될 비밀스럽고도 명확한 세 개의 숫자. 그러니까 그 말인즉슨, 그가 누군가의 필요한 존재가 된다는 것이었다. 겨우 숫자 세 개로 말이다. 그는 그가 아닌 누군가의 비밀번호로 태어났어야 했다.

그를 확실한 구매자로 여긴 걸까. 트렁크를 향한 점원의 상찬이 이어졌다. 트렁크는 국내에 몇 개 들어오지 않은 명품 중의 명품이라고 했다.

그는 망설이다 점원에게 물었다. "명품이라면 혹시, 프라다인가요……."

"아니요, 고객님. 보시다시피 여긴 에르메스라고 하는……." 점원이 두 팔로 내부 파사드의 위쪽을 가리켰다.

조명이 켜진 'HERMÈS'라는 꼬부랑글자가 보였다. 그는 그제야 자신이 백화점 내에서도 명품관으로 분류된 매장에 들어와 있다는 걸 알아차렸다. 그런데 에르메스라니, 어디서 들어본 이름이었다. 어디서 들었더라…… 아, 넥타이였던가? 에르메스라는 회사는 넥타이도 만들어 팔고 트렁크도 만들어 파는 모양이었다.

그가 점원에게 또 물었다. "그럼 프라다보다 이게 더 좋은 건가요?"

"비교가 안 되죠." 점원의 입가에 자신감에 찬 미소가 드리워졌다.

"이 정도 트렁크라면 누구나 갖고 싶어 하겠죠……."

"말씀이라고요. 한정판이라 이번 기회가 아니면 만나기 어려우실 거예요. 현재 남아 있는 수량도 한 개뿐이고요." 점원이 집게손가락 하나를 펴 보였다.

갑자기 그는 마음이 다급해졌다. 가격을 물었더니 점원의 입에서 예상 밖의 숫자가 나왔다. 고민에 빠진 그는 살짝 입술을 깨물었다. 기회를 놓칠세라 점원이 에르메스치고는 굉장히 저렴하게 나온 편이라며 발 빠르게 설명을 보탰다. 미적거릴 시간이 없었다. 싸게 나온 데다 누구나 갖고 싶어 할 트렁크라잖은가. 하나밖에 없다는 말이 자극이 되어 그는 말도 안 되는 가격의 트렁크를 눈 하나 깜짝하지 않고 계산해버렸다. 미치지 않고서야 그럴 수 없었다. 하지만 그는 미치지 않았다.

계산을 마친 트렁크는 커다란 오렌지색 상자에 포장되었다. 명품이라 그런지 그것을 담아내는 상자마저도 고급스럽고 견고해 보였다. 포장을 끝낸 점원이 차는 지하 어디에 주차돼 있냐고 물었다. 뜬금없는 물음에 그는 "네?" 하고 반문했다.

"고객님 차까지 모셔다드릴게요." 점원이 치아를 드러내며 한껏 미소를 지었다. 자기 대신 저 커다란 오렌지색 상자를 들어주겠다는 말이었다.

당황한 그는 트렁크 상자를 옮기려는 점원의 손을 조심스레 뿌리쳤다. "아니요, 그냥 제가 들고 갈게요……."

"고객님, 저희가……." 점원이 한사코 따라왔다.

"별로 무겁지도 않은데요, 뭘……." 그는 트렁크 상자를 어깨에 들쳐 메고 서둘러 에르메스 매장을 빠져나왔다. 차가 없다는 사실을 들키고 싶지 않아서가 아니었다. 과도한 친절이 조금 불편했을 뿐이었다.

아주 큰 돈을 쓰고 간 때문인지 점원들이 우르르 몰려나와 그의 등에다 대고 일제히 배꼽 인사를 했다. 친절 안에 감춰진 반격 따위는 없었다. 그게 돈의 위력이라 해도 씁쓸해하지는 않을 것이다. 여기는 자본주의사회였고, 백화점은 그 상징 중의 상징이었다.

쇼핑을 마치고 집으로 향하는 길은 허허로웠다. 불안하리만큼 친절했던 그 금요일의 백화점과 안녕을 고하기가 싫었던 것인지도 몰랐다.

그는 뒤돌아 백화점을 올려다보며 힘없이 중얼거렸다. "내일도 저렇게 친절한 사람들을 만날 수 있을까……."

많을 필요는 없었다. 단 한 명이면 족했다. 방금 산 에르메스 트렁크를 탐내고, 이 트렁크 안에 든 것을 궁금해할 단 한 사람.

2

모든 준비가 끝나가고 있었다.

트렁크를 닫았다. 설정해둔 비밀번호로 트렁크가 열리는지 확인하기 위해 세 자리의 숫자 다이얼을 돌렸다. 트렁크는 찰칵, 하고 열렸다. 단호한 만큼 명징했다. 그는 배신 없이 열리는 트렁크를 보면서 생각했다. 자신이 누군가의 비밀번호로 태어났어야 하는 게 아니라, 누군가가 자신의 비밀번호로 태어났어야 했다고. 그랬다면 그들은 그를 배신하지 않았을 테니까.

다시 트렁크를 닫고 숫자 다이얼을 흐트러뜨렸다. 이제 이 트렁크를 열어볼 사람은 그가 아닌 다른 누군가가 될 것이다. 그 사람은 젊은 남자일 수도 있고, 늙은 여자일 수도 있다. 몸에 수술 자국을 지녔거나 근시가 있을 수도 있다. 아니면 이상한 습관과 알레르기의 소유자일 수도, 피망과 양파를 싫어하는 사람일 수도 있었다. 그게 누가 됐든 상관은 없었다. 다만 한 가지 바라는 게 있다면 조금 친절한 사람이었으면 좋겠다는 것이다. 친절한 사람에게 덤으로 내재돼 있는 것은 인내심이었다. 그 두 가지를 갖춘 사람이라면 살인자라도 괜찮았다.

트렁크를 현관 입구에 갖다 놓고 옷을 챙겨 입기 시작했다.

어제 백화점에서 산 브룩스 브라더스 와이셔츠와 조르지오 아르마니 바지를 입고, 에르메스 넥타이와 구찌 벨트를 맸다. 양말과 프라다 구두까지 갖춰 신은 다음 거울 앞에 섰다. 흰 와이셔츠 때문인지 검은 피부는 더 까매 보였다. 아니다. 무엇 때문에 그래 보이는 게 아니라 그의 피부는 원래 이렇다. 검은 색 와이셔츠를 입었다 해도 그의 피부색은 완화되지 않았을 것이다. 옷 색깔 하나로 감춰질 그의 돌연변이가 아니었다.

비싼 옷으로 쫙 빼입어서 그런지 거울 속의 그는 할리우드 배우 덴젤 워싱턴과 닮아 보였다. 괜히 명품 명품 하는 게 아니었다. 명품은 불법체류자처럼 보이던 그의 입성을 꽤 고급 스럽고 멋들어지게 바꿔놓았다. 이 정도 품격이라면 사람들 은 그를 해외에 본사를 둔 거대 기업의 바이어로 여겨줄지 모 른다. 혹은 남북문제로 한국을 방문한 미국의 국방정책 전문 가나, 돈 많은 외국 유학생쯤으로 여겨줄지도 모르겠다. 뭐가 됐든지 간에 그는 예전의 그가 아닌 채로 돌아다녀볼 생각이 었다.

거울 앞에서 멀어진 그는 폴더형 핸드폰과 지갑을 챙겼다. 방바닥에는 휴대용 약통이 굴러다니고 있었다. 약통 안에는 먹다 남긴 렉사프로가 들어 있었다. 그는 약통에 든 알약을 변 기에 버리고 물을 내렸다. 그러고는 효과가 좋은 두통약을 빈 약통에 채워 넣었다. 그는 우울한 감정보다 두통이 더 괴롭고 참기 힘들었다. 딱히 뇌에 이상이 있는 건 아니라고 했다. 그런데도 두통은 결별한 애인처럼 가끔, 혹은 봄날의 재채기처럼 수시로 찾아왔다. '가끔'이 '수시로'가 되면서 두통은 습관성으로 변해갔다.

두통의 원인을 찾고 싶어 찾아간 대학병원에서는 명쾌한 해답을 내려주지 못했다. 답답한 마음에 그는 항의하듯 의사에게 물었다. "이렇게 죽을 만큼 아픈데 원인을 모르겠다니요?" 담당 의사가 건조하게 대답했다. "스트레스입니다." 의사들은 원인 불명의 통증에는 무조건 스트레스라는 말을 갖다 붙였다. 스트레스는 모든 병의 편리한 이유이자 주요한 원인임에도 세상에는 그것을 없애주는 알약도 의사도 없었다. 의사는 처방전을 써주며 마음을 좀 편하게 가져보라고 했다. 그 충고에 그는 이렇게 항의했다. "세상이 온통 적인데 어떻게요?" "적이란 건 자신이 만드는 거지, 남이 만드는 게 아니에요." 의사의 훈계에 화가 난 나머지 그는 몰래 주먹을 움켜쥐었다. "아니요, 선생님. 적은 다른 사람 때문에 만들어지는 거지, 제가 아니에요! 제가!" 그의 거친 항변이 조금 당황스러웠는지 의사는 침묵하고 말았다. 하지만 지금 생각해보면 그때 그 의사 말이 맞았다는 생각이 든다. 적이란 건 그라는 사람 자체에 의해, 그러니까 그의 존재로부터 형성된 것이지 타인으로부터 형성된 건 아니었다. 의사는 그때 침묵 대신 그에게 이런 식으로 말해줬어야 했다. "당신의 그 까만 피부색 때문에 적이 생겼잖습니까. 그러니까 본인이 문제인 거죠"라고. 그랬다면 깨달음은 좀 더 빨랐을 터였다.

두통약으로 채워진 휴대용 약통을 바지 주머니에 찔러 넣었다. 스트레스성 두통을 치료하는 방법은 두 가지뿐이었다. 약을 먹거나, 아니면 참아내거나. 하지만 그의 두통은 참아내기에는 너무 지독해서 약을 먹어야만 했다. 문제는 잦은 복용으로 내성이 생기기 시작했다는 점이다. 이렇게 계속 약발이 떨어지다 보면 언젠가 그의 두통을 치료해줄 약은 사라지고 없을지 모른다. 두통약에 대한 두통의 승리는 생각만으로도 끔찍했다.

두통약까지 챙긴 그는 빠진 건 없는지 확인하기 위해 방 안을 훑었다. 방 한쪽에는 호랑이 탈 인형이 그를 올려다보고 있었다. 그것은 그가 일할 때 쓰던 탈 인형이었다. 물론 집으로 가져와서는 안 되는 거였고, 그래서 휴가와 함께 몰래 훔쳐와야 했다.

놀이공원의 나이 어린 팀장은 며칠 휴가 좀 쓰겠다는 그의 말에 얼굴을 붉히며 말했다. 연장자인 그에게 존댓말이라곤 써본 적 없던 작자였다. "성수기에 휴가라니?" "쉬고 싶어서요. 방학 시즌이면 알바생도 몰릴 테고…… 그러니까 며칠만 쓰겠습니다." 그는 팀장과 눈을 마주치지 않으려고 애를 썼다. 팀장이 마지못해 물었다. "어디 아파?" "두통이 심해져서요. 검진도 받아볼 겸해서……." 그것은 거짓말이었다. 그렇다고 완전히 거짓말도 아니었다. 두통은 진짜 심해져갔고, 재작년에 받은 검진이긴 했지만 어린 팀장은 그 사실을 알지 못했다. 모른다는 건 그 사람한테는 일어나지 않은 일이나 마찬가지였다. 팀장은 양미간을 찌푸리며 짜증스레 물었다. "사흘이면 돼?" "이틀만 더요. 정밀 검사라 입원도 해야 해서……." 거짓말은 잘도 나왔다. "염병! 화요일까지 휴가를 쓰시겠다?" 팀장이 손에 쥐고 있던 볼펜을 책상 위로 소리 나게 던졌다. "어떻게 될지 모르니까 그래도 대기는 하고 있어!" 팀장은 끝까지 신경질적으로 굴었다. 그는 알았다 하고는 그날 밤 호랑이 탈 인형을 훔쳐 달아났다. 집에 도착하자마자 녀석을 세탁기에 넣고 돌리는데 땟국물이 계속해서 흘러나왔다. 호랑이 무늬가 선명해지기 시작한 건 세 번의 세탁 코스를 거치고 난 뒤였다. 야무진 세탁 덕분인지 녀석한테서는 아직도 섬유유연제 향이 났다.

그가 호랑이 머리를 쓰다듬으며 말했다. "좀 이따 보자. 아니, 며칠 걸릴지도 몰라. 아무튼……."

그는 대답 없는 호랑이를 뒤로하고 트렁크와 함께 현관문을 나섰다. 열쇠는 신문 투입구를 열어 손이 닿는 위치에 놓아 두었다. 도둑 걱정은 할 필요 없었다. 열두 평 남짓도 안 되는 아파트 단지는 도둑들이 선호할 만한 대상이 아니었다.

트렁크 손잡이를 잡아 빼고는 긴 아파트 복도를 지나갔다. 트렁크 끄는 소리와 새 구두 소리가 복도 전체에 울려 퍼졌다. 에르메스와 프라다가 만들어낸 소음은 테라스에 앉아 마시는 원두커피보다 도도했고, 거품 욕조 안에서 누워 마시는 빈티지 와인보다 더 당당했다. 한갓 소음 덩어리에도 가치의 차이는 존재했다. 더불어 당당해진 건 그의 양쪽 어깨였다.

3

토요일의 지하철은 분주하지 않을 만큼 적당히 차 있었다.

요즘 지하철 안 풍경은 그 어느 곳보다 조용하게 소란했다. 서서 가는 사람이든 앉아서 가는 사람이든 핸드폰으로 문자를 주고받으며 혼자 웃고 떠드느라 바빴다. 음악을 듣고 책을 보고 모바일 게임에 빠져 옆에 어떤 사람이 앉았는지, 맞은편에서 무슨 일이 벌어지는지 알려고들 하지 않았다. 지하철에서도 개인의 사생활과 일상은 지속되고 보호되었다. 지하철은 이제 무관심의 세계나 다름없었다. 침묵하지 않는 침묵의 세계였고, 군중 속의 고독을 즐길 수 있는, 그래서 오로지 개인이 될 수밖에 없는 세계였다.

그는 누군가를 쳐다볼 여유조차 없는 그 작고 비좁은 곳에서 또 혼자였다. 물론 타인의 시선이 마뜩잖은 그에게는 바람직한 현상이었지만 지금은 아니었다. 빨리 시작할 때를 잡아야 했다.

주저하는 사이 지하철이 다시 정차했다. 우르르 내린 만큼 또 다른 무리가 우르르 올라탔다. 때문에 맞은편에 앉은 사람들은 시시각각 변해갔다. 귀에 이어폰을 끼고 엠피스리로 음악을 듣던 젊은 여자는 어느새 신문을 읽는 중년 남자로 바뀌더니, 이번엔 그와 같은 부류의 사람으로 바뀌었다. 두 명의 흑인이었다. 그들은 앉자마자 자국어로 대화를 하기 시작했다. 영어였다. 중·고등학교 때 문법 위주로 배운 영어가 전부인지라 그는 잘 알아들을 수 없었다. 한국에서 태어난 한국 사람이 유창한 영어를 알아들을 리 없잖은가.

이미 짐작했다시피 그는 흑인이다. 사람들은 종종 그를 '검둥이 새끼'라고 부른다. 그런데 엄밀히 말하면 그는 검둥이가 아니었다. 왜냐하면 그는 한국인 어머니와 한국인 아버지 사이에서 태어난 순수 한국 혈통이기 때문이었다. 그의 어머니는 밥을 먹다가 심심하면 이렇게 말했다. 설거지하다가 실수로 접시를 깨뜨릴 때도, 좌변기에 앉아 똥을 누다가도 말했다. 습관처럼 불쑥불쑥 튀어나오던 그 말은 사랑한다는 말보다 더 자주 들어오던 어머니의 말이었다. "넌 니 아버지하고 나 사이에서 태어났어. 니 형과 누나처럼. 알아들어?" 그로부터 대답이 돌아오지 않을라치면 그의 어머니는 "알아들었냐니까?" 하고 재차 다그쳐 물었다. 그러면 그는 "알아, 알아" 하고 두 번이나 연거푸 대답해야 했다. 어머니의 그 말이 사실이라면 그는 검둥이로 태어난 게 아니라, 단지 돌연변이로 태어났을 뿐이었다. 백인 부부 사이에서 흑인 아이가 태어나고, 흑인 부부 사이에서 백인 아이가 태어났다는 해외 토픽을 접해본 적이 있다. 희박하긴 하지만 그건 확률적으로 가능한 얘기였고, 그는 그 확률에 속한 아주 운 나쁜 아이인 셈이었다. 문제는 그 아이의 나쁜 운이 삼십칠 년이라는 온 생을 관통해왔다는 사실이다. 검은색은 빨간색만큼이나 불온하고 기분 나쁜 것이었다. 흑인 아들을 낳았다는 이유로 늘 억울해하던 어머니는 죽기 전까지도 죽을힘을 다해 이렇게 항변했다. "분명히 말한다만, 난 검둥이와 자지 않았다. 누구보다 결백해. 믿어줄 수 있지?" 그는 울먹인 목소리로 대답했다. "믿어." "난 정말로 부정을 저지르지 않았어……." 어머니가 마지막으로 그의 얼굴을 어루만지며 덧붙였다. "넌 니 아버지 아들이고 내 아들이야……." "안다니까." 그는 흐르는 눈가를 훔쳤다. "미안하다, 내 아들 세오야⋯⋯." 그의 어머니는 마지막으로 미안하다는 말을 남긴 채 숨을 놓아버렸다. 누구보다도 그는 어머니의 그 습관 같은 말을 믿었다. 인간이 죽기 전에 하는 말은 모두 진실이고, 인간은 결국 진실을 말하기 위해 죽음의 세계로 간다고 믿기 때문이었다.

그건 그렇고, 빨리 시작해야 했다. 더 지체하다가는 종점에 다다르고 말 테다. 한 번의 망설임은 두 번의 실패를, 두 번의 실패는 죽기를 각오한 자신감마저 무너뜨릴 것이다. 지금이 아니면 안 되었다.

그는 길게 심호흡을 하고 자리에서 일어났다. 트렁크를 끌고 나가 객차 중간쯤에 섰다. 좌중을 훑으며 어렵게 입을 열었다. 지하철 소음에 지지 않으려고 목청껏 소리를 높였다. "아, 안녕하십니까. 제 이름은 장세오라고 합니다. 나, 나이는 서른일곱이고요⋯⋯."

다행히 승객 몇몇이 고개를 쳐들고 그를 쳐다봤다.

자신을 잡상인으로 오해할까 봐 그는 얼른 말을 이었다. "이 트렁크 안에 뭐가 들었는지 궁금하지 않으십니까?"

핸드폰에 가 있던 몇몇 시선들이 그를 향하기 시작했다.

고무된 그는 계속해서 말을 이어나갔다. "저와 하루 동안만 같이 있어주시는 분께는 트렁크는 물론, 이 안에 든 것까지 몽땅 드리겠습니다……."

지하철 승객들의 표정은 하나같이 어리둥절했다. 역시나 그를 이상한 사람으로 여기는 듯한 분위기였다. 그렇다고 여기서 물러서면 안 되었다.

그는 눈을 질끈 감은 채 나머지 말을 쏟아냈다. "혹시 에르메스라고 하는 명품 브랜드를 아시는지요. 이 트렁크가 바로 거기 겁니다. 어제 백화점에서 산 건데…… 그러니까 저와 하루 동안만 같이 있어주시는 분께 감사의 뜻으로 이 트렁크를 드리겠습니다. 그리고 이 안에 든 것도 같이요……."

궁금증이 일었는지 한 아주머니가 그 안엔 뭐가 들었느냐고 물어왔다.

그가 우물쭈물 대답했다. "그건 지금 말씀드릴 수 없습니다. 일단 저와 하루 동안만……."

불신과 의심에 찬 눈빛들이 점등되고 있었다.

외면하는 시선들 틈으로 한 사내의 말이 거칠게 터져 나왔다. "검둥이 새끼, 무슨 개수작이야!"

"네?" 그의 양쪽 어깨가 움찔거렸다.

사내가 거들먹거리며 자리에서 일어났다. "수작이란 말 몰라?"

"수작 아닙니다. 전 그냥……." 그의 눈동자가 불안하게 흔들렸다.

"이름부터가 개수작이잖아. 마이콜이라고 했어야지. 안 그래?"

곳곳에서 키득거리는 소리가 났다.

이대로 웃음거리가 될 수는 없었다. 어금니를 악문 그가 당당하게 소리쳤다. "제 이름은 장세오 맞습니다!"

"어느 나라에서 왔어?"

"저는……." 그의 불안한 시선이 바닥으로 떨구어졌다.

사내가 다그치듯 재차 물었다. "아프리카 어디에서 왔냐니까?"

그가 용기 내 쏴붙였다. "근데 왜 반말입니까!"

"나는 서른여덟 먹었거든. 됐냐?" 사내가 기분 나쁘게 웃어젖히며 끈질기게 물었다. "이 형님이 묻잖아. 어느 나라에서 왔냐니까?"

마침 지하철이 정차했다. 사람들이 어수선하게 흩어졌다. 하차하려는 사람들의 어깨가 그를 밀쳐냈다. 이어 승차하려는 사람들에 의해 그는 구석으로 밀려나고 말았다. 지하철은 금세 새로운 사람들로 채워졌다. 하지만 그는 이 지하철을 계속 타고 갈 용기가 나지 않았다. 내려야 했다. 문이 닫히려 하고 있었다. 트렁크를 들어 올려 품에 안은 그가 좁아지는 문 사이를 간신히 통과했다.

그의 등 뒤에서 조롱 섞인 목소리가 들려왔다. "마이콜, 그냥 가는 거냐? 대답은 하고 가야지!" 서른여덟 살 먹었다던 사내는 멀어져가는 그를 향해 가운뎃손가락을 치켜올렸다.

순간 그는 극심한 두통을 느꼈다. 손으로 양쪽 관자놀이를 지그시 누르고 난 그가 바지 주머니에서 휴대용 약통을 꺼냈다. 두통약 한 알을 꺼내어 물 없이 삼켰다. 괜한 일을 계획했지 싶었다.

플랫폼 벤치에 앉아 두통이 가라앉기를 기다렸다.

주먹으로 그자의 면상을 날려주지 못한 게 후회되었다. 좀 다르게 살아보자 해놓고 비겁하게 물러서고 말았다는 사실에 분통이 터졌다. 그래도 '왜 반말입니까!'라는 소심한 저항이라도 해봤으니 그것으로 만족이었다. 한 번에 모든 걸 이룰 수는 없었다.

그는 지하철을 타기 위해 플랫폼으로 들어오는 사람들을 하나하나 관찰했다. 자기 제안을 받아들일 만한 사람을 골라 접근하기 위해서였다. 예전의 그였다면 한 번의 실패를 영원한 실패로 간주해 두 번째 도전은 엄두조차 내지 못했을 테지만 지금은 아니었다. 그런데 일이 잘돼가려는 모양인지 한 여자가 그를 향해 걸어오고 있었다.

그와 눈이 마주친 여자가 성큼 그 옆에 앉더니 머뭇머뭇 말을 건넸다. "저기, 아까 지하철에서요. 하루 동안만 같이 있어

28

주면 그 트렁크 준다기에……." 진한 향수 냄새가 조금 거슬렸다.

"아, 네……." 그가 엉덩이를 살짝 옆으로 옮겼다.

"근데 그거 진짜 에르메스 맞아요?" 여자가 턱짓으로 트렁크를 가리켰다. "안엔 뭐가 들었는데요? 진짜로 주긴 주는 거예요?" 여자의 눈이 시종 호기심으로 반짝거렸다. 그가 고개를 끄덕이자 여자의 질문 공세가 계속 이어졌다. "하루 동안 제가 뭘 해주면 되는데요? 키스? 애무? 아니면 섹스?"

그는 여자의 말에 당황하고 말았다. 그게 그런 뜻으로 전달될 거라고는 상상도 못 했기 때문이었다. 그가 서둘러 수습했다. "그런 뜻이 아니었어요."

"난 그쪽이랑 하고 싶은데." 여자가 농담인지 진담인지 모를 뉘앙스로 말했다.

"네?"

"그쪽이랑 하고 싶다고요." 자리를 고쳐 앉은 여자가 그의 곁으로 바짝 다가왔다.

여자가 다가온 만큼 옆으로 계속 밀려나다 보니 그의 엉덩이는 어느새 의자 끄트머리에 가 있었다. "아니, 제 말은…… 그러니까 친구가 돼달라는……."

"친구하고도 섹스는 해요. 수다는 섹스하면서 얼마든지 떨 수 있고요."

"저 그런 사람 아니에요." 그가 정색하며 말했다.

"뭐야, 재미없게. 발길까지 돌려 따라 내렸더니만." 여자가 팔짱을 끼더니 한쪽 다리를 꼬아 올렸다. "알았으니까, 일단 그 트렁크 좀 봐봐요. 진짠지 아닌지 확인해보게. 나중에 딴소리하면 나만 억울하잖아." 여자는 뻔뻔하기 이를 데 없었다.

그는 재차 그런 뜻이 아니었다고 해명했다.

"수컷들 속셈이야 다 뻔하지." 여자가 그를 향해 음흉한 눈길을 보냈다.

그는 더 말을 섞고 싶지 않았다. 벤치에서 일어나 자리를 뜨려는데 여자가 뒤에서 트렁크 손잡이를 잡아당겼다. 어찌나 힘이 세던지 여자는 트렁크를 빼앗아 달아날 기세였다. 물욕에 사로잡힌 여자의 악력은 너무 단단해서 소리로 뿌리칠 수밖에 없었다. 그가 여자에게 "놔!" 하고 소리쳤다.

"못 놔!" 여자의 목소리에서는 살기마저 느껴졌다.

어금니를 악문 그가 더 강하게 소리쳤다. "염병, 놓으라고!"

"뭐, 염병? 어디서 배웠는지 한국말은 제대로 배웠네. 재수없게!" 자기 뜻대로 되지 않자 여자가 작정하고 그의 손등을 할퀴었다. 그러더니 외쳤다. "도둑이야, 도둑! 새끼야, 내 가방 안 내놔!"

여자가 그의 뒤통수를 제대로 치고 있었다. 친절 안에 감춰진 반격이었다. 안 되겠다 싶어 그가 여자의 손아귀에서 트렁크를 빼냈다. 화가 났다. 다른 사람이 아닌 자기이기 때문에 벌어진 상황 같아 참을 수가 없었다. 그는 기를 쓰고 달려드는 여자를 사정없이 밀쳤다. 뒤로 나자빠진 여자가 숨을 거칠게 몰아쉬며 씩씩거렸다.

난동 소리에 사람들이 하나둘 모여들기 시작했다. 달아나야 했다. 실제 일어나지 않을지도 모르지만 그는 충분히 도둑으로 몰릴 수 있는 상황이었다. 그와 피부색이 다른 세상에서 살아간다는 건 그런 것이었다. 이유 없는 모욕과 폭력은 이제 새삼스럽지도 않았고, 저들의 경계와 경멸과 천대로 그의 몸뚱이는 지친 지 오래였다. 그러기에 달려야 했다.

그가 지하철 출입구를 향해 전속력으로 뛰었다. 그의 귓가에는 억울해하는 여자의 목소리가 계속해서 들려왔다.

"검둥이 새끼, 장난해! 도둑이야!" 여자는 끝까지 적반하장이었고, 그는 어딜 가나 검둥이 새끼였다.

시큰거리는 손등에는 시뻘건 피가 맺혀 있었다. 정신없이 달리다 보니 두통은 어느새 가라앉고 없었다.

4

쇼핑의 거리는 사람들로 붐볐다.

여기라면 트렁크를 탐내 할 사람이 나타날 거란 생각이 들었다. 그러나 한 시간째 길 한복판에 서 있어도 이렇다 할 소득은 없었다. 뭐가 그렇게들 미심쩍은 걸까. 그라는 존재 자체일까, 이 트렁크일까, 아니면 그의 요구 사항일까. 어쩌면 모든 인간은 속물일지 모른다는 그의 판단이 틀렸는지도 모르겠다.

또 한 명의 대상이 다가오고 있었다. 인상이 선해 보이는 청년이었다.

왠지 얘기가 통할 것 같아 말을 걸어보기로 했다. "죄송한데, 잠깐 얘기 좀 할 수 있을까요?"

청년이 멈춰 섰다. 걸음을 멈췄다는 건 그의 얘기를 들어볼 의사가 있다는 뜻이었다.

그가 냉큼 인사를 건넸다. "안녕하세요. 저는 장세오라고 합니다. 나이는 서른일곱이고요……."

청년이 의뭉스레 그를 쳐다봤다.

그는 곧바로 자신의 트렁크를 가리켰다. "이 트렁크 안에 뭐가 들었는지 궁금하지 않으세요?"

"네?" 청년이 한 발짝 뒤로 물러났다.

청년이 한 발짝 물러난 만큼 그가 한 발짝 앞으로 다가갔다. "저와 하루 동안만 같이 있어주시면 트렁크는 물론, 이 안에 든 것까지 몽땅 드리겠습니다. 감사의 뜻으로요……."

서글서글해 보이던 청년의 인상이 찌푸려졌다. "저 게이 아니에요."

그가 이마에 맺힌 식은땀을 닦아냈다. "그런 뜻이 아니라, 이 트렁크 진짜 에르메스거든요. 어제 백화점에서……."

그의 말이 채 끝나기도 전에 청년이 끼어들었다. "애인은 딴 데서 알아보세요."

"저기, 그런 게……."

그래도 도움을 주고 싶었던 걸까. 청년이 정 급하면 게이바 같은 데라도 가보라고 했다. "거기라면 맘껏 고를 수 있을 거예요." 발걸음이 빨라진 청년이 히죽히죽 웃으며 모퉁이로 사라져갔다.

아무래도 멘트를 바꿔야 할 것 같았다. 오해가 계속되고 있었다. 같이 있어달라는 말이 상대에 따라 이렇게 다양하게 해석될 줄은 몰랐다. 근데 게이바라니……. 저 청년 말마따나 정말 그런 데나 한번 가볼까. 게이인 척만 하면 쉽고 간단할 일이었다. 그들은 다른 사람들보다 고독한 존재들이니 그의 접근을 거부하지는 않을 것이다. 이방인처럼 생겼다 해도 남자를 사랑하는 척만 하면 하루를 넘어 일주일까지도 함께해줄 그들이었다. 어차피 남녀노소 구분하지 않기로 한 일이었다.

그는 곧장 게이바를 찾아 발걸음을 옮겼다.

5

하지만 한낮의 게이바는 한산했다. 그렇다고 어두워질 때까지 기다릴 수는 없었다. 바에는 오십 대로 보이는 남자 하나가 푸른 빛깔의 칵테일을 마시고 있었다. 목표로 삼을 만한 사람은 그 남자뿐이라 어쩔 수 없이 그는 남자 옆에 가 앉았다. 고개를 돌린 남자가 흐리멍덩한 눈으로 그를 쳐다봤다.

칵테일을 주문할까 하다가 그는 먼저 인사부터 건넸다. "아, 안녕하세요. 저는 장세오라고 합니다. 나, 나이는 서른일곱이고요……."

칵테일 잔을 내려놓은 남자가 이번엔 그의 몸을 위아래로 훑어내렸다.

그는 자신의 트렁크를 가리키며 다시 말을 이었다. "저기, 이 트렁크 안에 뭐가 들었는지 궁금하지 않으세요? 저와 하루 동안만 같이 있어주시면 트렁크는 물론, 이 안에 든 것까지 몽땅 드리겠습니다. 감사의 뜻으로요. 에르메스 아시죠? 이거 진짜 에르메스거든요……." 말을 마친 그는 슬쩍 남자의 눈치를 살폈다.

남자가 시답잖다는 표정으로 말했다. "뭐, 에르메스? 내 집에 널리고 널린 게 그런 거거든? 근데 장세오? 이 새끼 봐라. 딱 봐도 아프리카에서 온 놈이 장세오란다. 하하하!" 그러면서 남자가 실실 웃음을 쪼개기 시작했다.

"아니, 저는……."

"어디서 대놓고 쌩구라질이야!" 남자가 트렁크 바퀴 부분에다 기분 나쁜 발길질을 해댔다. "왜, 너도 나 등쳐먹게? 너도 이 구역에 호구 하나 나타났다는 소문 듣고 달려왔지? 그치? 근데 어쩌냐. 내가 아무리 궁해도 검둥이는 상대 안 하는데."

"아니요, 저는……."

아무래도 아닌 것 같아 그는 슬금슬금 자리를 털고 일어났다. 역시나 거짓으로 그들을 대하면서까지 이 계획을 관철시키는 건 아니란 생각이 들었다. 제한된 그들의 사랑을 이용해 먹는 짓은 또 다른 폭력이었다. 폭력이란 아무개로부터 폭력을 당했을 때 그 아무개에게 되돌려주기 위해서만 행사하는 거라고 생전의 어머니는 말했다. 무슨 봉변을 당할지 몰라 그는 부랴부랴 트렁크를 챙겨 들고 게이바를 나섰다.

따라 나올 기세로 자리를 박차고 일어난 남자가 그의 등에다 대고 계속 악다구니를 퍼부어댔다. "씨발, 꺼지라고 꺼져! 내가 두 번은 속아도 세 번은 안 속는다, 이 썹새끼들아!"

하필이면 저런 사람한테 걸릴 게 뭐람. 북적대는 밤에 왔었어야 했는데 시간 선택의 문제이지 싶었다. 결국 프라다 구두를 신은 그의 발은 가까운 편의점으로 향했다. 아침을 거른 상태라 배가 고팠다.

그에게 편의점은 어머니의 품속 같은 곳이었다. 우울하거나 불안할 때마다 찾아가는 곳. 음악이 있고 먹을거리가 있는 곳. 추울 때는 온기로, 더울 때는 한기로 가득한 곳. 24시간 어느 때고 그를 받아주던 곳.

6

골라 들어간 편의점에는 마침 피아노 선율이 흘러나오고 있었다. 아이돌 가수의 요란한 노래가 아닌 클래식이 깔린 편의점은 그의 기준에 최상의 편의점으로 분류되었다. 요즘 세상에 단돈 천 원으로 아메리카노와 클래식과 테이블을 얻을 수 있는 데는 편의점 말고는 없었다. 손님이 없는 상태라 편의점은 더욱 마음에 들었다.

그는 새우버거와 캔콜라와 컵라면을 사 들고 테이블에 앉았다. 라면이 익을 동안 새우버거를 허겁지겁 베어 먹는데 갑자기 눈에 눈물이 고였다. 새우버거와 캔콜라가 G를 떠올리게 해서가 아니었다. 그냥 편의점만 오면 종종 벌어지는 일이었다. 그것은 어떤 특정한 장소에 대한 기억이 발효시킨 조건반사적인 멜랑콜리였다. 편의점은 그에게 어머니의 품속 같기도 했지만, 눈물과 고독의 상징이기도 했다.

그가 밥 대신 편의점 컵라면을 먹기 시작한 것은 렉사프로를 복용하면서부터였다. 무기력증은 째깍거리던 벽시계가 싫어질 무렵에 나타났고, 벽시계를 무소음으로 바꾸고 났을 때 본격적으로 찾아왔다. 밥을 해 먹고 싶은 욕구를 사라지게 하는 위력. 끼니는 꼬박꼬박 챙겨 먹겠다던, 죽기 전 어머니와의 약속을 어기게 하는 위력. 우울감이 토해낸 무기력증은 그런 것이었다. 그는 어머니가 죽었을 때도, 어느 날 갑자기 아버지와 형과 누나가 사라져버렸을 때도 밥을 해 먹은 사람이었다. 어머니의 죽음보다도, 사라져버린 가족보다도 우울을 동반한 무기력증은 그의 일상을 집어삼킨 괴물이었다. 그래도 살기 위해서는 뭐라도 먹어야 했다.

어머니와의 약속을 지켜야 한다는 생각에 그때부터 그는 가까운 편의점을 드나들기 시작했다. 거기엔 컵라면과 김치가 있었다. 간편한 삼각김밥과 다양한 종류의 버거가 있었고, 계절마다 출시되는 계절 메뉴가 있었다. 편의점은 약간의 돈만 있으면 어느 때고 어머니처럼 그를 받아주었다. 언제나 환하게 불이 켜져 있는 곳. 한밤의 우울한 기분을 달래주던 음악에 젖은 술과 담배들. 저혈당으로 떨리는 손을 잡아주던 시럽을 넣은 아메리카노. 그리고 신문과 잡지를 비롯한 호기심을 발동케 하는 적당량의 읽을거리들. 혼자 앉아 있어도 별로 어색하지 않은 곳. 맥주를 마시다가, 혹은 컵라면을 먹다가 훌쩍거려도 이상해 보이지 않는 곳. 거기가 바로 편의점이었다. 필시 편의점은 세상 모든 어머니의 마음에서 시작된 아이템임이 분명했다.

그러지 말아야지 해놓고 구질구질한 옛 감상에 또 빠져들고 말았다. 그는 고인 눈물을 새우버거와 함께 꾸역꾸역 삼켰다. 언제 들어왔는지 편의점은 그새 여고생들로 북적였다. 각자 입맛에 맞는 아이스크림을 골라 든 아이들이 그의 등 뒤에 자리를 잡고 앉았다. 그는 눈가를 훔치며 벽 쪽으로 몸을 틀었다. 빨리 자리를 털고 일어나야 할 것 같아 조금 급하게 컵라면을 먹었다. 흰 와이셔츠에 얼룩이 생기면 안 되기에 일단 국물부터 들이켜기로 했다.

라면이 줄어들수록 한낮의 편의점은 여고생들의 수다와 웃음소리로 발랄해졌다. 바라볼 미래가 있는 재잘거림이었고, 가능성의 여유가 느껴지는 시끄러움이었다. 끝나버린 기말고사에 대한 불만으로 시작된 여고생들의 대화는 다가올 여름방학에 대한 설렘으로 옮겨갔다. 지그재그로 방황하던 수다는 담탱이에서 연예인 가십거리로 이어지더니, 종국엔 구석에 앉아 있는 그에게로 향했다.

한 여고생의 목소리가 들려왔다. "야야, 저 아저씨 어느 나라 사람 같냐?"

"미국."

"딱 봐도 아프리카네, 뭐."

"의외로 영국일지도 몰라."

"영국은 절대 아니다."

"난 알제리계 프랑스인."

"나는 독일. 근데 독일 사람 중에도 흑인이 있냐?" 그 말끝에 누군가가 웃었다.

여고생들은 그가 한국말을 알아들을 수 있을 거라고는 상상도 못 하는 게 분명했다. 그러지 않고서야 저렇게 큰 소리로 떠들어댈 리 없었다.

갑자기 한 여고생이 제안했다. "야야, 우리 내기할래? 어느 나라에서 왔는지 맞히는 사람한테 아이스크림 하나 몰아주기. 어때?"

"아이스크림 말고 컵라면!"

"오케이, 콜!"

합의를 본 여고생들이 각자 나라 명을 대기 시작했다. 당연하게도 한국이라고 말하는 아이는 한 명도 없었다.

"근데 누가 물어볼래?"

"내기하자는 쪽이 물어봐야지."

"싫어, 니가 물어봐. 너 모르는 사람한테 말 잘 걸잖아."

"뭔 소리야. 나 엄청 낯가리거든!"

"야야, 됐어! 내가 물어볼게."

"유후, 역시 민아 짱!"

자리에서 일어난 민아라는 여고생이 쭈뼛거리며 그의 앞에 와 섰다. 커트 머리에 치아 교정기를 끼고 있는 학생이었다. 그와 마주친 시선이 부담스러웠는지 용감한 여고생의 표정이 움츠러들었다. 그러나 그것도 잠시, 여고생이 한쪽 손을 그에게 흔들어 보이며 물었다. "Hi. Where are you from?"

그는 친근하게 대답했다. "한국이야……."

생각지 못한 한국말이 그의 입에서 튀어나오자 민아라는 여고생이 "네?" 하고 놀라 반문했다.

그는 얼른 자신을 설명했다. "안녕, 난 장세오라고 해. 나이는 서른일곱이고……."

"헐, 한국말 할 줄 아세요?" 커트 머리 여고생의 표정이 뜨악하게 변했다.

그가 친근한 미소를 지어 보이고는 당연하다는 듯 말했다. "한국에서 나고 자랐으니까……."

"오 마이 갓!" 여고생들이 편의점이 떠나가도록 함성을 질렀다. 까만 피부에서 튀어나온 유창한 한국말이 믿어지지 않는 모양이었다.

여세를 몰아 그는 여고생들에게 말을 걸어보기로 했다. 상대방이 먼저 자신에게 관심을 보이는 경우는 흔치 않았다.

"얘들아, 나랑 잠깐 얘기 좀 할까?"

다른 여고생이 말했다. "와, 좆나 신기하다. 아저씨 한국말 대따 잘하네요. 영어도 잘해요?"

"아니. 난 한국 사람이라니까⋯⋯." 그가 난처한 웃음과 함께 고개를 가로저었다.

좀 이상했는지 이번엔 또 다른 여고생이, 아저씨가 어떻게 한국 사람이냐고 했다.

그가 머뭇대다 대답했다. "난 한국인 어머니와 한국인 아버지 사이에서 태어났거든⋯⋯."

"에이, 뻥 까지 마세요." 커트 머리 여고생이 농담하지 말라는 듯 웃어젖혔다.

믿어줄 거라고 한 말은 아니었으니 그는 그냥 본론으로 들어가기로 했다. "얘들아, 이 트렁크 안에 뭐가 들었는지 궁금하지 않니?" 그가 옆에 세워져 있는 트렁크를 앞으로 살짝 끌어당겼다.

호기심이 발동한 여고생들이 그의 주변으로 몰려들었다. "뭐가 들었는데요?"

기회를 놓칠세라 그는 냉큼 대답했다. "나와 하루 동안만 같이 있어주면 트렁크는 물론, 이 안에 든 것까지 몽땅 줄게. 고마움의 뜻으로."

커트 머리 여고생이 만져봐도 되느냐고 묻자 그가 흔쾌히 고개를 끄덕였다.

만져만 보겠다던 커트 머리 여고생은 트렁크를 들어 올려 위아래로 흔들었다. "열라 가벼워요. 뭐가 들어 있긴 해요?"

"그렇다니까. 너희들 에르메스라는 명품 브랜드 알지? 이 트렁크, 거기 거잖아." 그가 자랑하듯 말했다. "새것에다 아주 비싼 거라고. 어때, 관심 있니?" 그가 기대에 찬 눈빛으로 여고생들의 표정을 하나하나 관찰했다.

일시에 침묵이 흘렀다. 여고생들이 서로의 눈치를 살폈다.

이상한 분위기를 감지한 커트 머리 여고생이 조금 격앙된 목소리로 물었다. "같이 있어달라는 건…… 그러니까 지금 원조교제라도 하자는 거예요?"

아차 싶었다. 멘트를 바꾸기로 해놓고 잊어버린 것이다. 그가 또 수습에 나섰다. "그런 뜻이 아니야. 그러니까 내 말은 그냥 친구가 돼달라는……."

"그게 그거죠. 아저씨, 팔찌 차고 싶어요?" 커트 머리 여고생이 경계하는 눈빛으로 그를 흘겨보았다. 그가 의아해하는 표정을 짓자 커트 머리 여고생이 앙칼지게 소리쳤다. "은팔찌 몰라요? 쇠고랑이요. 112!"

"난 그런 사람 아니……."

더 듣고 싶지 않다는 듯 커트 머리 여고생이 한쪽 어깨에 가방을 뗐다. "얘들아, 가자!"

나머지 여고생들이 일제히 자리에서 일어났다.

그는 변명이라도 해야 했다. "나 나쁜 사람 아니야. 오해라니까……."

"좋은 사람도 아니잖아요! 데려다 뭔 짓을 할지 알 게 뭐야!" 커트 머리 여고생이 그를 향해 혐오의 눈빛을 보냈다. "아저씨 불법체류자죠? 그 트렁크는 어디서 훔쳤어요?"

"뭐?" 그가 강하게 부정했다. "둘 다 아니야!"

"당연히 아니라 하겠지. 아저씨가 한국 사람이면 전 아프리카 사람이겠네요! 헐, 대박!" 커트 머리 여고생이 어이없다는 듯 고개를 절레절레 흔들고는 헛웃음을 지었다.

화가 난 그가 소리쳤다. "나 진짜 한국 사람 맞거든!"

"차라리 까만 걸 하얗다고 우기지요, 왜? 어디서 사기질이야, 콱 그냥! 얘들아, 가자니까!"

여고생들이 싸늘한 등을 보이며 무리 지어 사라져갔다.

그는 억울했다. 주민등록증이라도 꺼내어 보여줄 걸 그랬다는 생각이 들었다. 답답한 마음에 그가 뒤늦게 소리쳤다. "야, 가기 전에 이것만은 알아둬라. 너희들 방금 한 내기에서 이긴 사람은 하나도 없다는 거!" 그리고 앞뒤로 흔들리는 유리문에다 대고 소용없는 말을 힘없이 뱉어냈다. "왜냐하면 누가 뭐래도 난 한국 사람이니까……."

편의점 아르바이트생이 그를 의심스러운 눈으로 쳐다봤다. 더 앉아 있다가는 경찰에 넘겨질 것 같은 분위기였다. 아무도 자기 얘기를 들어주지 않는다면 다시 집으로 돌아가는 수밖에 없었다.

"결국은 집인 건가……."

하지만 조금 이른 결정일 뿐, 언젠가는 돌아가야 할 곳이었다. 집에서는 호랑이 탈 인형이 그가 오기만을 기다리고 있을 터였다.

7

그러나 집으로 향하려던 결심은 금세 시들해지고 말았다. 이대로 집으로 돌아가기에는 백화점에서 사 입은 옷과 신발들이 아까웠다. 그가 가지려고 고가의 트렁크를 산 건 아니었다. 그래서 아무 생각 없이 지하철을 몇 번 갈아탔다. 발길 닿는 대로 걷고 또 걷다 보니 그가 와 있는 곳은 우리나라에서 외국인이 가장 많이 넘쳐난다는 거리였다. 외국 사람이라면 그의 제안을 다르게 보아줄지 몰랐다. 차라리 그와 피부색이 닮은 까만 외국인을 찾아 나서는 게 더 낫겠다는 생각도 들었다. 동질감을 이용해보기로 한 것이다.

물론 여기까지 오는 동안 그는 먼 거리를 경유해온 만큼 많은 사람과 어깨를 부딪쳤고, 눈을 마주쳤으며, 나란히 걷기도 했다. 하지만 아쉽게도 트렁크를 빌미로 접근을 시도해본 사람은 굽은 등을 가진 노인 한 명뿐이었다. 역시나 반응은 신통치 않았다. 죽을 날만 세고 있는, 그래서 인생의 흥미를 잃어버린 노인에게 에르메스란 방바닥을 닦는 걸레만도 못한 것이었다.

노인은 말했다. "다 살아버린 몸인걸. 이제 여행 갈 일은 없지 싶네……."

"아직 정정해 보이시는데요."

"무슨. 그 가방 끌 힘조차 없다네. 나도 한창때는 여기저기 많이 싸돌아다녔지." 그래도 궁금하긴 했는지 노인이 물었다. "한데 그 안엔 뭐가 들었나?"

그가 곤란한 표정을 지으며 말을 얼버무렸다. "그게……."

그러자 노인이 손사래를 쳤다. "곤란하면 두게. 이놈의 궁금증은 나이를 먹어도 늙을 줄을 모르니…… 한데 한국말을 어찌 그리 잘하누. 참 신통한 코쟁이일세." 노인은 한국말을 어찌 그리 잘하는지 이유 같은 건 들어보지도 않은 채 굽은 등을 짐짝처럼 지고는 사라져갔다.

노인이 겪는 하루의 삶은 코앞에 닥친 자기 죽음을 표나게 앞당길 것이다. 따지고 보면 그러한 이치가 그 노인한테만 해

당되는 건 아니었다. 그래, 결국은 모두 저렇게 되겠지, 라는 생각에 이르자 그의 마음은 조금 가벼워졌다.

그의 눈앞에 널따란 푸른 공원이 나타났다. 잠시 쉬어갈 겸 해서 그는 공원 입구로 들어섰다. 새 구두 때문인지 발이 아파 오던 참이었다.

깊숙이 들어선 공원 곳곳에는 등받이가 달린 벤치들이 놓여 있었다. 그는 나무 그늘이 있는 벤치 하나를 차지하고 앉아 이마에 흐르는 땀부터 닦아냈다. 여름을 양껏 먹고 자란 플라타너스 그늘은 짙고 널찍했다.

벤치에 등을 기댄 그는 눈길 가는 곳마다 덩어리져 있는 여름 색채를 구경했다. 공원 풀밭 위에 끼리끼리 모여 앉아 웃고 떠드는 풍경들이 좋아 보였다. 그를 가로지른 대학생 무리가 입에 아이스크림을 하나씩 물고 왁자지껄하게 지나갔다. 몇몇 외국인 커플들도 보였다. 아직 유색 인종은 눈에 띄지 않았지만, 마음만 먹으면 얼마든지 이 벤치에 앉아 원하는 상대를 고를 수 있을 거란 생각에 조바심이 조금 누그러졌다. 그런데 아까부터 느껴지던 발의 통증이 어째 점점 심해지는 것 같았다.

그가 양미간을 찌푸리며 프라다 구두를 내려다봤다. 발뒤꿈치가 쓰라린 게 좀 수상했다. 구두를 벗어보니 아니나 다를까 양쪽 양말이 피로 범벅이었다. 칠십만 원짜리 명품 구두도

뒤꿈치를 괴롭힐 줄은 몰랐다. 새 신발을 신을 때마다 발에 물집이 잡히는 이유를 무조건 싸구려 신발 탓으로 돌렸었는데, 그게 아니었던 것이다.

양말을 벗어 뒤꿈치를 확인했다. 물집은 꽤 넓게 잡혀 있었다. 이만한 명품 구두를 신으려면 이 정도 고통은 감내해야 한다는 듯 상처는 뻔뻔하게 피고름을 짜내고 있었다. 예전에 비해 더했으면 더했지 덜하지 않은 상태였다.

"쯧쯧쯧, 그래도 절대 구부려 신지 않을 거야." 이 비싼 구두를 구부려 신다니, 안 될 말이었다.

그는 구두 뒤축이 부드러워지게끔 안쪽으로 몇 번 주물러 주고는 다시 양말을 신었다. 상처 부위에 양말이 닿으니 쓰라림이 더 깊어졌다. 그는 공원을 벗어나는 대로 일회용 밴드부터 사야겠다고 생각하며 일단 벤치에 두 다리를 올리고 누웠다. 등이 펴지자마자 그의 입에서는 절로 신음이 터져 나왔다. 사람을 찾아다니느라 고단해진 몸이 그제야 피로를 알아본 것이다.

플라타너스의 짙은 그늘 때문인지 그의 몸에는 서서히 나른한 감각이 들러붙고 있었다. 잠이 필요해진 그는 도난 방지를 위해 트렁크 손잡이를 단단히 움켜쥔 채 눈을 감았다. 트렁크를 가지겠다는 사람은 한숨 자고 난 다음에 찾아도 늦지 않을 터였다.

"그래, 한숨 자고 난 다음에……."

감긴 눈이 잔잔한 수면을 유도했다. 좀 전까지만 해도 들리지 않던 새들의 지저귐과 풀벌레 소리가 눈앞의 사라진 여름 풍경 안으로 고즈넉이 스며들었다. 간헐적으로 살랑살랑 바람도 일었다. 여름에게 연애하자고 달려들었다가 퇴짜라도 맞은 듯 바람은 제법 시원하기까지 했다. 제 짝을 찾지 못해 방황하던 바람이 플라타너스 이파리를 자꾸 건드렸다. 그러자 그의 얼굴 위로 소리 조각들이 우수수 떨어졌다.

'사르륵사르륵.'

플라타너스 이파리가 바람과 연애하는 소리였다.

'사르륵사르륵 사르르르륵.'

여름만이 낼 수 있는 그 소리를 들으며 그는 두통 없는 행복한 낮잠에 빠져들었다.

8

"저기요."

잠결이 아니었다. 누군가가 그를 부르고 있었다. 혹시 벤치 하나를 몽땅 차지하고 누워 있는 게 못마땅해 깨우려는 걸까.

목소리가 또 들렸다. "저기, 실례 좀 할 수 있을까요?"

조심스러운 목소리에 그가 눈을 떴다. 흔들리는 플라타너스 이파리 사이로 여름 햇살이 틈입해 들어왔다. 손으로 부신 눈을 가리며 벤치에서 몸을 일으켰다. 웬 여자가 그를 빤히 내려다보고 있었다. 왼쪽 귀밑에서 잡아 묶은 긴 파마머리가 왼쪽 목선을 타고 왼쪽 가슴께로 내려와 있었다. 살면서 햇볕이라곤 쬐보지 않은 듯 창백하리만큼 투명한 얼굴색을 가진 여자였다.

구두를 꿰어 신고 벤치에서 일어나려는데 그녀가 또 물었다. "혹시 스페인어 할 줄 아세요?"

뭐지? 자기한테 물어보는 게 맞나 싶어 그가 주위를 둘러보았다. 벤치에 앉아 있는 사람은 분명 그뿐이었다. 그런데 영어도 아니고 뜬금없이 스페인어라니. 게다가 여자는 그의 피부색을 보고도 그냥 한국말로 묻고 있었다. 그가 졸린 눈을 끔뻑이며 "스페인어요?"라고 되물었다.

"네." 여자가 적극적으로 고개를 끄덕였다.

하지만 그가 아는 스페인어라고는 '떼 끼에로(Te quiero)'가 전부였다. 고등학교 때 제2외국어로 독일어를 배우긴 했지만 그마저도 기억하고 있는 건 '이히 리베 디히(Ich liebe dich)'와 아침 인사인 '쿠텐 탁(Guten Tag)' 정도였다. 그런데 이번엔 그녀가 그에게 혹시 스페인에서 왔냐고 물었다.

"아니요, 저는……." 그가 머리를 긁적였다.

"스페인인이 아니어도 상관없어요." 그녀의 눈빛에는 뭔가 간절함이 담겨 있었다. "스페인어 번역만 할 줄 알면 되는데…… 서툴러도 괜찮아요."

그녀는 스페인어를 번역해줄 사람이 꼭 필요하다고 했다. 그 번역자를 찾기 위해 오늘 아침부터 외국인으로 넘쳐나는 이 거리에 나와 있었다는 그녀. 하지만 이렇게 많은 외국인 사이에서 한국말을 할 줄 아는 스페인인은 쉽게 찾아지지 않았다. 그래서일까. 한눈에 봐도 그녀는 몹시 지쳐 보였다. 그녀의 사정이 궁금해진 그가 "근데 스페인어는 왜요?"라고 무심코 물었다.

할 줄 안다는 건지, 모른다는 건지 답답해진 그녀가 쌍꺼풀 없는 눈에 잔뜩 힘을 주고는 단도직입적으로 달려들었다. "그러니까 할 줄 알아요, 몰라요?" 하얀 얼굴색 탓에 그녀의 입술은 유독 빨개 보였다.

그가 재차 머리를 긁적이며 대답했다. "대학 때 복수전공으로 배운 적이 있긴 한데……."

순간 그는 말끝을 흐리며 거짓말을 하고 말았다. 아니, 그래야만 했고 그러고 싶었다. 대학은 근처에도 못 가봤지만 뒷일은 나중에 생각하면 될 일이었다. 제 발로 나타나 말까지 걸어준 사람을 이대로 놓칠 수는 없었다.

스페인어를 배운 적이 있다는 그의 말에 그녀는 더 적극적으로 매달리기 시작했다. "정말요? 그럼 좀 도와주세요. 네?"

"저기, 그게……." 그는 어떻게 해야 할지 몰라 말을 얼버무렸다. 당황스러운 마음에 일단 나름의 핑계를 대보기로 했다. "근데 잊어버렸을 거예요. 하도 오래돼서……."

"서툴러도 괜찮으니까 도와만 주세요. 사람 찾는 거 더는 못 하겠어서 그래요." 그녀가 합장한 두 손을 내민 채 그 옆에 바짝 붙어 앉았다. 그러고는 확답을 받아내고 말겠다는 요량으로 그에게 다시 물었다. "도와주시는 거죠? 도와주시면 사례는 꼭 할게요. 제발요." 그녀가 그의 한쪽 팔을 붙잡고 늘어지기까지 했다.

그는 이 정도면 됐다 싶어 "네, 뭐……"라고 얼버무리고는 긍정의 의미로 고개를 끄덕였다. 뒷감당은 나중에 생각해볼 일이었다. 그런데 뭐가 못 미더운지 그녀가 재차 "약속했어요?"라고 물어오더니 그것으로도 부족해 손가락을 걸자고 했다. 그러고는 곧바로 그의 새끼손가락에 자신의 새끼손가락을 막무가내로 갖다 대는 거였다.

당황한 그는 그녀에게서 얼른 자신의 새끼손가락을 빼내며 말했다. 나중을 위해서라도 빠져나갈 구멍 정도는 만들어놔야 했다. "대신 완벽하게는 못 할 거예요. 공부를 끝까지 했던 게 아니라 더딜지도 모르고요……."

도와만 준다면 며칠이 걸리든 상관없다는 그녀의 말에 그는 냉큼 "그 말 진짜죠?" 하고 되물었다. 대답 대신 고개를 끄덕인 그녀가 메고 있던 가방에서 무언가를 꺼냈다. 가장자리가 빨강과 파랑 빗금으로 번갈아 장식이 된 항공우편 봉투였다.

이 년 만에 온 답장이라는 설명과 함께 그녀가 그것을 그에게 건넸다. "이 편지만 번역해주면 돼요."

그것을 받아 든 그는 당황스러움을 애써 숨긴 채 편지 봉투부터 살폈다. 독일어처럼 스페인어도 소리 나는 대로 읽으면 된다는 것쯤은 알고 있었다. 그래서 그는 천천히 스펠링을 읽어나갔다. 보내는 사람은 '카를로스 미겔(Carlos Miguel)'인 것 같았고, 받는 사람은 '조소라(JoSoRa)'인 것 같았다. 그리고 'Carlos Miguel'이라는 꼬부랑 이름 옆에는 괄호가 쳐져 있었는데 그 괄호 안에는 '윤선호'라는 한글 이름이 들어가 있었다. 이제 막 한글을 배우기 시작한 초등학생의 글씨처럼 이름 석 자는 아주 또박또박 쓰여 있었다. 아니, 그것은 쓰여 있다기보다는 그려놓았다는 표현이 더 적절했다.

곁눈질로 그녀의 눈치를 살피던 그가 조금 떨리는 목소리로 말했다. "음, 카를로스 미겔이 조소라한테 보낸 편지네요. 그, 그쵸?"

뭔가를 읽어내는 그의 모양새에 고무되고 만 그녀가 "맞아요, 맞아"라고 하며 고개를 격하게 끄덕였다.

그가 그녀를 쳐다보며 물었다. "그럼 그, 그쪽이 조소라 씨?"

"네." 그녀의 짧은 목소리에는 안도감이 묻어났다.

그는 자못 당당한 몸짓으로 봉투에서 편지를 꺼내어 펼쳤다. 세 장에 걸친 장문의 편지였다. 순간 눈앞이 캄캄해졌다. 글씨는 아주 반듯하고 정갈해서 알아보기에 좋았다. 하지만 그에게는 그뿐이었다. 그래도 무슨 척이라도 해야 했다. 진짜 스페인어를 아는 사람이라도 사전 없이는 완벽하게 번역해내기란 어려울지 몰랐다.

그래서 이렇게 말했다. "저기, 사전이 좀 필요할 거 같은데…… 서한사전이요. 배운 지 하도 오래돼서…….."

"가서 사 올게요. 근처 서점에 팔겠죠?" 곧바로 자리에서 일어난 그녀가 가방에서 빨간색 장지갑을 꺼내 들었다. 그러고는 이것 좀 맡아달라며 자기 가방을 그의 무릎 위에 턱, 하니 놓고 가는 것이었다. 그에게 어떤 의무감을 지워줌으로써 혹시나 도망칠지 모를 그를 붙잡아두려는 그녀의 얕은 꼼수였다.

그제야 뭔가 이상하다는 걸 깨달은 그녀가 걸음을 멈추고는 뒤돌아 그에게 물었다. "근데 한국말을 어쩜 그렇게 잘해요?"

"네?" 한참 늦은 질문에 오히려 당황스러운 쪽은 그였다.

신기하다는 듯 그녀가 재차 말했다. "한국말이요. 외국 사람

억양이 전혀 아닌데요?"

"그게……."

"아, 얘기는 갔다 와서 해요. 혹시 커피 좋아해요?" 그로부터 대답이 없자 못 들었나 싶었는지 그녀가 더 크게 소리쳐 물었다. "커피요!"

"아, 네. 좋아해요……."

그렇게 그녀는 얼굴 가득 미소를 머금으며 공원 밖으로 달려나갔다. 반바지 밑으로 노출된 그녀의 두 다리는 곧 부러질 것처럼 가늘어 보였다. 그녀는 분명 얘기는 갔다 와서 하자고 했다. 그러자 그의 눈에 들어온 건 여러 사람에게 거부당한 자신의 에르메스 트렁크였다.

그는 트렁크 몸체를 어루만지며 조심스레 말했다. "드디어…… 찾은 건가?" 흥분을 감추지 못한 그가 벤치에서 일어났다.

하지만 저 여자를 붙잡아두려면 어떻게든 미겔의 편지를 읽어내야만 했다. 그런데 '떼 끼에로'밖에 모르는 스페인어를 무슨 수로 번역해낸단 말인가. 돌이킬 수 없는 짓을 저지르고 말았다는 생각에 그는 또다시 눈앞이 캄캄해졌다. 어떡한다, 어떡한다. 그가 초조한 눈빛으로 편지의 꼬부랑글자들을 무의미하게 들여다봤다. 긴장한 탓인지 손바닥에 땀이 차기 시작했다. 그가 바지춤에 손을 쓱 문질러 닦았다. 그럼에도 손에서는 계속 땀이 쥐어졌다.

　서한사전을 사러 갔던 그녀가 삼십 분 만에 잰걸음으로 나타났다.

　그녀의 양손에는 스타벅스 로고가 박힌 커피 두 잔이 들려 있었다. 얼음을 띄운 차가운 아메리카노였다. 커피라면 천 원짜리 편의점 커피가 전부였던 그에게 스타벅스라니⋯⋯. 그런데 그녀의 몸 어디에도 서한사전은 보이지 않았다. 대형 서점이 아니라 그랬는지 스페인 사전은 없었다며 그녀가 걱정스러운 표정으로 말했다. 그가 괘념치 말라는 듯 사전은 이따 천천히 사오면 된다고 하자 그녀가 "그럼 그럴까요?"라고 하고는 그에게 커피를 내밀었다. 그가 엉거주춤 커피를 받아 들었다. 그러자 땀으로 범벅이던 그의 손바닥이 시원해졌다. 하지만 그는 그녀의 친절이 못내 불편하기만 했다. 그의 도움을 받기로 한 쪽은 그녀이고, 그러니 그녀가 베푸는 대접은 당연한 거라고 생각하려 해도 몸은 자꾸만 움츠러들었다. 그것은 들통날지 모르는 거짓말 때문이었다. 지금이라도 이실직고해 버릴까? 그러나 그는 고개를 이내 젓고 만다. 어떻게 잡은 기회인데, 안 될 말이었다.

　그녀가 그 옆으로 와 앉으며 말했다. "차가울 때 들어요. 새끼손가락 걸어준 1차 보답이니까."

그가 그녀의 말을 따라 했다. "보답이요?"

그렇다면 뭐지? 저 말은 2차와 3차 보답도 있다는 얘긴가? 거짓말을 계속 안고 가야 할 이유가 생겼다는 생각이 들자 께름칙했던 마음이 조금 편안해졌다. 그래, 뒷일이야 어떻게 되든 일단 끝까지 가보는 거였다.

그는 스타벅스 로고가 붙은 커피는 어떤 맛일지 기대하며 한 모금 길게 빨아 마셨다. 비싼 브랜드가 주는 선입견 탓일까. 맛과 향은 편의점 커피보다 진한 것 같았다. 아니, 훨씬 깊고 풍부했다. 비싼 데에는 다 이유가 있었다. 그의 맛있다는 말에 그녀가 빨대를 입에 문 채로 흐뭇하게 웃었다. 그는 스타벅스 커피를 마시는 여자라면 저 에르메스 트렁크를 갖고 싶어 할지 모른다는 생각이 들었다. 굳이 말하지 않더라도 그녀는 저 트렁크의 가치를 알아볼 게 분명했다.

지금이다 싶어 입을 떼려는데 그녀가 먼저 입을 열었다. "아, 맞다. 이것도 사 왔는데." 반바지 뒷주머니로 향한 그녀의 손에 딸려 나온 것은 그가 사려고 한 일회용 밴드였다. 그녀가 그의 손등과 발뒤꿈치를 눈으로 가리키며 말했다. "붙이세요. 거기랑 거기. 이건 새끼손가락 걸어준 2차 보답이에요."

순간 그의 입에서는 "아!"라는 아주 짧고 낮은 감탄이 새어 나왔다. 그나저나 그녀는 언제 그의 손등과 발뒤꿈치를 본 걸까. 그녀는 까만 피부에 가려 잘 보이지 않는 상처를 볼 줄 아는 섬세함을 가졌다. 아무도 타인의 발뒤꿈치 따윈 보려 하지 않는 세상이었다. 그 세세한 친절이 낯설고 어리둥절해 잠시 머뭇거렸더니 그녀가 "제가 붙여줘요?" 했다.

"아, 아니요. 제가⋯⋯." 그가 서둘러 밴드를 꺼내어 자신의 손등과 발뒤꿈치에 붙였다.

손등에 붙인 살구색 밴드가 도드라져 보였다. 눈에 띄지 않게 상처를 보호해줘야 할 밴드가 오히려 상처 부위를 표시해주고 있었다. 살구색 밴드의 문제가 아니라 그의 피부색의 문제였다. 어딜 가나 눈에 띄는 자신의 모습 같아서 씁쓸했다.

그가 피고름이 묻은 양말을 신었다. 구두를 꿰어 신는데 그녀의 운동화가 눈에 들어왔다. 낡을 대로 낡은 아디다스 운동화였다. 요즘에도 저런 낡은 신발을 신고 다니는 사람이 있다는 게 신기했다.

그의 시선이 낡은 운동화에 가 있다는 걸 알아챈 그녀가 자신의 두 발을 들어 보였다. "많이 낡았죠, 제 운동화?"

"편해 보이는데요⋯⋯." 딱히 해줄 말이 없어서 그는 그렇게 대꾸했다.

소중한 신발이라 아껴 신는 중이라고 했다. 그녀가 말한 '소중한 신발'이라는 게 무슨 의미인지 잘 몰랐지만 그는 그러냐면서 가만히 고개를 끄덕였다. 바닥으로 두 발을 내린 그녀가 이번엔 그의 프라다 구두 쪽으로 시선을 옮기고는 "그쪽은 새 구두인가 봐요?"라고 했다.

그렇다는 그의 대답에 그녀가 말했다. "새 신발은 이래서 싫어요. 무슨 통과의례처럼 꼭 물집이 잡히잖아요." 그러고는 그의 손등을 쳐다봤다. "근데 손등은 어쩌다 다쳤어요?"

"아, 이거요……." 그가 밴드가 붙은 자신의 손등을 매만지며 말을 이었다. "어떤 된장녀한테 당했어요. 제가 좀 만만해 보였나 봐요. 그래도 뭐, 저도 뒤로 자빠뜨렸으니까 도긴개긴이죠."

그녀가 빨대를 입에 문 상태로 깔깔거렸다. 왜 웃느냐는 그의 물음에 그녀가 "외국 사람이 '된장녀'에 '도긴개긴'이라는 말도 알고, 신기해서요"라고 했다.

그의 억지웃음에 실례를 범했다고 생각한 그녀가 서둘러 사과를 했다. "아, 미안해요. 비웃는 것처럼 보였다면……."

그는 고개를 내저으며 아니라고 했다. 누군가로부터 미안하다는 말을 들어본 게 언제였던가. 미안하지 않아도 언제나 미안해해야 하는 쪽은 그였던 터라 상대방의 사과가 좀 낯설었다. 그는 그녀의 입에서 나올 말을 자기가 먼저 해버렸다. "이 외모에 한국말이 술술 나오니까 이상해 보이는 게 당연해요."

"이상하다기보단 신기하고 재밌는걸요." 그녀는 솔직하고 담백하게 말했다.

그래서 그는 더 솔직하게 물었다. "저 불법체류자 같죠. 한국 사람도 아닌 거 같고……."

"그 말은 불법체류자도 아니고, 한국 사람이 맞다는 거네요?"

"네……."

"그렇구나." 그녀가 아무런 의심 없이 고개를 끄덕였다.

쉽게 믿어주는 그녀가 이상해서 그는 그녀를 향해 "믿는 거예요, 제 말?" 하고 되물었다.

"본인이 그렇다면 그런 거겠죠." 그녀가 커피를 한 모금 길게 빨아 마시고는 한국에서는 얼마나 살았냐고 물어왔다.

"아주 오래요……."

"아주 오래라면, 한 십 년?"

그녀가 자신에 대해 궁금해하고 있었다. 아쉬운 부탁을 하는 쪽도 그녀였다. 편지 번역을 미끼로 삼는다면 불가능할 것도 없었다. 상대방이 먼저 그에게 접근해오는 경우는 흔치 않았다. 처음 보는 사람에게 일회용 밴드를 사다 주고, 별로 미안한 일도 아닌데 미안하다고 말해주는 사람은 더 흔치 않았다. 그래, 지금이었다.

그가 마시던 커피를 벤치 위에 내려놓고 자리에서 일어났다. 그리고 그녀를 향해 조심스레 말을 꺼냈다. "저기, 지금부터 제가 하는 말, 오해 없이 들어주세요. 미리 말하는데 저는 나쁜 사람도 아니고, 음흉한 사람도 아니에요…….”

누가 뭐라고 했냐는 듯 그녀가 커피에 꽂힌 빨대에서 입을 떼고는 그를 의아하게 올려다봤다.

그는 계속 말을 이었다. “늦었지만 일단 제 소개부터 할게요. 저는 장세오라고 해요. 나이는 서른일곱이고요…….”

그녀가 덩달아 자기소개를 했다. “아시다시피 저는 조소라예요. 나이는 스물아홉이고. 근데 이름이?”

그녀도 그의 이름을 ‘마이콜’쯤으로 짐작하고 있었던 걸까. 외모와 어울리지 않는 ‘장세오’라는 이름에 그녀 역시 의문을 드러냈다.

그가 얼른 말했다. “저는 한국 사람이에요. 귀화한 것도 아니고 한국으로 입양된 것도 아니고요…….”

“그럼 아버지가 한국 분?”

그가 잠깐 머뭇대다 대답했다. “어머니도 한국 분이세요. 믿을지 모르겠지만, 전 한국인 부모 사이에서 태어났거든요…….”

“어떻게요?” 그게 가능한 얘기냐면서 예상했던 대로 그녀의 표정이 어리둥절해졌다.

그는 자세한 건 나중에 말해주겠다 하고는 일단 그녀 앞으로 트렁크를 끌어다 놓았다. 그러고는 다짜고짜 질문을 던졌다. “저기, 이 트렁크 안에 뭐가 들었는지 궁금하지 않으세요?”

그녀가 좀 전보다 더 의아한 눈빛으로 그를 올려다봤다.

그는 찌푸려진 그녀의 양미간이 못내 신경이 쓰였다. “저와 하루 동안만 같이 있어주시면 트렁크는 물론, 이 안에 든 것까지 몽땅 드릴게요. 감사의 뜻으로요.” 그 말끝에 그가 그녀의 눈치를 살폈다.

그녀는 알 수 없는 표정을 지어 보이더니 트렁크를 만지작대기 시작했다.

관심을 보이는 것 같아 그는 계속 말을 이어가보기로 했다. “에르메스라는 명품인데, 알죠? 그거 진짜예요. 어제 백화점에서 제가 직접 샀거든요…….”

“이 비싼 걸 정말로 저한테 주겠다고요?” 그녀의 눈이 휘둥그레졌다. “안엔 뭐가 들었는데요?”

“그건 아직…….” 그가 어쩔 수 없이 말끝을 흐렸다.

“말해줄 수 없다?” 계속 어리둥절한 표정을 짓던 그녀가 마침내 웃어 보였다. “재밌네요. 흥미로운 설정이에요.”

그는 그녀의 ‘흥미로운 설정’이라는 표현이 마음에 들었다. 그녀가 이 상황을 기분 나쁘지 않게 받아들이고 있다는 반증이기에 그랬다.

그녀가 트렁크를 살짝 들어 올려 흔들어보더니 가볍다고 했다. “소리도 안 나고요. 진짜로 뭐가 들어 있긴 해요?”

그가 고개를 끄덕이며 대답했다. "들어 있어요. 가지겠다고 하면 나중에 비밀번호 알려줄게요."

"점점 재밌어지는데요." 다행히 그녀의 기분은 불쾌해 보이지 않았다. 오늘 만났던 다른 이들처럼 그를 이상한 사람으로 오해하는 것 같지도 않았다.

무엇보다도 그는 '왜?'라고 묻지 않는 그녀의 태도가 좋았다. 왜 이걸 자기한테 주겠다는 것인지, 왜 이런 짓을 하는 것인지 등의 물음표를 단 수많은 '왜?'들. 게다가 그녀는 눈치도 빨랐다. 놀랍게도 그녀는 좀 전에 된장녀한테 당했다는 그의 말을 이 트렁크와 연계시켜 이야기했다. 그때 그 현장에 같이 있었던 게 아닌가 하는 의심이 들 정도였다.

그녀는 뭔가 깨달았다는 표정으로 말했다. "아, 이제 알겠어요. 아까 말한 된장녀요. 혹시, 같이 있겠다 해놓고 몰래 트렁크만 훔쳐 달아나려 한 거 아니에요? 그러다 어찌어찌 몸싸움이 일어나 그 된장녀한테 손등을 할퀸 거고."

그녀의 추리력에 그가 감탄을 드러냈다. "와, 어떻게 알았어요? 얼추 비슷해요."

"어머, 정말요? 그냥 해본 말인데 진짜로 그런 거예요?" 그녀의 눈빛이 호기심으로 빛났다.

말이 나온 김에 그는 트렁크를 빌미로 오늘 만났던 사람들에 관한 얘기를 그녀에게 하나하나 털어놓았다. 개수작, 게이,

원조교제 등으로 표현된 그에 대한 저들의 오해와 행동에 대해서도.

"그래서 아까 오해 없이 들어달랬군요?" 그녀의 뒤늦은 이해였다.

"네. 근데 안 물으세요? 왜 이런 짓을 하는지……."

"궁금하긴 한데 안 물을래요." 왜 물어보지 않겠다는 것인지 오히려 그게 더 이상해서 그가 "왜요?"라고 묻자 그녀는 이렇게 대답했다. "이유를 알면 재미없어질 거 같으니까요. 아무리 궁금해도 알면 안 되는 것들이 있더라고요. 살다 보면. 그리고 물어본다고 해서 그쪽이 말해줄 거 같지도 않고요."

"맞아요……." 그가 말해주지 않겠다는 뜻으로 고개까지 끄덕였다.

그녀가 긴 한숨을 뱉어내더니 이렇게 말했다. "실은 저도 좀 망설여지긴 해요. 저 편지를 읽어나갈 일이요." 그녀의 눈이 미겔의 편지에 가 머물렀다.

"소라 씨는 왜……."

"그냥, 왠지 저 편지를 읽고 나면 몰라도 될 것들을 알게 될 것만 같아서요……." 그녀의 낯빛이 순간 어둡게 내려앉았다.

그러고 보니 그녀에게는 무슨 일들이 있었던 걸까. 단정한 자국어로 써내려간, 그러나 배려라곤 찾아볼 수 없는 이 년 만에 돌아온 스페인 남자의 편지에는 어떤 내용이 담겨 있는 걸까. 그녀가 망설여 하기에 더 읽고 싶어지는 카를로스 미겔의 편지였다. 그런데 저 듣지도 보지도 못한 꼬부랑글자를 무슨 수로 해독해냈단 말인가. 도대체 그는 무슨 생각으로 거짓말을 해버린 걸까.

그럼에도 그는 아무렇지 않은 척 뻔뻔하게 말했다. "우린 서로에게 해줄 얘기가 많은 거 같네요……."

"그러게요……." 그녀가 그의 말에 동조했다. 그것은 자기 시간을 그한테 할애하겠다는 그녀의 최종적인 대답과도 같았다.

그렇다면 그녀가 그만이 아는 비밀번호로 저 트렁크를 열어볼 그 사람이 되는 건가? 결국은 그를 만나러 와줄 그 사람이 되는 건가?

그는 마지막으로 확인차 그녀에게 물었다. "아무튼 이 트렁크 가지는 거죠?"

"……."

불안하게 그녀가 대답을 하지 않자 그가 재차 물었다. "가지는 거죠?"

그럼 우리 이렇게 하자며 갑자기 그녀가 역제안을 해왔다. "음, 그쪽이 이 편지를 번역해줄 때까지 저는 그쪽과 같이 있는 거예요. 그 대가로 저는 이 트렁크를 가지는 거고."

"좋아요." 그가 동의한다는 뜻으로 흔쾌히 고개를 끄덕였다. 그는 자기 속마음을 꿰뚫고 있기라도 하듯 내심 바라던 바를 그녀가 먼저 말로 해줘서 더없이 좋았다.

그럼 같이 있는 동안 자기가 뭘 해주면 되느냐고 그녀가 묻기에 그는, 저 트렁크만 가져주면 된다고 했다. 트렁크 말고 그래도 꼭 해줬으면 하는 게 있을 거 아니냐면서 그녀는 재차 트렁크의 대가에 관해 물어왔다. 저 비싼 걸 받고 아무것도 안 해주면 자기가 미안해서 그런다며.

그래서 그는 이렇게 말했다. "이미 두 개나 해줬잖아요. 커피도 사주고, 밴드도 사주고……."

"그건 편지 번역에 대한 제 보답이었고요. 말해보라니까요? 네?" 그녀의 요구는 끈질겼다.

그녀가 쉽게 물러설 것 같지 않자 그는 나중에 천천히 생각해보겠다는 말로 훈훈한 신경전을 끊어냈다.

"근데 안에 뭐가 들었는지는 정말 안 가르쳐주기예요?" 트렁크의 숫자 다이얼을 만지작거리던 그녀가 한번 찔러보듯 슬쩍 물었다.

"말해버리면 소라 씨 말대로 재밌는 설정이 안 되잖아요."

"힌트도요?"

그가 입을 굳게 다문 채 고개만 가로저었다. 그는 뾰로통해진 그녀의 표정을 못 본 체하고는 벤치에서 그만 일어났다. 서쪽 하늘에는 벌써 노을 조각이 불어나고 있었다. 어두워지기 전에 서점에 다녀와야겠다고 하자, 그녀가 사전은 자기가 사 오겠다며 덩달아 벤치에서 일어났다.

그는 자리에서 일어나려는 그녀를 억지로 눌러 앉히며 말했다. "아니요, 제가 가요." 그러고는 미겔의 편지를 절반으로 접어 자신의 바지 주머니에 찔러 넣었다. 반대로 그녀의 손에는 자신의 트렁크 손잡이를 쥐여주고는 이렇게 말했다. "이래야 서로……."

그녀는 그가 하려던 말을 알아채고는 이어서 말했다. "도망 못 간다고요?"

"그게 아니라, 서로 신뢰하자는 뜻에서……." 그녀의 기분을 상하게 했다면 미안할 일이지만 그로서는 어쩔 수 없었다. 그는 어떻게든 미겔의 편지를 가져가야만 했다.

그녀가 도망 같은 거 절대 안 갈 테니까 얼른 사오기나 하라며 웃는 얼굴로 그를 다그쳤다. 그녀의 말대로 그녀는 절대 도망가지 않을 것이다. 그 또한 그럴 것이다. 왜냐하면 그는 카를로스 미겔과 그녀의 이야기가 궁금했고, 그녀는 에르메스 트렁크 안에 뭐가 들어 있는지 궁금해하고 있기 때문이다. 서로 주고받을 게 있고, 궁금증으로 형성된 쌍방 관계는 쉽게 멀어질 수 없었다. 문제는 미겔의 편지를 번역해줄 사람을 무슨 수로 찾아내느냐 하는 것이었다.

그는 남아 있는 커피를 마저 마셔버리고는 얼음 조각을 몽땅 입에 털어 넣었다. 그리고 공원 출입구를 향해 신나게 뛰기 시작했다. 일회용 밴드를 붙인 발뒤꿈치에서 둔탁한 통증이 느껴졌다. 그러나 참을 만했다. 그녀가 사다 준 밴드 덕분이었다.

9

어둠이 지배하는 밤이 찾아왔다.

밤에 그를 지배해온 것은 짙은 우울감이었다. 밤손님처럼 밤은 매번 우울을 대동하고 그를 방문했다. 서로 붙어 다니는 것으로도 모자라 외박 한번 할 줄 모르던 그 둘은 쓸데없이 성실했고, 눈물 나게 예의 발랐으며, 칼날처럼 치밀하기까지 했다. 밤과 우울은 그의 여백을 채워준 유일한 것이었지만, 그 둘은 친구로 삼기엔 너무 버거운 상대였다.

그에게 밤은 단순히 어둠이 찾아오는 물리적인 시간을 넘어 이별과 슬픔의 상징이기도 했다. 유독 밤마다 우울감에 시달리는 이유는 그 때문이었다. 섬유 염색공장에서 일하던 어머니가 화재 사고를 당하고, 그 사고를 당한 지 하루 만에 어머니가 숨을 놓아버린 것은 지금과 같은 밤이었다. 그리고 아버지와 형과 누나가 어머니 앞으로 나온 보상금과 전세금을 빼들고 사라져버린 것도.

그가 말했다. "대학교 2학년 때였어요. 늦가을이었죠. 알바를 끝내고 돌아와보니 집엔 아무도 아무것도 없더라고요."

그녀에게는 대학교 2학년 때라고 했지만, 실은 고등학교 3학년 때의 일이었다. 그러니까 야간 자율학습을 끝내고 돌아와보니 집에는 아무도 아무것도 없었던 것이다. 그래서 혼자가 된 거냐고 그녀가 조심스레 물어왔다.

"태어날 때부터 전 늘 혼자였는걸요." 그가 콧방귀를 뀌었다.

"어쩌면 인간들이 그래요." 그녀가 그를 대신해 화를 냈다. "한쪽 피만 물려받았다 쳐도 가족은 가족이잖아요. 물론 세오 씨 주장이 맞다면 양쪽 피를 다 물려받은 진짜 가족인 건데……."

가족들이 떠나고 없는 빈집에는 형광등 불빛과 그가 쓰던 책상과 옷가지만이 허허롭게 남아 있었다. 그는 그들이 사라질 거라는 걸 일찌감치 눈치챘었음에도 그들을 붙잡을 수 없었다. 그들은 아주 오래전부터 피부색이 다른 그를 가족의 테두리에서 배제시켜온 사람들이었다. 그에게는 분명 아버지였고 형과 누나였지만, 그들에게 그는 아들도 동생도 아닌, 그저 피와 피부색이 다른 이방인일 뿐이었다. 그러니까 그들은 자기와 다른 것은 하나로 묶일 수 없다는 걸 어머니의 죽음과 동시에 행동으로 보여준 셈이었다. 게다가 그들은, 저 아이는 그저 돌연변이로 태어났을 뿐이라는 어머니의 말도 믿으려 하지 않았다. 물론 그들 입장에서 생각해보면 이해 못 할 바도 아니었다. 피부색이 다른데 어떻게 한 가족이 되겠는가. 어떻게 아버지가 되고, 형과 누나가 되겠는가. 그리고 한때 가족이라 생각했던 그들이 수증기처럼 증발해버린 지 얼마 지나지 않아 우울은 작심하듯 그를 덮쳐왔다.

그럼 지금까지 어떻게 살아온 거냐고 그녀가 착잡해진 목소리로 묻자 그는 이렇게 대답했다. "그냥요. 살아내야 하니까 그냥 그렇게 살아온 거 같아요……." 그의 깊은 한숨이 어둠 속으로 퍼져나갔다.

당연하게 여겨왔던 대학은 하루아침에 사치가 되어버렸다. 그는 사라진 집과 당장 필요한 돈 때문에 숙식 제공이 가능한 일자리를 찾아다녀야 했다. 먹고사는 문제를 먼저 해결해야 하다 보니 고졸이란 학력은 당연한 수순처럼 되어 있었다. 상상 이상의 많은 일을 겪었고, 그만큼 그의 삶은 단단해질 거라 생각했다. 하지만 여름날의 아이스크림처럼 그의 삶에는 불가항력적인 것투성이였다.

"유전자 검사 같은 건요?" 답답한 나머지 그녀가 물었다.

"너무 명백해서 해볼 필요조차 없다고 생각했어요. 아버지가…… 그래서 어머니 당신은 늘 이 말을 입에 달고 다녔죠.

난 절대 검둥이와 자지 않았다고, 부정을 저지르지 않았다고요……"

"세오 씨 어머니 말이 맞을지도 몰라요. 어디선가 들었는데, 몇 대에 걸친 아주 먼 조상의 유전 형질이라도 아주아주 나중에 나타나는 경우가 있대요."

순간 그는 그녀의 말에 흥분하고 말았다. "그렇죠? 그런 거죠?" 서한사전을 뒤적거리던, 아니 뒤적거리는 척을 하던 그의 손이 멈췄다. "저희 어머니가 부정을 저지른 게 아닌 거죠?"

그녀는 일부러 힘주어 말했다. "어쩌면요!"

그는 태어나 처음으로 수년에 걸친 어머니의 주장과 결백이 맞을지도 모른다는 일말의 확신이 들었다. 그 역시 아버지와 형과 누나처럼 어머니를 의심해온 건 사실이었다. 너무 명백했으니까. 그런데 만난 지 얼마 안 된 그녀가 믿음의 한구석에 자리한 절반의 불신으로부터 그를 해방시켜준 것이다.

되살아난 어머니를 향한 신뢰에 절로 흥이 생긴 그가 말했다. "어머닌 맹세코 거짓말이라곤 할 줄 모르던 사람이었어요."

정말로 그랬다. 그가 당신의 어깨를 아프게 주무른다 싶으면 어머니는 시원하다는 말 대신 "아프기만 하고 하나도 안 시원해!"라고 말했다. 누나가 처음으로 어머니에게 라면을 끓

여주었을 때는 또 어떠했던가. "괜찮아?" 하고 묻는 어린 누나에게 어머니가 던진 대답은 솔직하다 못해 냉정하기까지 했다. "이렇게 맛없는 라면은 내 생전 처음이야. 배가 고프니까 들어가는 거지, 이건 거지한테 줘도 안 먹겠다!" 어머니는 못 하면 못 한다, 싫으면 싫다, 기분이 나쁘면 나쁘다고 언제나 솔직하게 말했다. 솔직하기 때문에 정직했고, 정직하기 때문에 또 솔직할 수밖에 없었던 어머니……. 그것은 어머니가 가진 가장 매력적인 뫼비우스의띠였다.

그의 생각에 힘을 실어주기 위해 그녀가 말했다. "그렇게 정직하고 솔직한 어머니였다니까 무조건 믿어요. 거짓말도 진짜로 믿고 사는 세상인데, 진짜를 진짜로 안 믿으면 어떡하겠어요."

"그렇죠?" 그의 목소리는 어느새 들떠 있었다.

그녀는 그의 그런 기분을 해치고 싶지 않아 단정적인 어투로 말했다. "그쪽 피부색은 아주 먼 조상의 게으른 유전자 탓이 분명해요."

그는 그녀의 저 말이 맞았으면 좋겠다고 생각하며 찾다 만 낱말을 찾기 위해 다시 서한사전을 뒤적거렸다. 방금 그가 찾아낸 스페인어는 '격정'이라는 뜻을 가진 여성명사였다. 독일어도 모든 명사를 남성과 여성과 중성으로 분류하는데 아마 스페인어도 그런 체계의 언어인 모양이었다. 아무튼 그는 그

단어 하나로 조소라를 향한 카를로스 미겔의 감정이 어떤 종류의 것인지 가늠할 수 있었다. 아울러 이 편지의 색깔과 성격까지도. 그리고 그때였다. 핸드폰에서 짧은 진동음이 울렸다. 마침내 그의 숨은 조력자로부터 문자메시지가 도착한 것이다. 미겔의 첫 번째 장 편지의 도입부를 해석한 첫 번째 문장이었다.

그는 핸드폰을 열어 조력자가 보내온 문장을 그녀 몰래 읽어내려갔다. 방금 찾아낸 그 '격정'이라는 단어가 보이자 신기하면서도 믿음이 생겼다. 그의 조력자는 거짓 없는 신뢰할 만한 사람임이 분명했다. 됐어, 이제 됐어! 그렇게 그는 속으로 힘주어 말하고는 조력자의 문장을 미겔의 편지 뒷면에 또박또박 옮겨 적기 시작했다.

10

사전을 사오겠다는 핑계로 공원을 나섰던 그가 택시를 잡아타고 향한 곳은 어느 명문 사립대학교였다.

그는 차에서 내리자마자 캠퍼스 안에 있는 서점으로 달려가 서한사전부터 샀다. 그리고 문구점에 들러 연필과 지우개를 사고, 미겔의 편지를 복사한 다음, 물어물어 서어서문학과

학생회실을 찾아갔다. 그런데 학생회실은 텅 비어 있었다. 시험 기간인 데다 방학이 시작되는 무렵이라 그런 듯했다. 게다가 오늘은 강의가 없는 토요일이었다. 그래서일까. 학과 사무실이라는 데도 찾아가봤지만, 거기 역시 부재 표시와 함께 문은 도도하게 잠겨 있었다.

하는 수 없이 그는 캠퍼스를 돌아다니며 만나는 학생마다 "혹시 서어서문학과세요?" 하고 물어야 했다. 돌아온 대답은 매번 고개 저음의 연속이었다. 그렇다고 포기할 수는 없었다. 그는 거짓말을 진짜로 만들어야 했고, 그녀와 걸었던 새끼손가락에 책임을 져야 했다. 무엇보다 그녀는 그의 트렁크를 가지기로 한 사람이었다.

수고와 노력이 허탕이 되어가는 와중에도 그는 캠퍼스 곳곳을 휘젓고 다녔다. 찾고 찾아도 없다 보니, 혹시 이 학교에는 서어서문학이라는 학과 자체가 없는 건 아닐까 하는 의구심이 들 정도였다. 그는 "제발 좀 나타나주라, 제발"이라는 말을 주문처럼 읊조리며 마지막으로 층층마다 불이 켜진 학생 도서관으로 향했다. 책장 넘기는 소리만이 유일한 소음인 그곳에 재학생들이 고개를 파묻고 공부를 하고 있었다. 수많은 머릿수 때문일까. 왠지 거기라면 찾을 수 있을 것 같은 예감이 들었다.

그는 도서관으로 들어가기 전에 미겔의 복사본 편지 뒷면에다 글자를 큼지막하게 썼다. 서어서문학과 학생을 찾는다는 문구였다. 그리고 안으로 들어가자마자 공부하는 학생들 앞으로 슬그머니 복사지 뒷면을 디밀기 시작했다. 문구를 읽고 난 학생들은 저마다의 방식과 표정으로 가만히, 혹은 정중히 고개를 가로저었다. 그러면 그는 공부를 방해해 미안하다는 뜻으로 말없이 머리를 숙여 사과해야 했다. 스물여섯 번의 고개 숙임이 있었음에도 그는 결코 포기하지 않았다.

그 뒤로도 실패는 계속되었다. 연이은 좌절은 조바심으로 이어졌고, 안달 난 발걸음은 점점 빨라져갈 뿐이었다. 그리고 서른다섯 번의 고개 저음과 말 없는 사과가 있고 난 뒤였다. 마침내 한 학생이 고개를 끄덕였다.

순간 흥분하고 만 그는 자신이 서 있는 곳이 소리를 낮춰야 하는 도서관이라는 사실을 잊은 채 남학생에게 큰 소리로 묻고 말았다. "정말요? 정말 서어서문학과세요?"

몇몇 학생들의 눈이 그에게로 쏠렸다. 귀에서 이어폰을 뺀 남학생이 재차 고개를 끄덕이더니 그를 의문스레 올려다봤다. 이어 도와달라는 그의 말에 남학생은 어리둥절한 표정을 지어 보였다. 그도 그녀 앞에서 저런 표정을 지었었는지는 잘 기억나지 않았다.

주변을 의식한 남학생이 작은 목소리로 물었다. "뭘요?"

실례가 안 된다면 밖에 나가서 얘기하고 싶다는 그의 말에 남학생은 손에서 펜을 내려놓았다. 그리고 고맙게도 검둥이인 데다 낯선 그의 뒤를 따라와주기까지 했다.

드디어 남학생과 마주하게 된 그는 다짜고짜 미겔의 복사본 편지부터 들이밀었다. 그러고는 남학생에게 정중히 부탁했다. "초면에 죄송한데, 이것 좀 번역해주시면…… 저한테 중요한 거라서요. 사례는 꼭 하겠습니다."

남학생이 세 장의 편지를 훑어내리기 시작했다. 썩 내켜 하지 않는 남학생의 표정이 드러났다. 거절당할까 봐 두려워진 그는 얼른 지갑을 열어 십만 원짜리 수표 세 장을 꺼내 들었다.

그가 남학생 손에 수표를 반강제적으로 쥐여주며 말했다. "나머지 삼십은 번역이 끝나는 대로 입금해드리겠습니다."

"아, 저기……." 남학생이 머리를 긁적였다.

제시한 금액이 시시해서 그런가 싶어 그가 "너무 적어 그런가요?"라고 묻자 남학생이 그런 게 아니라며 고개를 가로저었다.

그래서 그는 더 간곡히 부탁했다. "완벽하지 않아도 좋으니까 제발 도와주세요, 네?"

그가 재촉하듯 입금 계좌를 요구해오자 내내 미온적인 태도를 보이던 남학생이 약간 움찔움찔하는가 싶더니, 종국에는 이렇게 말해주는 거였다. "좋아요."

그는 그제야 긴 안도의 한숨을 내쉬었다. "고맙습니다. 이제 살았어요." 신이 난 나머지 그는 자기도 모르게 남학생의 손을 덥석 움켜쥐었다.

당황한 남학생이 슬쩍 자기 손을 빼며 말했다. "근데 제가 지금 시험 기간이라……."

"아, 당장은 아니에요." 그가 염려 말라는 듯 말했다. "그냥 시간 날 때마다 짬짬이 해주셔도 상관없어요." 그는 남학생에게 자신의 핸드폰 번호를 알려주고는 번역된 문장은 되는 대로 문자메시지로 보내주면 된다고 했다.

그러자 남학생이 자기가 돈만 받고 메시지를 안 보내면 어쩌려고 그러냐고 그에게 묻는 것이었다.

그 물음에 그는 이렇게 대답했다. "진짜 그럴 사람은 미리 그런 말도 안 해요."

남학생이 두 손 두 발 들었다는 표정과 함께 또 물었다. "아직은 2학년이라 더딜지도 모르는데 괜찮을까요?" 남학생의 목소리는 그새 우호적으로 변해 있었다.

"괜찮습니다. 저도 더딘 걸로 설정된 사람이라서요." 그가 멋쩍게 웃었다.

남학생이 그게 무슨 말이냐는 듯 "네?" 하고 반문하자 그는 "그런 게 있습니다"라고 하고는 자기만 아는 안도의 웃음을 지어 보였다.

내내 궁금했는지 남학생이 마지막으로 물었다. "근데 한국말 진짜 잘하시네요. 어느 나라에서 오셨어요? 저희 학교 다니세요?"

뭐라고 대답해야 하나 고민하다 그가 말했다. "한국에서 왔고, 이 학교 학생은 아닙니다."

한국에서 왔다는 그의 말을 이해하지 못한 남학생이 고개를 갸웃거렸다. 마음 같아서는 설명을 해주고 싶었지만 그에게는 그럴 만한 시간적 여유가 없었다. 그는 아무쪼록 잘 부탁드린다는 말을 남학생에게 재차 남기고는 부랴부랴 택시를 잡아탔다. 그리고 그녀가 기다리고 있는 공원에 도착했을 때, 노을이 사라진 서쪽 하늘에는 밤이 검은 물감처럼 서서히 번져들고 있었다.

11

밤이 두꺼워지는 중이었다.

어둠이 진해질수록 환해지는 건 벤치를 비추는 가로등 불빛이었다. 방사형으로 뻗은 그 불빛 테두리 안에서 그녀는 벤치에 누워 밤하늘을, 그는 그 옆 벤치에 앉아 미겔의 편지를 무의미하게 들여다보고 있었다. 그사이 도착한 것은 조력자로부터의 두 번째 문자메시지였다.

방해될까 봐 한동안 말을 삼가던 그녀가 그에게 배고프지 않냐고 물었다. 그녀의 물음이 짙은 어둠에 실려 그에게 전달되었다. 물론 그 물음은 분명 그를 향한 것이었지만 이런 착각도 들었다. 정말 나에게 물은 게 맞을까. 혹시 밤하늘에 물은 건 아닐까. 주위에 나 말고 다른 사람이 있는 건 아닐까. 그것은 누군가와 끊임없이 대화를 나눠본 적 없기에 생긴 그의 의심스러운 불안감이었다.

저녁에 먹은 거라곤 아까 그녀가 사다 준 샌드위치와 핫바가 전부인지라 실은 배가 고프기도 했지만 그는 아니라고 말해버렸다. 그는 누군가가 자기한테 신경 쓰는 게 부담스럽고 어색했다. 어머니라면 이럴 때 분명 배가 고프다고 말했을 것이다. 어머니는 세상에서 가장 정직하고 솔직한 사람이니까.

그런데 그의 거짓말을 눈치채기라도 한 걸까. 그녀가 진짜로 배 안 고프냐고 다시 물어왔다. "우리, 저녁이 좀 부실했잖아요. 그러니까 미안해하지 말고 고프면 말해요. 뭐라도 사다 줄 테니까."

정말로 괜찮다며 그가 가볍게 웃어 보였다.

"맨날 괜찮대." 그녀의 입술이 뾰로통해졌다. 그녀가 그 뾰로통해진 입으로 물었다. "진행은 얼마나 돼가요?"

당황한 그가 헛기침을 했다. "어, 첫 번째 장 세 번째 줄 들어갈 차례예요. 많이 더디죠? 어떻게 된 게 기억나는 단어가 하나도 없네요······.” 그는 왠지 속이 뜨끔해졌다.

　손에서 놓은 지 오래됐으니 잊어버리는 건 당연하다면서 그녀는 오히려 생각보다 빠르다고 했다. 그러고는 조심스레 그에게 어떠냐고 물어왔다. “한국어로 표현된 미겔의 언어요······.”

　그는 곤혹스러운 마음을 감추며 그럴듯하게 대답했다. “나중에 직접 확인해봐요. 첫 번째 장은 내일 아침 정도면 읽어볼 수 있을 테니까······.”

　그런데 궁금하면서도 자꾸 미루고 싶은 이 기분이 뭔지 모르겠다며 그녀가 긴장 가득한 숨을 뱉어냈다. 그는 그녀의 저 심정을 이해했다. 아무리 궁금해도 알면 안 되는 것들. 모르면 모른 채로 살아가는 게 오히려 더 나은 것들. 그도 그런 걸 가지고 있기에 그녀의 모순된 감정을 충분히 이해할 수 있었다.

　서한사전을 뒤적거리던 그의 손이 잠깐 미겔의 편지 봉투로 향했다. 보내는 사람 난에 쓰인 두 개의 이름이 궁금해진 그가 그녀에게 물었다. “저기, 아까부터 궁금했던 건데, 봉투에 적힌 이 ‘윤선호’라는 이름은 뭔가요?”

　“미겔의 한국 이름이에요.”

　미겔이 한국인이었냐면서 그가 놀라 되물었다.

　“네. 저도 나중에 안 사실인데, 한 살 때 스페인으로 입양을 갔더라고요······.” 그게 아마 미겔이 아는 유일한 한글일 거라며 그녀가 쓸쓸한 어조로 말했다.

한국인이었던 미겔이라니, 먼 이국땅에서 어쩌면 그와 비슷한 삶을 살아냈을지 모를 미겔이라니…… 미겔의 꼬부랑 글자에서 눈을 뗀 그가 가로등 불빛을 올려다보며 생각에 잠겼다. 다른 생김새의 사람들과 한 가족으로 살아온 미겔의 삶은 어떠했을까. 그 나라의 사회 구성원으로서, 그리고 누군가의 친구와 연인으로서 살아온 삶은 또 어떠했을까. 슬프거나 서럽지는 않았을까. 외면당하지는 않았을까. 혼자였던 적은 없었을까. 그 나라에서 미겔이 흘렸을 최초의 눈물은, 그리고 최초의 웃음과 최초의 좌절과 최초의 분노는 무엇 때문이었을까. 이제 미겔의 편지를 궁금해할 사람은 그녀보다 그가 되어버린 것 같았다.

이쯤 되자 그는 미겔과 그녀의 만남이 궁금해졌다. 미겔은 언제 어떻게 만나게 된 거냐고 물으니, 이 년 전 산티아고 순례길이라는 그녀의 대답이 돌아왔다.

그때가 떠올랐는지 그녀의 입가에 잔잔한 미소가 번져들었다. "산티아고 순례는 죽기 전에 꼭 해보고 싶었던 거였거든요. 삼십삼 일로 끝나는 여정이었는데 이십육 일 차 때 미겔을 만났어요."

"미겔에 대해선 어디까지 아나요?"

"음, 이름하고 나이 정도랄까……" 잠깐 뭔가를 골똘히 생각하고 나더니 그녀가 다시 말을 이었다. "그러고 보니 어느 것 하나 뚜렷한 게 없네요. 방송국에서 엔지니어로 일한다는 거 말고는……."

"모호했군요."

"맞아요. 미겔이 바라본 저 역시 모호하긴 마찬가지였을 거예요. 언어가 통하지 않아 서로 많은 걸 주고받기엔 한계가 있었으니까요."

"이 편지처럼요?" 그가 자기 앞에 놓인 미겔의 편지를 가리켰다.

"네."

그녀는 미겔과 영어 단어 몇 개로 겨우겨우 대화를 이어가야만 했다. 그러다 답답하면 자국어로 막 쏟아내는 방식을 취했단다. 서로 알아듣든 말든. 그런데 신기하게도 가끔 그게 무슨 말인지 알아먹게 되더라는 것이었다. 몸짓이나 표정이라는 것도 필요할 땐 언어가 된다는 걸 그녀는 그때 처음 알았다고 했다.

그의 질문이 가장 묻고 싶었던 부분으로 파고들었다. "그럼 미겔이 어떻게 살아왔는지는 잘 모르겠네요……."

자세히는 잘 모른다며 그녀가 가만히 고개를 가로저었다.

"보기엔 어떻던가요? 행복해 보였나요?" 그 질문을 던지는 순간 그는 왠지 모를 슬픔이 느껴졌다.

"구김 없이 잘 자라온 사람 같았어요. 다행히……."

그가 잠시 침묵했다. 구김 없이 잘 자라온 것 같았다는 그녀의 말이 그에게는 왜 배신처럼 들리는 걸까. 도대체 그는 어떤 대답을 기대하며 그 질문을 그녀에게 던진 걸까. 미겔도 자기처럼 한없이 불행했기를 바라는 잠깐의 못된 심보가 그를 부끄럽게 하고 있었다.

그가 물었다. "근데 미겔은 왜 이 년 만에 답장을 보내온 걸까요……."

자기도 그게 궁금하다며 그녀의 눈이 가로등 불빛에 머물렀다. "그리고 그 이유는 저 편지에 들어 있을 테죠……."

그의 시선이 미겔의 편지로 향했다. 비슷한 처지임에도 그와 다른 삶을 살아냈을지 모를 미겔이 떠올라서였을까. 내내 잠잠하던 머리가 아파오기 시작했다. 시도 때도 없이 찾아오는 두통이 밤의 우울과 짝을 이루려는 순간이었다. 그가 손으로 자신의 머리통을 세게 내려쳤다. 염병, 또 시작이야. 그것은 질투였다. 아니, 그것은 자기와 다른 삶을 가졌을지 모른다는 미겔을 향한 막연한 부러움 같은 것이었다. 자신과 닮았지만 닮지 않았을지도 모를, 한국인이었던 스페인 남자……. 그는 생각하고 또 생각했다. 그리고 속으로 물었다. 미겔은 정말그 나라에서 행복했을까?

시간은 서서히 자정을 넘어가고 있었다.

공원 벤치에 누운 채 잠이 들었는지 그녀는 그 뒤로 아무 말이 없었다. 대화가 사라지는 동안 편지지 뒷면에 풀어 쓴 미젤의 문장은 점점 길어지고 있었다. 하지만 두통은 계속되는 중이었다. 좀 있으면 가라앉겠거니 생각한 게 바보였다.

결국 그는 두통에게 항복 의사를 밝히며 휴대용 약통을 꺼내 들었다. 두통과의 싸움에서 지는 쪽은 언제나 자기 자신이라는 걸 알면서도 그는 매번 두통을 이겨먹으려 했다. 이 세상에서 그가 지배할 수 있는 대상은 단 하나도 없는 것 같았다. 그런 그를 위로라도 하려는 걸까. 그녀의 가방 안에서 깊고 푸른 파도 소리가 났다.

'철썩 철썩 쏴아아아아! 쏴아아 철썩 철썩!'

뭔가가 아득해지는 소리였다. 끊임없이 밀려드는 그 파도 소리에 그의 두 눈이 자기도 모르게 스르르 감겼다. 소리가 또 났다.

'철썩철썩 쏴아아아아! 쏴아아 철썩철썩!'

일순간 그의 주위 풍경이 밤의 바닷가로 변해갔다. 파도에 실린 형광빛 물거품이 그를 향해 밀려들었다가 허망하게 부서지기를 반복했다. 발끝을 어루만지며 수줍게 도망가는 파도의 감촉이 느껴졌다. 의문으로 가득 찬 바다의 짠 내가 후각을 건드리고 지나갔다. 그러자 그는 정말 바닷가에 와 있다는 착각이 들었다. 인공불빛 하나 없는 제대로 된 밤이 모든 경계를 허물어뜨리고 있었다. 갑자기 바다에, 그것도 여름 밤바다에 가고 싶어졌다. 그 누구의 것도 아닌, 그래서 그의 것도 될 수 있는 여름 밤바다…….

그가 다시 눈을 떴다. 그를 잠시 바닷가로 데려다준 그 소리의 정체는 다름 아닌 그녀의 핸드폰 벨 소리였다. 잠에서 깬 그녀가 가방을 뒤적거렸다. 발신자를 확인하고 난 그녀한테서 깊은 한숨이 새어 나왔다. 그녀가 벤치에 누운 채로 통화 버튼을 눌렀다.

그녀의 통화가 이어졌다. "나 오늘 못 들어가…… 여기 지방…… 갑자기 출장이 생겼거든…… 거짓말 아니라니까. 며칠 걸릴지 몰라…… 내가 세 살 먹은 애야? 알았어, 알았다고…… 말하면 알아? 나 피곤해…… 방금 사람들하고 헤어졌다니까…… 술은 조금밖에 안 마셨어…… 널린 게 모텔인데 잘 데 하나 없을까 봐? 그만 끊어." 그녀가 불친절하게 전화를 끊었다. 저렇게 함부로 대하는 대상이 누구인지 궁금해 그가 누구냐고 물으니 엄마라고 했다. "열한 시만 넘으면 꼭 이렇게 전화를 해대요. 웬일로 오늘은 그냥 지나가나 했더니…… 지독한 감시꾼 같다니까요." 그녀의 깊은 한숨이 밤공기를 갈랐다.

그는 왠지 부러워서 이렇게 말했다. "걱정해주는 사람도 있고, 부럽네요……."

고개를 절레절레 흔든 그녀가 이건 과도한 간섭이지, 걱정이 아니라며 불만을 토로했다.

그녀의 그 말에 그는 또 한 번 반박을 했다. "어머니로선 당연해요. 딸 키우기 무서운 세상이잖아요. 소라 씨 같은 딸이라면 더더군다나."

재수 없게 위로 오빠만 둘이라 더 그래온 것 같다고 그녀는 말했다. 막내에다 외동딸로 자랐으면 사랑 많이 받고 자랐겠다고 하자 그녀가 콧방귀를 뀌었다. "전혀요. 오히려 저는 피아노 대신 태권도하고 합기도만 배우러 다녔는걸요. 오빠들따라서."

상상이 안 된다니까 그녀가 "이래 봬도 저 유단자예요. 주특기는 돌려차기"라고 자랑을 했다. 문득 그녀의 직업이 궁금해진 그가 소라 씨는 하는 일이 뭐냐고 물었다.

"참 일찍도 물어보신다." 그녀가 심드렁하게 대답했다. "목수요."

"정말요?" 그의 눈이 놀라 커졌다. 수저나 제대로 들 수 있을까 싶은 저 팔로 목수라니……. "설마 집 짓는 목수?"

가구를 만든다고 했다. "요즘은 연장들이 좋아서 남들이 생각하는 것만큼 그렇게 힘들진 않아요. 세오 씨는요?"

"하하하, 그쪽이야말로 참 일찍도 물어보신다."

방금 그가 웃었다. 얼마 만에 '하하하'라고 소리 내어 웃어 보는 걸까. 놀이공원에서 탈 인형을 쓴 채 G라는 여자를 만난 이후로 처음이니, 이 년 만에 터진 웃음이지 싶었다. G는 그가 그 여자에게 붙여준 이니셜이었다. 막연히 스물여섯 개의 알파벳 중에 'G'가 가장 잘 어울리는 여자라서 그랬다. 물론 모르는 이름 때문이기도 했지만.

그가 대답했다. "전 놀이공원에서 일해요. 인형 탈 쓰고 하는 일 있죠? 여러 직업을 전전하다 보니 놀이공원에까지 가 있더라고요……."

그거 굉장히 힘든 일이라고 들었다며 그녀가 안쓰러운 눈으로 그를 쳐다봤다. "여름에는 특히나……."

그녀의 연민에 찬 시선이 싫어진 그가 애써 밝게 말했다. "그래도 유일하게 저를 드러내지 않고 할 수 있는 일이라 좋았던 거 같아요. 그게 이 일을 가장 오래 해온 이유이기도 하고요."

"저하고 반대네요. 저는 저를 가장 잘 드러낼 수 있는 일이라 지금 이 일을 택한 건데…… 어쨌든 각자가 가장 좋아하는 일을 하고 있는 것만은 분명하네요, 그쵸?"

그는 최고의 선택과 최선의 선택은 엄연히 다른 거라고 말하고 싶었지만 관뒀다. 삐딱한 모습을 그녀에게 내보이고 싶지 않아서였다. 모두 부질없는 일이었고, 타인으로부터 이해

받은들 달라질 것도 없었다.

어머니와의 전화 통화로 잠이 달아난 그녀가 벤치에서 일어나 가벼운 스트레칭을 했다. 목과 팔을 꺾고 허리를 꺾었다. 그러다 슬금슬금 트렁크 쪽으로 다가가더니 넌지시 숫자 다이얼을 돌려보기 시작했다. 비밀번호가 틀렸는지 다행히 트렁크는 다섯 번 다 열리지 않았다.

여섯 번째 숫자 다이얼을 돌리면서 그녀가 슬쩍 물었다. "안에 뭐가 들었는지는 진짜로 안 가르쳐줄 거예요?"

"또 왜요." 그는 그녀와 마주친 눈을 일부러 피했다.

그럼 자기가 비밀번호 알아내면 어떡할 거냐면서 "그땐 열어봐도 상관없죠?"라고 호기롭게 묻는 그녀의 얼굴에는 장난기가 가득했다. 상관없다는 표정으로 그가 "뭐, 좋을 대로"라고 하자 그녀가 숫자 다이얼을 다시 한번 돌렸다. 하지만 일곱 번째 시도에도 트렁크는 열리지 않았다.

안 되겠다 싶었는지 그녀가 비밀번호의 힌트를 요구해왔다. "하나만 가르쳐줘요, 네? 숫자 하나만."

그는 안 된다며 연거푸 고개를 가로저었다.

그러나 그녀는 어린아이처럼 계속 칭얼대기에 바빴다. "우리 이제 친구잖아요? 친구 된 기념으로 살짝만요, 네?"

그런데 그녀의 반복된 채근이 최면으로 둔갑해버리기라도

한 걸까. 저렇게 매달리는데 안 들어주기가 뭐해 그는 이렇게 말해버렸다. "좋아요. 힌트 줄게요."

커다래진 그녀의 눈이 가로등 아래에서 반짝반짝 빛났다.

힌트인 듯 힌트가 아니어야 하기에 그는 이런 식으로 귀띔했다. "비밀번호 안에 반복된 숫자는 없어요."

그게 어떻게 힌트냐면서 그녀의 목소리가 일순 토라졌다. 경우의 수를 줄였으니까 힌트는 힌트라고 그가 박박 우겨대자 그녀는 못마땅한 얼굴로 다시 숫자 다이얼을 돌려댔다. 몇 차례 눌러본 열림 버튼은 여전히 묵묵부답이었지만 그녀는 계속해서 다이얼을 맞추고 또 맞췄다. 저 정도 근성이라면 실수로라도 비밀번호를 알아내고 말 사람 같았다.

일을 그르치게 놔둘 수 없어서 그가 말했다. "괜히 힘 빼지 말고 눈이나 좀 붙여요."

다행히 그만 포기할 모양인지 그녀가 트렁크에서 손을 뗐다. "나중에 열어봤는데 시시한 거면 가만 안 둘 거예요." 그러고는 그녀가 씩씩거리며 벤치로 가 누웠다.

"알았어요."

그런데 갑자기 그는 그녀에게 미안한 생각이 들었다. 괜히 자기 때문에 집에도 못 들어가고 밖에서 밤을 지새우게 된 것 같아서였다. 그래서 그는 그녀에게 밖에서 자는 건 처음이냐고 물었다.

그녀가 밤하늘에다 대고 대답했다. "이런 노숙은요. 그래도 여름이라 나쁘진 않네요. 밤하늘이 저렇게 예뻤었나 싶은 게……."

그녀의 그 말에 그도 고개를 들어 잠깐 밤하늘을 올려다봤다. 총총히 박힌 별들이 눈물방울처럼 반짝거리고 있었다. 그리고 그때였다. 바람에 스르륵거리는 플라타너스 사이로 매미 울음소리가 났다. 벤치 위의 밤을 여름스럽게 치장하는, 때를 가릴 줄 모르는 매미들의 구애 작전에 그는 G 생각이 났다. 여름날의 매미 울음소리는 가을바람 같아서 좋다던 G의 말…….G는 일요일마다 롤러코스터를 타기 위해 놀이공원을 찾은 아주 못생긴 여자였다.

G가 떠올라 그가 슬그머니 이렇게 말했다. "매미 울음소리는 가을바람 같아서 좋지 않나요?"

"밤에 우는 매미는 게으른 녀석이래요." 그녀가 심드렁하게 반응했다.

그가 큭, 하고 웃으며 물었다. "누가 그래요?"

"그냥 제 생각이에요."

"맞는 말이네요."

그는 별을 올려다보던 눈으로 매미 울음소리를 들었다. 그러자 문득 그는 이 밤이 좋아졌다. 먼 훗날 이날을 기억하게 된다면 그는 누군가에게 이렇게 얘기해줄 것이다. 그때 그 밤

에는 '밤하늘의 별'과 '플라타너스를 흔드는 바람'이 있었다
고. 그리고 '매미 울음소리'와 '간헐적인 웃음'과 '오래되지
않은 친구'가 있었던 밤이었다고. 그래서 그때 그 밤의 부스러
기에는 두통도 우울도 사라지고 없었노라고.

12

그녀와의 첫 번째 밤이었다.

13

지나가는 신발들이 보였다. 삼선슬리퍼와 나이키 운동화가
말없이 지나갔다. 엄지발톱에 파란색 매니큐어를 바른 샌들
이 키득거렸다. 아디다스와 퓨마 운동화가 서로 말을 주고받
으며 서성대고 있었다.

"야야, 저거 봐. 여기서 잤나 봐."

"노숙자 커플인가?"

"차림새는 말끔한데?"

"풉, 근데 저 여자 뭐냐. 완전 웃겨."

또각거리는 하이힐 소리가 아디다스와 퓨마 운동화를 밀쳐냈다. 파노라마처럼 이어지는 신발들의 바통 터치. 잠의 휘청거림과 밤이 물러간 자리의 환한 부끄러움들. 오전의 배웅을 끝내고 정오를 마중 나온 햇살 아래 신발들의 재잘거림은 계속되고 있었다.

어지럽게 중첩되는 말소리와 발소리에 그가 잠에서 깼다. 눈부신 하늘이 눈을 날카롭게 찔러댔다. 운동복 차림을 한 사람들과 그의 눈이 마주쳤다. 놀란 그는 벤치에서 일어나자마자 트렁크부터 확인했다. 다행히 트렁크는 벤치 옆에 얌전히 서 있었다. 트렁크 옆에 떨어져 있는 건 서한사전이었다. 베개 삼아 베고 누운 것인데 몸을 뒤척이다 떨어뜨린 모양이었다. 그런데 사전 사이에 끼워둔 미겔의 편지가 밖으로 삐져나와 있었다. 누가 훔쳐가기라도 할까 봐 그는 얼른 그것을 주워 챙겼다.

어젯밤 그의 편지 해독 작업—실은 조력자로부터 온 문자메시지를 옮겨 적는 일—은 가로등의 감시 아래 새벽 늦게까지 이어졌다. 언어의 빗장이 헐거워지고, 해독이 필요한 스페인 문자들이 그의 편으로 돌아섰을 때 달아난 것은 밤의 우울이었다. 신기했다. 집중할 수 있는 일이 있고, 책임져야 할 결과만 있다면 우울은 망각이 될 수도 있다는 사실이. 우울을 잊은 밤이라니……. 그는 생경했던 지난밤을 되새기며 미겔의 첫 번째 장 편지 내용을 떠올렸다. 그런데 아까부터 지나가는 사람들이 한 곳을 쳐다보며 키득대고 있었다. 그가 옆 벤치로 눈을 돌렸다. 그녀가 입을 쩍 벌린 채 세상모르고 자고 있었다.

그가 봐도 우스워 보여서 그는 얼른 자리에서 일어나 그녀를 흔들어 깨웠다. "소라 씨, 일어나요."

잠에서 깬 그녀의 눈이 정오의 햇살에 찌푸려졌다. 그녀가 잠이 덜 깬 목소리로 벌써 아침이냐고 묻더니 늘어지게 하품을 했다. 모기한테 물린 자국이 가려웠는지 그녀가 팔다리와 목덜미를 마구 긁어대기 시작했다.

그가 헝클어진 머리를 손빗으로 정리하며 말했다. "아침이면 다행이게요." 공원 산책자들의 키득대는 시선이 부끄러워 그는 그녀를 재촉했다. "우리 자리부터 옮겨요. 배 안 고파요?"

그의 말을 듣는 둥 마는 둥 하던 그녀가 가방에서 손거울을 꺼냈다. 거울 속 자신의 얼굴을 보고 놀란 그녀가 호들갑스레 말했다. "못 살아. 얼굴까지 물렸잖아?"

"소라 씨, 배 안 고파요? 나가서 뭐 좀 먹어요." 그는 얼른 이 벤치에서 벗어나고 싶었다.

얼굴에 신문이라도 덮고 잘 걸 그랬다면서 그녀가 그의 재촉에는 아랑곳없이 모기한테 물린 자국을 꼼꼼히 세어나갔다. "열아홉 군데나 물렸어요. 근데 그쪽은 멀쩡하네요? 여기서 같이 잔 거 맞아요?" 그녀가 그의 몸 구석구석을 훑어내렸다.

"그러게요. 모기도 검둥이 피는 먹기 싫었나 보죠." 그가 농담처럼 말했다.

순간 그녀는 아차 싶은 표정을 지었다. 자신의 물음이 이런 식으로 결론지어질 거라고는 생각조차 못 했기 때문이었다. 그녀가 그의 눈치를 살피고는 우물우물 말했다. "저기, 저는 그런 뜻으로……."

"알아요. 농담 한번 해본 거예요. 이런 건 저만이 할 수 있는 농담이잖아요. 하하." 괜히 미안해진 그가 억지웃음을 지어 보였다.

그녀가 말없이 자리에서 일어나더니 어깨에 가방을 멨다. 화라도 난 걸까. 그럴 수 있었다. 그녀는 그럴 의도가 전혀 없었는데 그에 의해 그렇게 의도한 사람처럼 비치고 말았으니 그의 실수였다. 이럴 때 보면 그를 가둔 건 타인이 아니라 그 자신이었다는 생각이 든다. 그때 그 의사 말이 맞았다. 적이란 건 그가 만드는 것이지, 타인이 만드는 게 아니었다.

그녀가 굳은 표정으로 공원 출구를 향해 터벅터벅 걸어갔다. 뿔이 단단히 난 사람 같았다. 진짜 화난 거냐고 조심스럽게 다가가 물으려는데 그녀가 먼저 소리쳤다. "뭐 해요? 밥 먹으로 가자면서."

"네?"

"배 안 고파요?" 다행히 화가 난 건 아닌 듯했다.

그는 얼른 서한사전과 트렁크를 챙겨 들고 그녀를 뒤따라갔다.

그녀는 계속 투덜대며 그의 뒤를 따라왔다. 걷는 내내 목적지를 추궁해와서 귀가 따가울 지경이었다.

그녀가 불만스러운 목소리로 또 물었다. "대체 밥 한 끼 먹으러 어디까지 가냐니까요?"

"근사한 곳이요." 그가 설핏 웃었다.

그녀가 농담조로 말했다. "설마 이탈리아나 프랑스까지 갈 작정은 아니죠?"

"그것도 좋은 생각인데요."

"농담도 참 비싸게 하신다." 너무 오래 걸은 터라 그녀는 살짝 짜증이 나 있었다.

"진짜로 비싼 걸 먹을 거니까요." 그의 목소리는 꽤 진지했다.

그는 고급스러워 보이는 레스토랑을 찾고 있었다. 편의점에서 대충 아침 겸 점심을 해결하려는 그녀를 끌고 나오기까지 애를 먹은 터였다. 모퉁이를 돌자 삼 층짜리 레스토랑이 나타났다. 뜻 모를 외국풍의 상호와 모던한 외관이 그의 눈엔 근사해 보였다. 그가 레스토랑을 가리키며 저기 어떠냐고 그녀의 의중을 물었다.

지친 상태라 그런지 그녀의 반응은 여전히 시큰둥했다. "날도 더운데 대충 냉면이나 먹자니까……."

안 되겠다 싶어 그가 이렇게 대꾸했다. "이 트렁크 갖고 싶으면 제가 하자는 대로 하는 게 좋을걸요. 그리고 어제 소라 씨가 저한테 물었잖아요? 같이 있는 동안 저한테 뭘 해주면 좋겠냐고. 지금 말할게요. 같이 밥 먹어요, 우리."

그녀가 양쪽 어깨에 힘을 빼고는 대답했다. "꼼짝 마, 이거네요. 알았어요. 약속은 약속이니까." 비싼 레스토랑처럼 보여 걱정이 됐는지 그녀가 뒤따라오며 덧붙였다. "근데 먹자는 쪽이 사야 하는 건 알고 있죠?"

"알았으니까 빨리 들어가기나 해요. 저 배고파요." 그가 앞장서 걸었다.

"잠깐만요. 근데 이 차림으로요?"

"제가 보기엔 괜찮은데, 왜요?" 그가 그녀를 위아래로 톺아봤다.

"신발도 그렇고, 전 안 괜찮아요. 여긴 강남 안에서도 강남이고, 저긴 아주 고급 레스토랑이라고요. 그럼 그거라도 줘봐요." 그녀가 턱짓으로 그의 트렁크를 가리켰다. 에르메스라도 끌고 들어가야지 안 되겠다며 이렇게 덧붙였다. "여행자처럼 보이면 좀 낫잖아요?"

그가 군말 없이 트렁크를 건넸다. 그런데 괜스레 그는 웃음이 나왔다. 그녀한테서 자신의 모습이 발견됐기 때문이었다. 그 역시 지금 조르지오 아르마니 바지 정장과 브룩스 브라더스 셔츠를 입지 않았다면, 에르메스 넥타이와 구찌 벨트를 매지 않고, 프라다 구두를 신지 않았다면 그녀처럼 그랬을 것이기에 그렇다. 자기만 그런 게 아니라는 사실이 반가웠고 위안이 되었다. 사람은 누구나 다 자기 나름의 신분과 처지를 기억하며 불만과 만족을 생성한 채 살아가고 있었다. 낄 자리와 끼면 안 되는 자리를 분별한 다음 각자의 테두리 안으로 동화되면 그만이고 말 삶. 말로는 쉬운 그 일이 어려워 그는 아프리카로 미국으로 북유럽으로 떠날 생각을 하고 있었다. 혹은 더 멀리까지도…….

그녀의 요란한 위장(偽裝)에 맞춰 그도 넥타이 매듭을 매만지고 옷매무새를 정리했다. 그러고는 그녀를 따라 레스토랑 안으로 들어갔다. 트렁크를 끄는 그녀의 뒷모습은 당당해 보였다. 턱을 추켜세우게 하는 에르메스의 힘이란 놀라우면서도 한편으론 우스꽝스러웠다. 출입금지 팻말을 걸어둔 것도, 그렇다고 출입 요건을 제시한 것도 아님에도 세상엔 이렇듯 스스로 출입 여부를 판단해야 할 곳이 많았다. 알게 모르게 자기검열에 빠져들게 만드는, 눈에 보이지 않는 위계와 질서들이 그는 못내 쓸쓸하기만 했다.

출입문에는 슈트 차림의 남자 하나가 서 있었다. 밝은 미소와 구십 도 인사로 그를 맞이한 나비넥타이 남자가 "Excuse me" 하고 깍듯이 물어왔다. 이럴 때마다 그가 느끼는 것은, 역시 나는 한국 사람이 아니구나 하는 것이었다. 물론 상대방을 탓할 일은 아니었다. 한국말로 하셔도 된다는 그의 말에 나비넥타이 남자가 너그러운 웃음으로 "혹시 예약하셨습니까?"라고 다시 물었다.

"아니요."

"실례지만, 두 분이십니까?"

"네."

"그럼 이쪽으로 모시겠습니다." 변함없는 미소로 나비넥타이 남자가 테이블을 안내했다.

이제는 조금 익숙해지려는 누군가의 친절이었다.

14

일요일의 레스토랑은 차분했다.

스칸디나비아풍 분위기가 눈을 환하게 했다. 잡힐 듯 말 듯 공간으로 침투한 클래식은 물을 삼킨 스펀지처럼 능청스러웠다. 작정하고 들을라치면 큰 울림으로 느껴지는 음악이지만, 무심하게 놔버리면 대화에 방해되지 않을 정도로 작아지는 울림이었다. 저런 절묘한 볼륨은 대체 누가 조절한 걸까.

그의 속마음을 엿들은 것인지 그녀가 콘트라베이스라고 했다. "지금 흐르는 곡이요. 제가 제일 좋아하는 악기 소리예요." 그러고는 기분 좋은 표정을 지어 보였다.

아, 이게 콘트라베이스가 내는 소리구나……. 심장을 저 깊은 우물 바닥으로 끌어내리는 듯한 소리였다. 그는 한없이 낮아지다가 부드럽게 치고 올라오는 이 둔탁한 음이 이상하리만큼 마음에 들었다. 연인들의 비밀스러운 귓속말을 혼자 엿듣는 기분이랄까. 두근대는 심장을 어르고 달래줄 것만 같은, 그래서 저 악기 소리와 함께라면 두려움과 불안의 응고 반응을 막아낼 수 있을 것 같은 예감이 들었다. 기억해둬야겠다, 콘트라베이스!

레스토랑은 대낮임에도 곳곳이 휘황한 조명으로 장식이 돼 있었다. 내부를 투명하게 드러낸 와인셀러, 은밀하게 감춰진 키친, 천장에 거꾸로 매달린 와인잔들. 테이블 위에는 숟가락을 비롯한 포크와 나이프들이 질서정연하게 놓여 있었고, 냅킨은 예술적 감각으로 빚어낸 하나의 조형물처럼 꼿꼿하게 세워져 있었다. 너무 정갈하고 깨끗해서 흐트러뜨리고 싶지 않은 테이블이었다. 거기에 그와 그녀가 마주 보고 앉았다.

그녀가 옆 의자에 가방을 앉히고는 상체를 그 가까이 끌어당겼다. 그러더니 속삭이는 듯한 목소리로 그에게 말했다.

"좀 창피한 말인데, 저 이런 고급 레스토랑은 태어나 처음이에요."

그가 낮은 목소리로 자기도 마찬가지라고 했다.

"그럼 우리 처음인 거 저 사람들한테 들키지 말아요." 그녀가 눈짓으로 곳곳에 서 있는 레스토랑 직원들을 가리켰다. 자기가 말해놓고도 우스웠는지 그녀가 익살스레 웃었다.

그가 자리를 고쳐 앉으며 그녀를 따라 풉, 하고 웃었다. 그녀 덕택에 낯선 장소가 주는 긴장감이 풀리고 있었다. 그때 드라마에서 보던 대로 종업원이 테이블 가까이 다가왔다. 처음인 거 들키지 말자던 그녀가 허리를 곧추세웠다. 덩달아 그의 허리도 꼿꼿이 세워졌다. 종업원이 거꾸로 뒤집힌 투명한 와인잔을 똑바로 세워 정중히 물을 따랐다. 물컵에 물을 삼 분의이 정도 채워주고 난 종업원이 테이블 위에 메뉴판을 사뿐히 내려놓았다. 그런데 메뉴판을 놓고 사라지는 종업원의 뒷모습이 십팔 년 전의 형과 닮아 있었다. 하마터면 "형!" 하고 소리 내어 부를 뻔했다.

비행기 조종사가 되고 싶다던 형은 현재 어떤 모습으로 살아가고 있을까. 굉음을 내며 하늘을 가로지르는 비행기를 볼 때면 그는 생각했다. 혹시 저 비행기가 형이 조종하는 비행기는 아닐까. 오늘 형이 가야 할 나라는 어느 나라일까. 괜스레 흐린 하늘을 떠다니는 비행기를 보고 있노라면 걱정부터 앞서서 하늘을 향해 외치게 되는 이 말 한마디. "조심해, 형!" 부질없는 인사라는 걸 알면서도 그래야만 마음이 편해지던 날들이었다. 그것으로 부족했던 그는 혹시 형을 찾을 수 있지 않을까 하는 마음으로 일요일마다 인천공항에 드나든 적이 있었다. 이십 대의 한때였고, 모든 게 모호해서 불가능의 가능성마저 믿고 싶어 할 때였다. 물론 조종사 제복 차림의 멋진 형을 만날 수 있을 거라는 기대는 결국 기대로만 끝나버린 일이었지만.

그의 낯빛과 표정이 좀 이상해 보였는지 그녀가 메뉴판 너머로 그를 물끄러미 쳐다봤다. "왜요, 아는 사람이에요?"

"아니요. 아는 사람하고 뒷모습이 닮아서……." 그가 물컵을 자기 쪽으로 바짝 끌어당겼다.

"누군데요?" 그녀의 눈이 날카롭게 움직였다.

그는 일부러 그녀와 마주친 눈을 피했다. "그냥 좀 아는 사람요……."

"그 못된 가족들?" 그녀가 정곡을 찔렀다.

그는 고개를 과장되게 가로저으며 아니라고 했다.

"그거 알아요?" 그녀가 그의 눈을 똑바로 응시했다. "뒷모습까지 기억하는 사람은 자기가 정말로 사랑하는 사람이라는 거요."

"누가 그래요?" 순간 그는 발끈했다.

"제 경험이에요. 빨리 골라요." 그녀의 눈이 다시 메뉴판으로 향했다.

'걱정'도 사랑의 일종이라면 부정하고 싶지는 않았다. 그를 버리고 떠난 사람들이니 한없이 불행해졌으면 좋겠다고 마음먹다가도 돌아서자마자 곧 후회하는 걸 보면 증오의 크기는 날이 갈수록 작아져가는 게 분명했다. 하지만 소멸된 증오의 발자국에 '작은 걱정들'이 빗물처럼 고여든 것은, 그들이 어머니의 남편이고 자식이기 때문이지 그들을 사랑해서가 아니었다. 어머니를 불신하고 자신을 부정했던 사람들을 사랑하라니? 그딴 건 공자한테나 요구하라지. 경험에서 우러나온 그녀의 그 말이 맞다면 아버지와 형과 누나는 그의 뒷모습 같은 건 기억조차 못 할 텐데 그는 그들의 뒷모습을 기억하고 있다는 현실이 조금 억울했다. 셋이 하나를 걱정하는 게 아니라, 하나가 셋을 걱정하고 있는 행태가 우습고 불쾌하기까지 했다. 그를 버리고 떠난 사람들을 버려진 그가 걱정하고 있다니, 도대체 왜?

화가 난 그가 자기도 모르게 입술을 깨물었다. 깊어진 생각과 분노가 끝내는 두통으로 모아졌다. 그가 메뉴판을 열었다. 그의 한쪽 눈가가 파르르 떨렸다. 두통을 참아내는 과정이었다. 아무래도 메뉴 선택은 그녀에게 맡기는 게 좋을 것 같았다.

화난 감정을 그녀에게 들키고 싶지 않아 그는 애써 부드럽게 말했다. "소라 씨가 알아서 주문해줄래요? 저는 뭐가 뭔지 하나도 모르겠어요."

그녀가 알았다며 메뉴판을 꼼꼼히 살폈다. 그런 다음 곧바로 손을 들어 종업원을 불렀다. 형의 뒷모습을 닮은 아까 그 종업원이 다가와 정중히 인사를 했다. 그녀의 주문이 이어지는 동안 그는 한없이 낮아지는 콘트라베이스 선율에 몸을 기댔다. 귓속을 파고든 콘트라베이스가 온몸에 가시처럼 돋아난 화를 어르고 달래주고 있었다.

종업원이 메뉴판을 들고 잠시 물러갔다. 형이 아니란 걸 알면서도 그의 눈은 십팔 년 전 형의 뒷모습을 따라가고 있었다.

그녀가 물을 들이켜며 말했다. "누군지 모르지만 정말 닮았나 보네요."

"네?" 그는 그만 종업원으로부터 눈을 돌렸다.

"그만 쳐다봐요. 그러다 게이로 오해하겠어요."

민망해진 그가 물컵을 집어 들었다. 그녀처럼 와인잔의 가느다란 허리를 손가락 끝으로 쥔 다음 입술을 갖다 댔다. 태어나 와인잔으로 물을 마셔보기는 처음인지라 좀 불편하게 느껴졌다. 아니나 다를까, 속도 조절에 실패한 물이 입가로 흘러 허벅지로 떨어지고 말았다. 조형물처럼 세워져 있던 냅킨을 펼쳐 물을 닦아내는데 바지 주머니에 넣어둔 미겔의 편지가 만져졌다. 음식이 나오기 전에 읽어주면 좋을 것 같아 주머니에서 편지를 꺼냈다. 그런데 그녀가 비어 있는 테이블 쪽을 쳐다보더니 "아 참, 잊을 뻔했네"라고 했다. 그러고는 정신없이 자신의 가방을 뒤지는 거였다. 그녀는 마치 미겔의 편지를 까맣게 잊어버린 사람 같았다. 아니, 잊었을 리 없으니 그녀는 일부러 외면하고 있는 게 분명했다. 몰라도 될 것들을 알게 될까 봐 두렵다던 그녀……. 그래서 그는 미겔의 편지를 엉덩이 밑에 감춰두고는 아까 실패한 물을 다시 들이켰다. 다행히 이번엔 흘리지 않았다.

그는 그녀가 잊을 뻔한 게 뭘까 궁금해하며 와인잔 속 물 렌즈에 투과된 그녀를 주시했다. 그녀가 가방에서 꺼내 든 것은 디지털카메라였다. 아, 알 것 같았다. 주문한 음식이 나오면 찍으려는 거였다. 누가 시킨 것도 아닌데 자신이 어디에 가서, 무엇을 보고, 무엇을 먹었는지 미니 홈피에 일일이 보고하는 사람들. 자기 취향과 라이프스타일을 거리낌 없이 드러내고 과시하는 사람들. 그녀도 그런 부류의 사람이라는 게 마냥 부러웠다. 적어도 비루하지 않은 삶이기에 불특정 다수에게 공개하려는 거 아니겠는가. 그런데 그게 아니었다. 그녀가 찍고 있는 것은 음식이 아닌 레스토랑의 테이블과 의자였다.

음식을 찍으려는 줄 알았다니까 그녀가 촌스럽게 그딴 걸 왜 찍겠냐는 식으로 말했다. "찍어두면 다시 먹을 수나 있대요?" 그녀의 냉소적인 웃음이 식탁 위로 떨어졌다. "아 참, 이렇게 만난 것도 인연인데 제 명함 한 장 드릴까요?" 그러더니 그녀가 명함 케이스에서 명함 한 장을 꺼내어 그에게 건넸다.

그녀의 명함에는 앙증맞은 식탁 그림과 함께 '소라의 식탁'이라고 쓰여 있었다. 그리고 명함 뒷면에는 '세상에 하나뿐인 당신들만의 식탁을 만들어드립니다'라고 명조체로 쓰여 있었다.

그는 명조체의 그 문구가 좋아 읽고 또 읽기를 반복했다. "세상에 하나뿐인 당신들만의 식탁…… 당신들만의……."

'들'이라는 복수형 접미사가 눈에 들어오자 그도 모르게 왈칵 눈시울이 붉어졌다. 그 모습을 들키지 않으려고 그가 고개를 숙인 채 명함을 계속 들여다봤다. 그녀가 말하길 자기는 식탁만 만들어 판다고 했다. 그가 간신히 눈물을 숨긴 뒤에 "그렇군요……"라고 말하고는, 그런데 그 많은 가구 중에 하필이면 왜 식탁만이냐고 물었다.

"식탁이 좋아서요." 사진을 다 찍고 난 그녀가 카메라를 식탁 한쪽에 내려놓았다. "그리고 식탁만큼 덜 이기적인 가구도 없잖아요."

"덜 이기적이라…… 그건 무슨 뜻이죠?"

"식탁은 혼자 독차지하기보다 다른 누군가와 나눠 쓰는 거니까요."

그는 '나눠 쓰다'라고 하는 식탁에 대한 그녀의 정의가 별로 마음에 들지 않았지만 동의한다는 의미로 고개를 끄덕여 줬다. "그래서 식탁만 보이면 카메라에 담는 거고요?"

"네. 디자인이 잘 안 풀릴 때 돌려보면 도움이 되거든요. 저는 말이죠, 세상의 모든 식탁을 갖고 있는 사람일 거예요." 자기가 좋아하는 일에 대한 얘기라 그런지 그녀의 표정이 유독 밝아 보였다.

어릴 때부터 나무로 무엇이든 만들기를 좋아했다는 그녀. 대학 진학을 포기하고 목수의 길을 가겠노라 선언했을 때, 그녀의 부모와 오빠들은 마치 인생이 망가지기라도 할 것처럼 호들갑을 떨었단다.

"집이 한바탕 난리가 났었죠. 게다가 남자도 하기 힘든 일을 하겠다고 하니 말해 뭐해요."

가족의 설득에도 불구하고 대학 진학을 포기한 그녀는 스무 살이 되자마자 한국에서 손가락 안에 든다는 목공 장인을 찾아갔다. 그 어떤 잘난 기술도 세월만 한 기술은 없다는 판단에서였다. 물론 과정은 순탄치 않았다. 그런 팔다리로 망치나 제대로 들 수 있겠냐는 둥, 힘으로 하는 일인데 근육이 너무 없는 거 아니냐는 둥 해가면서 장인은 당신의 제자가 되고 싶어 찾아온 그녀를 미덥잖은 눈으로 쳐다봤다. 신체 조건을 들먹이며 내쳐진 다음 날이면 그녀는 다시 스승을 찾아갔고, 스승은 하루도 거르지 않고 찾아오는 그녀를 끊임없이 외면하고 냉대하고 거부했다. 그리고 약 한 달간의 지난한 줄다리기 끝에 그녀가 장인한테서 들은 말은 겨우 이것이었다. "쯧쯧 쯧, 그럼 살부터 찌워 와!" 그 말에 꼭지가 돈 그녀는 그날 팔을 걷어붙였다.

"그리고 제가 뭘 한 줄 알아요? 장작을 팼어요. 스승님이 패다 만 장작을 몽땅. 아마 일 년 치는 됐을걸요."

"정말요?" 알면 알수록 그녀는 의외의 인물이라는 생각이들었다.

"그걸 보더니 그제야 받아주시더라고요. 오해와 편견에 대한 승리였죠. 지금이니까 하는 말이지만, 그 장작 패고 저 몸살 앓았잖아요." 그때의 기억이 떠올랐는지 그녀가 잠깐 몸서리를 쳤다.

그렇게 육 년에 걸친 혹독한 도제 수업을 마치고 났을 때, 무뚝뚝한 욕쟁이 스승이 그녀에게 해준 말은 '지독한 년', '열 사내보다 나은 년', '뭐가 돼도 될 년'이었다. 욕을 처먹으면서 그때만큼 행복했던 적은 없었다며 그녀는 자신의 지난날을 회상했다.

그러고는 이렇게 말했다. "어릴 때 배워둔 태권도하고 합기도가 그나마 도움이 됐던 거 같아요. 인내하는 데요."

"그렇군요. 저도 그런 거라도 좀 배워둘걸……." 그가 마른 입에 물을 들이켰다. 그랬다면 좀 더 강인한 사람이 돼 있었을 텐데…….

한때 그는 양쪽 팔뚝에 아주 큰 문신을 새길 작정으로 타투이스트를 찾아간 적이 있었다. 그냥 남들 눈에 강해 보이고 싶었다. 그를 함부로 대하는 사람들에게 '엄포'가 되고 '겁'이 되고 싶었다. 아주 큰 문신이라면 그를 검둥이라 놀리는 사람들에게 창과 방패가 되어줄 거란 생각도 들었다.

그녀가 그의 팔뚝을 살피더니, 근데 왜 안 했냐고 물어왔다.

"나중에 취직하는 데 방해가 될까 봐서요. 검둥이인 데다 몸에 문신까지 있으면 누가 절 써주겠어요. 근데 지금은 후회해요."

"왜요?"

"몸에 문신이 있으나 없으나 살아온 결과는 별반 달라지지 않았을 테니까요. 적어도 불을 뿜은 용이 양 팔뚝을 휘감고 있었다면 어린놈들이 저한테 반말지거리는 안 했겠죠. 저는 나이를 먹고 살아온 게 아니라 후회를 먹고 살아온 사람 같아요……."

"누구나 마찬가지예요. 그래도 전 후회하는 삶이 좋아요. 후회가 없으면 반성도 없을 거고, 반성이 없으면 달라질 내일도 없지 않겠어요?" 그녀가 물을 한 모금 마시고는 물었다. "근데 세오 씨는 전공이 뭐였어요?" 예상을 비껴간 질문이었다.

"네?" 순간 그의 동공이 불안하게 흔들렸다.

"전공이요."

"아, 저기……." 그는 순발력을 발휘해 이렇게 대답했다. "그러니까 저는…… 신, 신문방송이요. 언감생심 기자가 되고 싶었거든요. 뭐, 결국은 이렇게 돼버렸지만……." 당황한 얼굴빛을 가리기 위해 그가 얼른 물을 들이켰다.

그런데 영어도 아니고 왜 스페인어를 복수전공으로 택한 거냐고 그녀가 한 치의 의심도 없이 또 물었다.

"아, 그러니까…… 그게……." 그의 이마에 식은땀이 맺혔다. 그녀의 질문이 여기까지 파고들 줄은 몰랐기 때문이었다. 그래도 그럴듯한 답변을 내놓아야 하기에 이렇게 말했다. "저 외국어 잘하게 생긴 외모잖아요? 그래서 외국어 하나쯤은 마스터해보자 싶어서……." 좀 설득력이 떨어진다고 느낀 그가 곧바로 다시 말을 이었다. "어, 실은 제가 페드로 알모도바르의 영화를 좋아했어요. 아주 원색적인 색감을 가진 감독인데, 혹시 본 적 있어요?"

"아, 있어요." 그녀는 순례 떠나기 전에 스페인 관련 책을 몇 권 읽었다고 했다. "스페인을 대표하는 감독이라길래 찾아봤죠. 〈그녀에게〉하고 〈악마의 등뼈〉였던가?"

"맞아요. 선명하고 자극적인 내러티브가 특히 인상적이죠. 그 감독 작품을 여럿 접하다 보니 저도 모르게 서반아어의 매력에 빠져들었던 거 같아요. 어조가 굉장히 빠르고 시원시원하잖아요? 약간 거칠기도 하고…….” 그가 냅킨으로 이마에 맺힌 땀을 닦아냈다.

“맞아요. 미겔의 스페인어도 아주 속사포 같았어요.”

“그, 그렇죠? 페드로 영화를 자막 없이 봐보겠다며 선택한 복수전공인데, 학교를 그만두는 바람에 그런 꿈도 모두 날아가버렸죠…….” 그가 남아 있는 물을 벌컥벌컥 들이켰다. 빨리 화제 전환이 필요했다. 더 이상 끌고 나갈 거짓말이 없었다. 저러다 스페인어에 대해 물어오기라도 하면 큰일이었다.

어떻게 이 주제에서 벗어나나 고민하고 있는데, 집게손가락으로 원을 그리듯 와인잔 테두리를 만지작대던 그녀가 트렁크와 그를 번갈아 쳐다보더니 말했다.

“아, 그러면 되겠다. 제가 식탁 하나 만들어줄게요.”

이건 또 무슨 소리인가 싶어 그가 “네?” 하고 반문했다.

“저 트렁크요, 아무 대가 없이 갖기엔 너무 고가잖아요. 내가 왜 진작 그 생각을 못 했지?”

그가 나무라듯 말했다. “대가 없이 받는 게 아니라고 했잖아요. 소라 씨 시간을 저한테 쓰는 거라니까요.”

그래도 이건 도리가 아니라며 그녀가 고개를 절레절레 흔들더니 근사하게 하나 만들어주겠다고 했다.

“괜찮아요. 아니, 필요 없어요…….” 그는 극구 손사래를 쳤다.

"식탁 필요 없는 사람이 어딨어요. 밥은 먹을 거 아니에요."
그녀의 끈질긴 근성이 또 한 번 발휘될 모양이었다.

그는 재차 강조했다. "진짜 필요 없다니까요."

"식탁은 새끼손가락 걸어준 3차 보답이에요." 그녀는 그 못
지않게 고집이 셌다.

미겔의 첫 번째 장 편지에 의하면 그녀는 카를로스 미겔에
게도 식탁을 만들어줬다고 했다. 그것은 한국어 손편지와 함
께 스페인으로 보내진 선물이었다. 테이블과 의자 귀퉁이마
다 쇠붙이로 장식이 된 그녀의 육 인용 식탁은 너무나 사랑스
럽고 인상적이었다고 미겔은 편지에 썼다. 식탁 의자를 빼고
앉을 때면 어김없이 만져지는 'SoRa'라는 이름이 새겨진 쇠붙
이 장식들. 그것 때문에 의자 등받이의 귀퉁이를 만지작대는
게 버릇이 돼버렸다는 카를로스 미겔이었다. 그런데 그녀가
그에게도 그 식탁을 만들어주겠단다.

만들어주기로 마음을 굳혀버린 그녀가 몇 인용으로 만들면
좋겠는지, 선호하는 색깔은 무엇인지에 대해 물었다.

정말로 식탁이 필요 없는 그는 이렇게 말해야 했다. "진짜
필요 없어요. 지금 쓰고 있는 것도 아직 멀쩡하고요……."

그런데 그녀는 집요하게 또 물어왔다. "육 인용은 어때요?"

그는 육 인용이라는 그녀의 말이 마치 자신을 놀리는 것 같
아 순간 속이 상했다. 그는 카를로스 미겔이 아니었고, 누구에

게나 '당신들만의 식탁'이 되는 건 아니었다. 이 세상에 그 혼자 남겨졌다는 걸 뻔히 알면서도 그녀는 육 인용 식탁을 만들어주겠다며 생각 없이 지껄이고 있었다. 솔직하고 속이 깊은 사람인 줄 알았더니 그게 아니었다.

그는 재차 사양 의사를 밝혔다. "집도 좁고……."

그녀가 그의 말을 가로채 말했다. "그건 핑계고, 혼자라 육 인용은 필요 없다 그거죠?"

"……." 속내를 들켜버린 그는 차마 아무런 대꾸를 할 수 없었다.

엿들으면 안 되는 비밀을 털어놓기라도 하듯 그녀가 작은 목소리로 말했다. "그거 모르죠? 제가 만든 식탁은 이상한 마력을 가졌다는 거요."

"그게 무슨……."

"식탁 주술가라는 말도 못 들어봤죠?"

"주술가?"

"제가 바로 그 식탁 주술가예요. 장담컨대 제가 만든 육 인용 식탁을 집에 들이는 순간 그 의자를 채워줄 사람들이 분명 나타날 거예요."

동화 같은 그녀의 말이 우스워 그가 코웃음을 쳤더니 그녀가 기분 나쁜 표정을 해 보였다. 왜 비웃는 거냐는 그녀의 항변에 가까운 말에 그는 장담 조로 "그럴 일은 절대 없을 테니까요……"라고 소심한 응수를 했다. 그녀는 거기서 물러서지 않고 그에게, 혹시 지금 쓰고 있는 거 의자 하나 딸린 식탁 아니냐고 했다.

한발 물러선 목소리로 그가 말했다. "그렇긴 한데, 그건 집이 좁아서……." 순간 그는 그녀의 논리에 걸려든 기분이 들었다.

"거봐요." 그녀의 양쪽 눈썹이 꿈틀댔다. 그녀는 마치 게임에서 이기기라도 한 표정이었다.

그는 분명 일 인용 식탁을 쓰고 있기 때문에 가족들이 죽거나 사라진 게 아니라, 가족들이 죽거나 사라져버렸기 때문에 일 인용 식탁을 쓰고 있는 거였다. 확실한 역학관계가 존재함에도 그녀의 말은 그럴듯하게 들렸다. 정말일까? 정말로 그녀가 만들어주고 싶어 하는 그 '당신들만의 식탁'이 그에게도 마력과 주술을 발휘해줄 수 있을까? 그래서 '나만의 식탁'이었던 것이 '우리들만의 식탁'이 될 수 있을까? 그러나 그는 속으로 말도 안 된다고 생각하며 가만히 고개를 가로저었다.

자기 말을 믿어주지 않자 답답했는지 그녀가 주먹으로 자신의 가슴을 두어 번 내려쳤다. "어, 끝까지 안 믿네?" 자기 말이 맞는지 틀린지는 두고 보면 알 일이라며, 아무튼 육 인용으로 근사하게 만들어줄 테니까 집 주소나 불러보라고 했다.

그때 마침 주문한 음식이 나왔다. 그는 흐트러진 자세를 바로잡고는 말했다. "배고프니까 일단 먹어요."

"만들어줄 테니까 일단 받는 거예요? 저 진짜 식탁 주술가라고요."

"알았으니까 나중에요." 그가 어린아이 달래듯 그녀를 달랬다.

하지만 그는 알고 있었다. 그녀가 그를 위해 육 인용 식탁을 만들어줄지언정 그가 그 식탁을 쓰게 될 일은 없을 거라는 걸. 다시 한번 말하지만, 그의 집은 여섯 개의 의자가 딸린 식탁을 들이기엔 너무 비좁았다. 그리고 그것을 짊어지고 그 먼 나라로 갈 수는 없는 노릇이었다. 더군다나 육 인용이었다.

음식은 애피타이저부터 차례대로 나왔다.

종업원은 음식 접시를 내려놓을 때마다 그와 그녀에게 꾸벅 인사를 했다. 과도한 친절이 못내 불편하다고 느낀 그는 종업원의 인사에 매번 고개를 숙이고 있었다.

종업원이 음식 접시를 내려놓고 사라지자 그녀가 소곤대듯 말했다. "그렇게 일일이 인사받아줄 필요 없어요." 비싼 돈 내고 받는 당연한 서비스이니 편하게 즐기라면서 그녀가 덧붙인 말은 이것이었다. "그러다 우리 처음인 거 들키겠어요."

"그래도 전 이게 더 편한걸요…… 저 촌스럽죠?"

"많이요."

그녀의 말 한마디는 결코 오래된 그의 버릇을 이겨먹을 수 없을 것이다. 지금껏 고집불통에 가까운 그의 습관의 벽을 무너뜨린 사람은 아무도 없었다. 어머니조차 그랬다. "세오 넌 쓸데없이 고개를 조아리는 게 문제야." "넌 손님이니까 인사만 받으면 돼. 어디 가나 손님은 왕이란다." "네가 잘못한 게 아니라면 절대 사과할 필요 없어. 알겠지?" "상대방이 한 대 때리면 너도 한 대만 때리면 되는 거야." 계속 무시해오던 어머니의 그 가르침을 받아들이기로 한 건 겨우 어제부터였다. 완벽하게는 아니었지만, 그를 마이콜이라 부르던 작자와 그의 손등을 할퀸 된장녀에게 말이다. 하지만 방금과 같은 친절을 그녀처럼 당연하게 받아들이는 데에는 아직 많은 수련이 필요할 듯싶었다. 아무리 자기 돈 주고 산 친절이라 해도 친절은 아직 그에게 '완벽한 불안'일 뿐이었다.

애피타이저로 나온 양송이 수프와 관자를 넣은 파프리카 통양상추 샐러드 접시가 금세 비워졌다. 모기한테 물린 자국이 가려웠는지 그녀는 내려놓기 뭐한 포크로 팔다리를 긁어 댔다. 그는 굳이 예의를 차리려 들지 않는 그녀의 그런 태도가 마음에 들었다.

빈 애피타이저 접시가 치워지자 메인 요리인 버섯 샐러드와 접시 두 개가 나왔다. 절인 대추에 꿀과 레드 와인을 곁들여 만든 안심 스테이크는 그 앞에, 허브로 마리네이드한 생연

어에 마늘 드레싱을 입힌 연어 스테이크는 그녀 앞에 놓였다. 냉동 돈가스가 최고의 만찬이었던 그에게 이 두 음식은 너무 고급스러워서 입에 대기 아까울 정도였다. 종업원이 프랑스산 와인 샤또 딸보를 와인잔에 따라주자 식탁은 그의 어머니에게조차 양보하기 싫은 모습이 돼 있었다.

그는 그녀가 집은 포크와 나이프를 똑같이 골라 쥐고는 스테이크를 썰기 시작했다.

점점 취기가 올라왔다. 콘트라베이스 연주 음악이 계속 흘러나오는 가운데 메인 접시는 깨끗이 비워진 상태였다. 어찌나 부드럽던지 연어 스테이크와 안심 스테이크는 몇 번 씹을 새도 없이 사라져버렸다. 장식용 채소까지 모조리 먹어 치우니 접시에 남아 있는 건 약간의 소스뿐이었다.

그들은 부족한 양을 못내 아쉬워하며 남은 와인을 마저 따라 마셨다. 소주보다 달콤하고 막걸리보다 진한 샤또 딸보의 몽롱함은 내내 기분 좋은 수다를 만들어냈다. 하지만 계층 이동을 맛봐버린 허름한 그의 시간들은, 뒤에서 쫓아오는 불안하고 고독한 미래에 의해 소리 없이 울먹이고 있었다. 그것은 알 수 있으면서도 알 수 없는, 명징하면서도 모호하기도 한 그의 필연의 시간 때문이었다.

어떻게 알아챘는지 그녀가 와인을 입에 대려다 말고 말했다. "울음소리가 들려요. 그쪽 심장에서……."

그는 소스가 그려낸 흰 접시 위의 추상화를 무연히 내려다보고 있었다. 그녀가 취기 가득한 목소리로 재차 "눈물이 보인다고요, 눈물이……"라고 중얼중얼했다.

속마음을 들킨 게 부끄러워진 그가 무슨 소리냐며 발뺌을 했다. "이렇게 활짝 웃고 있는데. 봐요." 그러고는 입가에 잔뜩힘을 실어 자신의 양쪽 입술 꼬리를 과장되게 밀어 올렸다.

"아니에요. 제 눈은 못 속여요. 들려요. 세오 씨 흐느낌이……." 그녀 역시 취기 가득한 눈으로 물끄러미 그를 쳐다봤다.

"소라 씨, 많이 취했네요." 그가 허허롭게 웃었다. "취해서지금 환청이 들리는 거라고요……."

그녀가 남아 있는 와인을 마저 들이켜고는 고집스레 말했다. "아무튼 아까보다 표정이 확실히 어두워졌어. 설마 음식이 다 떨어져서 그런 건 아니죠?"

"맞아요. 고급진 음식이 아깝게 위장 속으로 다 사라져버렸잖아요. 하하하하." 그의 억지스러운 웃음이 빈 와인잔 속으로 투명하게 떨어졌다.

그때였다. 식사가 끝났다는 걸 알고는 종업원이 테이블을치우러 왔다. 디저트는 주문하신 대로 아이스크림과 캐모마일 차로 준비해 올리겠다고 했다. 눈물 나게 황송한 대접이 끝나가고 있었다.

그리고 그제야 그는 아까 가족에 대한 분노로 찌릿찌릿하게 느껴지던 두통이 잠잠해졌다는 걸 알아차렸다. 두통약을 삼키지 않고도 두통이 사라지는 경우는 드물었다. "별일이네……."

그가 냅킨으로 입가를 훔쳤다. 하얀 냅킨에 와인이 묻어났다. 하트 모양의 보라색 얼룩이었다.

디저트가 나오기 전에 화장실에 다녀오겠다며 그녀가 자리에서 일어났다. 취한 그녀의 발걸음이 좀 불안해 보였다. 그런데 아까 그녀는 어떤 경로로 그의 마음속 흐느낌을 감지해낼 수 있었던 걸까. 그녀가 들었다는 그의 심장의 울음소리가 단순히 취기에서 비롯된 게 아니라면, 그래서 진짜로 그녀가 들었던 거라면 그녀는 타인의 속마음을 어디까지 읽어낼 수 있는 걸까. 그러자 그의 생각은 그녀가 만들어주겠다던 그 식탁으로 옮겨갔다. 정말일까? 정말로 그녀의 식탁에는 이상한 마력이 깃들어 있을까? 그래서 그 식탁을 집에 들이는 순간, 그 의자를 채워줄 사람들이 나타나줄까? 떠나간 가족들까지도 다시 돌아와 내게 '안녕'이라고 말해주게 될까? 하지만 그의 고개는 아까처럼 다시 저어지고 말았다. '식탁 주술가'는 그녀가 만들어낸 상술일 뿐이지 세상에 그딴 건 없었다. 역시 동화 같은 얘기야……. 허무맹랑한 그녀의 홀림에서 빠져나온 그가 허탈하게 한 번 웃어 보였다. 불신해버리고 나니 오히려 그는 마음이 편안해졌다.

그는 자신의 어리석음을 깊은 한숨으로 갈무리하고는 물을 두어 번 들이켰다. 화장실에서 돌아오는 그녀의 불안한 움직임이 물컵 너머로 비쳐 보였다. 앞머리와 귀밑머리가 물에 젖어 있는 게 한바탕 세수라도 한 모양이었다. 하얀 피부 탓에 취기를 머금은 그녀의 양쪽 뺨이 선홍빛으로 빛났다. 그는 한 번도 가져본 적 없는 빨간 볼이었다.

비틀대다 자리에 앉은 그녀가 스킨로션을 바르듯이 손바닥으로 얼굴을 가볍게 두드렸다. 취기에서 깨어나려는 행동이었다. 젖은 머리카락을 귀 뒤로 쓸어 넘기고 난 그녀가 얼굴에 물을 좀 끼얹었더니 정신이 든다면서 이렇게 말했다. "이제 읽어줄래요?"

"네?"

"엉덩이 밑에 넣어둔 미겔 편지요." 그녀가 그의 엉덩이 쪽을 눈으로 가리켰다.

그건 또 언제 봤던 걸까. 하긴, 그녀가 미겔을 어떻게 잊어버리겠는가.

좀 취한 것 같은데 괜찮겠냐고 하니까 그녀는 귀는 멀쩡하다며 빨리 읽어달라고 했다. "궁금해요……." 의자를 바짝 끌어당겨 자리를 고쳐 앉은 그녀가 테이블 위에 한쪽 팔을 올리고 턱을 괬다. 그녀의 고개와 시선이 와인잔에 담긴 투명한 물로 향했다.

그는 잠깐 꾸물대다 엉덩이 밑에 감춰둔 미겔의 편지를 가만히 꺼내 펼쳤다. 그리고 목을 가다듬은 다음 천천히 미겔을 읽어나가기 시작했다. "그리운 조소라 씨에게……."

그리운 조소라 씨에게

어떤 말로 시작해야 할지 몰라 여러 차례 들었다 놓기를 반복한 펜입니다. 우선 늦은 답장을 보내는 것에 용서를 구합니다. 벌써 이 년이 흘렀군요. 당신이 스페인을 다녀가고, 당신의 한국어 손편지가 이곳에 도착한 지 말입니다. 답장이 늦어진 이유는 게을러서도, 당신의 편지를 번역하지 못해서도 아닙니다. 왠지 답장을 하고 나면 모든 게 끝나버릴까 봐, 이 주 동안 당신과 함께했던 그때의 격정이 혹시나 공기 중으로 사라져버릴까 봐 두려웠습니다. 지금도 저는 폰세바돈 마을과 철의 십자가를 떠올리면 그때의 분위기에서 헤어날 수 없습니다. 철의 십자가 아래에서 당신을 처음 만나고 알 수 없는 감정에 휘말리던 순간, 그때의 제 솔직한 감정은 '슬픔'이었습니다. 그것은 한때 한국인이었을 제가 한국인이란 당신을 만나게 된 데서 오는 슬픔도, 당신과 내가 가진 조건이 달라서 오는 슬픔도 아니었습니다. 이 주 동안 느꼈다시피 우린 서로의 언어를 부족함 없이 잘 이해했잖아요. 그 슬픔은 왜 지금이어야만 했는가, 왜 당신이어야만 했는가에서 출발한 것이었습니다. 혼란스러웠습니다. 남은 산티아고 순례길을 당신과 함께 걷고, 순례를 마치고 돌아와 당신과 함께 그라나다를 누비던 내내 말입니다. 누군가와 밥을 먹는 일이, 같이 보며 같이 느끼는 일상의 행위들이 이렇게 행복할 수도 있다는 사실이 한편으로는 놀라웠습니다. 그라나다의 후미진 골목길에서 당신과 나눴던 긴 입맞춤, 내 허리를 감싸 안았던 당신의 팔, 내 옆에 기대어 앉을 때마다 턱에서 만져지던 당신의 머리카락과 투명한 피부의 감촉까지…… 어느 것 하나 잊히지 않은 기억입니다. 부질없는 후회인 줄 알면서도 오늘도 저는 이렇게 중얼거렸습니다. 그때 나는 순례길을 떠나지 말았어야 했다고, 그리고 철의 십자가 아래에서 당신의 신발을 보지 말았어야 했다고 말입니다. 결코 당신을 후회해서가 아닙니다. 결국은 이렇게 될 거라는 걸 알았기 때문입니다.

여기는 새벽이고 비가 옵니다. 빗소리는 우리가 헤네랄리페 정원에서 들었던 그 물소리와 비슷합니다. 저는 지금, 당신이 손편지와 함께 만들어 보내준 그 육 인용 식탁에 앉아 이 편지를 쓰고 있습니다. 헤어지던 날 선물을 하고 싶다며 내게 집 주소를 물어오던 당신…… 그런데 이렇게 멋지고 큰 선물이 도착할 줄은 몰랐습니다. 테이블과 의자 귀퉁이마다 쇠붙이로 장식이 된 당신의 식탁은 너무나 사랑스럽고 인상적이었습니다. 식탁 의자를 빼고 앉을 때면 어김없이 만져지는 'SoRa'라는 이름이 새겨진 쇠붙이 장식들. 그게 꼭 당신인 것만 같아 매일 눈을 감은 채 만지고 또 만져보기를 반복해온 나날입니다. 이제는 의자 등받이의 귀퉁이를 만지작대는 게 버릇이 됐을 정도입니다. 얼마나 고맙고 다행인지 모릅니다. 당신을 느낄 수 있는 이 식탁이 있어서 말입니다.

당신이 가구를 만든다는 건 알고 있었지만, 이렇게 아름다운 예술품을 만들어내는 예술가일 줄은 몰랐습니다. 남자도 하기 어려운 그 일을 여리디여린 당신이 한다는 사실이 믿어지지 않았습니다. 그래도 당신이 가장 좋아하는 일이라니 응원과 박수를 보냅니다. 제발 다치는 일 없이 당신을 닮은 사랑스러운 가구가 아주 많이 만들어지길, 아울러 제가 느낀 행복을 다른 사람들도 느끼고 가져볼 수 있기를 바라고 또 바라봅니다.

이제 제 차례인 것 같아 당신이 몰랐을 저의 얘기를 좀 해드릴까 합니다.

"일단은 여기까지예요……." 그가 손에서 편지를 가만히 내려놓았다.

그녀가 턱을 괸 손을 풀고는 소리 나지 않게 박수를 쳤다. "정말 대단해요. 스페인어 실력이 하나도 녹슬지 않았네요." 그녀의 놀라 커진 눈이 표정 전체로 번져나갔다. "기대 이상이에요."

지금 그게 중요한 게 아니라며 그가 말을 얼버무렸다. 그녀의 계속되는 칭찬에 그는 양심에 찔린 목소리로 사전 덕분임을 강조하고는 얼른 그녀에게 물었다. "어때요, 미루고 싶었던 편지였잖아요……."

"아이스크림 녹겠어요. 빨리 먹고 일어나요……." 그녀가 고개를 푹 숙이고는 말없이 아이스크림을 떠먹었다. 아직은 아무 말도 하고 싶지 않은 것이다.

그는 그녀의 기분을 고려해 침묵 속에 캐모마일 차를 마셨다. 그녀가 떠먹는 아이스크림 위로 콘트라베이스가 무겁게 가라앉았다. 그런데 아쉽게도 그의 귀에는 그녀의 마음속 흐느낌 같은 건 들려오지 않았다. 하긴, 스페인에 후회처럼 남겨진 그녀의 안타까운 사랑을 그가 어찌 헤아릴 수 있겠는가. 그는 아주 못생긴 여자 G를 사랑한 것 말고는 그 누구도 이성으로서 사랑해본 적이 없었다. 사실 G와의 사랑마저도 제대로된 건 아니어서 그녀를 마음속 깊이 이해하기에는 그가 가진 감정의 경험과 역사는 너무 초라했다.

그건 그렇고, 카를로스 미겔은 왜 그녀의 신발을 보지 말았어야 했다고 한 걸까?

레스토랑의 콘트라베이스와 멀어진 지 한 시간째였다.

그와 그녀는 목적지 없는 목적지를 향해 무작정 걸었다. 걷다가 지하철역이 나타나면 지하철에 올라탔고, 지하철이 만원으로 복잡해지려고 하면 내려서 또 걷기를 반복했다. 소화도 시키고 몽롱한 머릿속 안개도 걷어낼 겸 일단 걸었으면 좋겠던 그녀의 제안은 그들을 한없이 낯선 곳으로 이끌었다.

아직 남아 있는 와인의 장난기 때문인지 그녀의 수다는 뜨겁게 달궈진 아스팔트 위에서도 멈출 줄을 몰랐다. 정작 듣고 싶었던 카를로스 미겔에 관한 얘기는 제외된 채, 욕쟁이 목공 스승으로 시작된 그녀의 이야기는 식탁 주문 제작에 얽힌 에피소드에서 간섭쟁이 가족에 대한 불만으로 옮겨갔다. 잠깐 심통이 난 그가 자기가 보기엔 지나친 간섭이라기보다는 지나친 가족애 같다고 했더니 그녀는 동의할 수 없다며 불같이 화를 냈다. 절묘하게도 그때 그녀의 어머니한테서 또 전화가 걸려왔다. 지금 어디이며, 어제는 어디에서 잤는지, 밥은 먹었는지, 언제 올 것인지 등으로 시작된 통화는 오랫동안 이어졌다.

이번에도 일방적으로 전화를 끊어버리고 난 그녀가 말했다. "봐요, 이게 어떻게 가족애예요? 지나친 간섭이지."

"근데 간섭이라는 것도 애정이 있어야 가능한 거예요. 앞으로 어머니한테 전화 오면 친절하게 좀 받아요."

왠지 그로부터 야단맞는 기분이 들었는지 그녀가 일부러 말을 돌렸다. "그나저나 그 트렁크에는 대체 뭐가 들었는데요?"

잠잠하더니 왜 또 그러느냐면서 그는 일부러 고개를 외로 틀었다.

그녀가 흘긴 눈으로 그를 쳐다봤다. "진짜로 뭐가 들어 있긴 해요?"

이제 자기 차례인 것 같아 그는, 그녀가 궁금해하는 대답 대신 위험천만했던 정화조 청소부터 빌딩 유리창 닦기와 택배 일까지, 안 해본 것 없는 자신의 직업에 대한 전력을 얘기해나갔다.

그녀가 끼어들었다. "또 또 빠져나가기는."

그녀의 말에 아랑곳하지 않고 그는 그 일들을 그만두게 된 사연을 덧붙였다. 택배 일을 관둔 이유는 문을 잘 열어주지 않아서였다. 인터폰 모니터에 나타난 검둥이 택배 기사는 저들에게 한없이 낯설고 의심스러운 것이었다. '물건'이 아닌 '의심'을 배달하는 사람. 확인의 확인을 거친 뒤에도 불안한 눈초리는 거둬지지 않았다. 빨리 받고 싶어 안달이 난 쇼핑 상품이지만 이방인이 전달하는 방식은 그래도 마음에 들지 않았을 것이다.

"생각해봐요. 택배 상자와 검둥이의 조합을. 너무 명백한 위험 요소 아닌가요?"

"듣고 보니 그러네요." 뒤늦게 실수를 깨달은 그녀가 얼른 그에게 사과를 했다. "아, 미안해요……."

소라 씨가 미안해할 필요는 없다며 그가 그녀의 사과에 고개를 내저었다. "따지고 보면 미안한 쪽은 제 쪽인걸요……." 기대에 부푼 마음으로 택배 기사를 기다렸을 사람들한테 잠시나마 의심과 불안을 안겨줬으니 말이다.

그녀가 관두길 백번 잘했다면서 그의 편에 서서 말해줬다.

정화조 청소 일을 그만둔 이유는 유독가스 질식으로 곧 죽겠다 싶어서였다. "근데 더 웃긴 게 뭔지 알아요? 빌딩 유리창 닦기를 관둔 이유예요."

"무서워서?"

"아니요." 그가 고개를 가로저었다. "자꾸만 빌딩 아래로 몸을 던지고 싶은 거예요. 죽을까 봐 두려운 게 아니라, 죽고 싶어 하는 그 마음이 두렵더라고요……."

"질식해 죽을까 봐 겁내던 사람이 빌딩 아래로 몸은 왜 던지고 싶었는데요?" 그녀의 질문에는 염려가 담겨 있었다.

"끝이 안 보였어요. 그땐……."

"그럼 지금은요?"

"보여요. 그 끝이……." 염려하는 듯한 그녀를 향해 그가 가볍게 미소를 지어 보였다.

"좋은 뜻이죠?"

"물론이에요. 그러려니 하면 모든 게 편안해진다는 걸 그땐 왜 몰랐는지 모르겠어요."

죽고 싶다가도 죽을까 봐 두려웠던 그 지난날을 있게 한 건 단순한 미련이었다. "글쎄, 저 양반 안사람이 검둥이를 낳았다대? 검둥이랑 떡방아를 신나게 찧었으니 그럴 테지." "쟤 동생은 검둥이래. 쟤네 엄마가 낳은 진짜 동생이라던데? 하필이면 검둥이랑 바람이 날 게 뭐냐? 확 티 나게시리." 확인되지 않은 소문과 손가락질을 견디지 못하고 떠난 가족이었지만 그는 미련을 버리지 못하고 있었다. 그것은 동네 구성원이 바뀔 만큼의 시간이 흐르고 나면, 그래서 가족을 괴롭혔던 소문들이 허물처럼 남아 아무것도 아닌 게 돼버리고 나면 반드시 그를 찾아올 거라는 미련이었다. 그래서 그는 십팔 년 동안 그 미련의 노예로 살아온 것으로도 모자라 가족을 쫓아낸 동네를 여태껏 벗어나지 못한 채 살아가고 있었다. 그런데 그 미련이 이제는 지치다 못해 희망으로 둔갑하려고 했다. 희망이란 원래 절반의 부정과 절반의 의심으로 시작되는 감정의 모험이었다. 바꿔 말하면 '희망'은 곧 '체념'의 다른 말이었다. 게다가 십팔 년이었다. 설령 가족들이 그때 떠나지 않았다 해도 지금은 각자의 삶을 찾아 뿔뿔이 흩어진 상태로 살아가고 있을 시기였다. 한 가정의 가장이자 부모로서, 혹은 늙음과 죽음으로서……. 사실 그런 식으로 생각하고 나면 그는 조금이나마 위로가 되었다. 어차피 그렇게 살아야 할 거 미리 살아버린 것뿐이라는 이로운 생각들. '어차피'라는 말이 존재하지 않았다면 몰랐을 사고(思考)의 편리였다.

괘씸한 가족에 관한 생각들로 그의 발걸음은 점점 느려지고 있었다.

멀리서 그를 부르는 그녀의 목소리가 들려왔다. 그를 사로잡았던 과거의 조각들이 사방으로 흩어져 겨우 사라졌다. 내내 땅바닥에 떨궈진 그의 시선이 소리 나는 쪽으로 향했다. 어느새 저만치 걸어가버린 그녀가 빨리 오라며 손짓을 했다. 거리를 좁히기 위해 그가 잰걸음으로 움직였다.

무슨 생각을 하기에 계속 뒤처지는 거냐며 그녀가 그를 나무랐다. 그는 미안해서 멋쩍게 웃다 말 뿐이었다. 더위에 지친 그녀의 발걸음이 횡단보도 앞에서 멈춰 섰다. 어디 갈 데라도 있냐고 물었더니 그녀가 건너편을 고개로 가리켰다. 약국이 보였다. 모기에 물려 가려운 데는 물파스를 발라주면 가라앉는다고 했다. 어제의 노숙 때문인 것 같아 그는 그녀에게 또 미안해졌다.

신호등이 보행자 신호로 바뀌자마자 그가 걸음을 재촉했

다. 그런데 그녀를 따라가던 그의 발걸음이 잠시 주춤대다 이내 멈춰 서고 말았다. 저게 누구지? 그의 눈살이 찌푸려졌다. 횡단보도 맞은편에서 낯이 익은 사람 하나가 걸어오고 있었다. 그의 기억이 맞다면 그 사람은 어제 지하철 플랫폼에서 만난 된장녀가 분명했다. 어제와 같은 옷차림이라 기억은 더 또렷했다. 도심 한복판에서 하필이면 왜 저 여자인지 모르겠다.

혹시나 눈이 마주칠까 봐 그는 고개를 숙이고는 횡단보도를 건넜다. 바뀐 빨강 신호등 너머로 멀어졌겠거니 하고 고개를 쳐드는데 된장녀가 보였다. 횡단보도 너머에 가 있어야 할 된장녀가 바로 눈앞에 서 있는 게 아닌가! 여전히 거슬리는 진한 향수 냄새였다.

된장녀가 그를 째려보며 말했다. "어디서 봤다 했더니, 우리 구면이지?"

"사람 잘못 봤어요." 그는 얼른 고개를 외로 틀었다.

된장녀가 조롱 조로 말했다. "왜 이래? 검둥이가 그렇게 흔해?"

검둥이라는 말에 순간 그는 꼭지가 돌았다. 주먹을 움켜쥔 그가 소리쳤다. "내가 아직도 우습지!"

격앙된 그의 목소리를 듣고 그녀가 저만치에서 달려왔다.

된장녀가 어이없다는 웃음을 뱉어내며 말했다. "하, 나 진짜! 저 여자한테 주기로 했나 보지, 그 트렁크?"

그 옆에 바짝 붙어 선 그녀가 된장녀를 눈으로 가리키며 누구냐고 물었다. 그가 일회용 밴드가 붙은 자신의 손등을 가리켰다.

저 여자가 어제 그가 말한 된장녀라는 걸 단번에 알아챈 그녀는 다짜고짜 된장녀에게 대들기 시작했다. "어, 너구나? 예의라곤 좆도 모르는 도둑년."

"뭐?" 된장녀의 이맛살이 찌푸려졌다.

그녀가 된장녀를 향해 삿대질을 했다. "상해를 입혔으면 사과부터 해야지!"

"사과라니?" 삐딱하게 선 된장녀가 팔짱을 끼었다.

된장녀의 발뺌에 화가 난 그녀가 밴드가 붙은 그의 손등을 끌어다 된장녀 눈앞에 바짝 들이댔다. "이래도 아니야?"

"저 새끼도 나 밀쳤거든? 그리고 저 새끼가 먼저 나한테 구라 쳤다고! 자기랑 자주면 저 트렁크 준댔다니까? 그쪽한테도 그랬지?" 그러고는 된장녀가 그녀를 위아래로 훑어내렸다.

그녀가 어이없는 표정을 지었다. "뭔 개소리야!"

"흥분하는 거 보니 맞나 보네." 된장녀가 콧방귀를 뀌었다.

이때 그가 손을 내저으며 끼어들었다. "아니에요. 전 그렇게 말한 적 없어요, 소라 씨……."

다시 된장녀가 말했다. "아마 그쪽한테도 자기랑 하루 동안 어쩌고 하면 그 트렁크 준다 그랬을걸? 그게 그 말이지 뭐. 안 그래?"

그녀가 격앙된 목소리로 맞받아쳤다. "씨발, 내가 남자라도 니년하고는 자기 싫겠다! 앞뒤 구분도 안 되는 년이랑 하고 싶겠냐? 머리 돌아간 년이랑 하고 싶겠어!"

"뭐?" 분을 이기지 못한 된장녀가 끼고 있던 팔짱을 풀었다.

그녀가 한심하다는 표정으로 말했다. "으이구, 꼴에 그것도 젖통이라고."

"야, 죽고 싶어!" 열에 받친 된장녀의 얼굴이 붉으락푸르락 달아올랐다.

그녀가 더 크게 소리쳤다. "신호등 바뀌었어! 얻어터지기 전에 얼른 꺼져!"

된장녀가 한 대 칠 것처럼 그녀 앞으로 바투 다가왔다. "못 꺼지겠다면?"

"니년이 보기엔 내가 나무젓가락 하나도 못 부러뜨릴 거 같지?" 그러고는 그녀가 가소롭다는 듯 웃었다.

된장녀가 그녀를 얕잡아 보듯 말했다. "흥, 이쑤시개가 아니고?"

"어디 그럼 국가대표급 돌려차기에 한번 맞아볼래?" 그녀가 메고 있던 가방을 그에게 맡기고는 호기로운 자세를 취했다. 위엄을 갖춘 제대로 된 태권도 자세였다.

억울함이 극에 달한 된장녀가 씩씩거렸다. 그녀를 상대하면 할수록 자기만 손해라는 걸 간파한 된장녀가 뒷걸음질로 깜빡이는 횡단보도를 건넜다.

그녀가 달아나는 된장녀를 향해 소리쳤다. "야, 사과 안 해!"

횡단보도 맞은편으로 멀어져간 된장녀 역시 분을 삭이지 못하고 소리쳤다. "검둥이 새끼, 너 내 눈에 띄면 죽을 줄 알아!"

그를 대신해 그녀가 끝까지 맞받아쳤다. "야, 이년아! 너야말로 내 눈에 띄지 마! 눈에 띄기 싫으면 그 절벽 수술부터 해야 할걸!"

"야! 그러는 넌 빵빵한 줄 알아?" 된장녀는 억울해 미치기 일보 직전이었다.

그녀가 된장녀를 향해 뻑큐를 날리며 끝까지 응수했다. "니 년처럼 뭐 넣을 정돈 아니거든! 빨리 꺼져!"

행인들의 시선이 된장녀한테 쏠렸다. 창피함을 견디지 못한 된장녀가 건물 사이로 숨어들었다. 사라질 때까지 억울해하는 모습이 역력해서 통쾌하기 이를 데 없었다. 든든한 자기편이 생겼다는 생경함에 자꾸 웃음이 나와 키득거렸더니 그녀가 왜 웃느냐고 했다.

"그러게요. 자꾸 웃음이 나네요." 그가 피식대며 말을 이었다. "아무튼 고마워요. 대신 욕해줘서. 근데 그 얼굴에서 어쩜 그런 욕이 나와요?"

"욕은 이럴 때 쓰라고 있는 거니까요. 방금 건 새끼손가락 걸어준 4차 보답이었어요."

"근데 그 보답이란 건 몇 차까지 있을 건데요?" 그가 들고 있던 그녀의 가방을 그녀에게 건넸다.

"저야 모르죠." 약국엔 자기 혼자 갔다 오겠다며 그녀가 손으로 그의 어깨 너머를 가리켰다. "세오 씨는 저기 저쪽 공원에 가 있을래요?"

그는 고개를 돌려 그녀가 가리킨 손끝을 바라봤다. 쉬어가기를 종용하는 도심 속 아담한 근린공원이 보였다. 빨간색 벤치가 유독 탐스럽게 눈에 띄는 곳이었다.

15

그는 그늘이 먼저 차지하고 앉아 있는 벤치를 빼앗아 앉았다. 욕심부리는 게 뭔지 모르는 그늘은 이번에도 그에게 자리를 양보했다. 그러고 보면 그의 생은 그늘의 것 말고는 지금껏 그 누구의 것도 탐해본 적이 없었다. 그렇다고 자기 것을 지키며 살아온 생도 아니었다. 그래서 그는 자신의 것을 늘 남에게 빼앗기고 마는 그늘의 삶이 그렇듯 그 역시 그늘로 살아온 것만 같았다. 물론 그에게마저 자신의 것을 빼앗기고 마는 이 그늘이야말로 세상에서 가장 불쌍한 녀석인지도 모를 일이지만.

벤치에 앉자마자 그는 구두부터 벗었다. 어제까지만 해도 새것처럼 보이던 프라다 구두에는 회색 먼지가 뿌옇게 내려앉아 있었다. 발등 부분은 벌써 주름이 잡혀 쭈글쭈글해진 상태였다. 그는 손으로 구두의 먼지를 닦아내고는 두 발을 구두 위에 살포시 얹었다. 밴드 덕에 발뒤꿈치는 더 이상 덧나지 않았다. 꾸덕꾸덕 말라버린, 양말에 묻은 피고름이 어떤 나라의 지도처럼 보여서 그는 잠깐 피식, 웃음이 나왔다.

그가 발가락을 꼼지락거리며 한낮의 뙤약볕을 초점 잃은 눈으로 쳐다봤다. 그런데 자꾸만 그의 눈앞에 좀 전의 상황이 되풀이되어 나타났다. 생각할수록 또 웃음이 나왔다. 목공 스승이 왜 그녀를 두고 '열 사내보다 나은 년'이라고 했는지 알 것도 같았다. 그녀의 돌려차기를 보지 못한 게 못내 아쉬웠지만, 그래도 큰 싸움으로 번지지 않은 것만으로도 다행이었다.

그렇게 그녀와 된장녀 사이의 실랑이를 떠올리며 혼자 미친놈처럼 웃고 있을 때였다. 바지 주머니에서 문자 수신음이 울렸다. 조력자인가? 하고 핸드폰을 열어 확인했다. 의뢰한 날짜에 그의 집을 방문하겠다는 P업체의 문자 서비스였다. 아차 싶었다. 그러고 보니 오늘 밤이었다. 다급해진 그는 P업체에 바로 전화를 걸었다. 일요일인데도 통화가 되었다.

— 안녕하세요. 방금 문자 받고 전화 드리는 건데, 저는 장세오라고 합니다…….

— 네네.

— 방문하시기로 한 날이 오늘인데, 혹시 연기 가능할까요? 제가 사정이 좀 생겨서요…….

— 방문 시 의뢰자는 없어도 크게 상관은 없습니다만…….

— 그래도 연기를 했으면 하는데…….

— 장세오 씨라고 하셨나요? 잠시만요.

키보드 두드리는 소리와 함께 질문이 다시 이어졌다.

— 그럼 언제쯤 방문하면 될까요?

— 내일, 아니 화요일 오후 정도면 가능할 거 같은데요…….

— 화요일 오후면…… 네, 가능하겠네요. 그럼 그렇게 조정해드리겠습니다.

저만치에서 달려오는 그녀가 보였다. 그는 감사하다는 말을 남기고 얼른 전화를 끊었다. 이번 주 화요일 오후였다. 그녀 때문에 생긴 뜻하지 않은 불상사였다.

더위 속 뜀박질이 힘에 부쳤는지 그녀가 숨을 거칠게 몰아쉬며 빨간색 벤치에 앉았다. 뭘 그렇게 많이 샀냐고 했더니 그녀가 비닐봉지에 든 것들을 하나하나 벌여놓았다. 물파스를 비롯해, 치약과 칫솔이 보였다. 칫솔은 하나가 아닌 두 개였다. 고맙게도 칫솔 하나는 그의 몫인 모양이었다. 그런데 일회용 밴드는 왜 또 사온 걸까. 어제 사다 준 것도 아직 많이 남아 있는 터라 의아해서 그가 "밴드는 또 왜요?"라고 물었다.

물파스를 집어 든 그녀가 모기 물린 자리에 그것을 바르고는 다소 무심한 투로 대답했다. "보이길래 한번 사와봤어요. 그쪽 쓰라고요. 진짜 살색이거든요."

진짜 살색이라니? 무슨 뜻인지 몰라 그가 일회용 밴드 갑을 살폈다. 포장 갑에는 치아를 드러내며 환하게 웃고 있는 여자 사진이 실려 있었다. 모델은 그와 같은 피부색을 가진 외국인이었다. 상자를 열고 낱개 포장을 또 한 번 벗겨내자 진갈색 일회용 밴드가 모습을 드러냈다. 그의 살에 갖다 대니 감쪽같았다. 밴드를 붙인 티가 별로 나지 않았다.

그녀가 바른 데에 물파스를 덧바르며 말했다. "실은 오늘 처음 알았어요. 이런 색 밴드가 있다는 거요." 그러고는 그녀가 재촉했다. "빨리 붙여봐요. 이건 새끼손가락 걸어준 5차 보답이니까……."

그는 그녀의 마음 씀씀이가 고마워 손등에 붙은 살구색 밴드를 당장 떼어내고 그 자리에 진갈색 밴드를 붙였다. 양말을 벗어 양쪽 발뒤꿈치에도 붙였다. 그녀한테 말은 안 했지만, 사실 어렸을 때부터 그는 상처 위에 일회용 밴드를 붙이는 걸 그다지 좋아하지 않았다. 별것 아닌 그 일이 그에게는 별것이었다. 그리고 그 어린 나이에 생각했더랬다. 아프리카에서 파는 일회용 밴드는 무슨 색깔일까? 하고.

그녀가 그의 손등을 환한 웃음으로 내려다봤다. "감쪽같아요."

"네, 감쪽같네요. 소라 씨하고 나 말고는 아무도 모르겠죠? 손등에 밴드 붙였다는 거요." 덩달아 그의 입가에도 환한 웃음이 번져들었다.

그녀가 콧잔등을 응그리며 말했다. "아까 그 된장녀도 있잖아요."

"하하, 그런가요?" 그는 감쪽같은 자신의 손등을 내려다보고 또 내려다봤다.

물파스를 다 바르고 난 그녀가 칫솔 하나를 그에게 건넸다. 그녀는 밥을 먹고 양치질을 하지 않으면 똥을 싸고 밑을 닦지 않은 기분 같아서 견딜 수 없다고 했다. 그래서 그는 그녀와 함께 공원 수돗가로 가주었다. 그녀의 몸에서 풍겨 나오는 알싸한 물파스 냄새가 그는 왠지 모르게 좋았다.

그녀의 양치질은 오랫동안 이어졌다.

먼저 양치질을 끝내고 빨간색 벤치로 돌아온 그는 칫솔의 물기를 탈탈 털어냈다. 그리고 일회용 밴드와 함께 칫솔을 바지 주머니에 챙겨 넣었다. 그런데 주머니 밖으로 삐져나온 칫솔이 보기에 영 거슬렸다. 그렇다고 들고 다니기도 좀 그랬다. 넣어둘 데를 찾아 헤매던 그의 눈은 어쩔 수 없이 트렁크로 향했다. 고개를 돌려 그녀의 동태를 확인하고 난 그가 잽싸게 트렁크의 숫자 다이얼을 돌렸다. 세 자리 비밀번호는 배신하는 법 없이 찰칵, 열렸다.

트렁크 안에는 그녀에게 줄 것들이 얌전하게 들어 있었다. 받는 사람 입장에서는 겨우일지도 모를 그것들……. 그러자 그는, 나중에 열어봤는데 시시한 거면 가만두지 않겠다던 그녀의 장난스러운 말이 생각났다. 그래도 그녀는 시시하다고 여기지 않을 터였다. 왜냐하면 조소라니까. 그에게 미안하다고 말해주는 사람이니까.

"그래, 그런 사람이니까……." 그는 그렇게 혼잣말을 하며 그녀가 이 트렁크를 열어보게 될 순간을 상상했다.

트렁크의 비밀번호는 그녀와 헤어진 뒤에 그녀의 핸드폰으로 보내질 예정이었다. 짐작건대 그녀는 그 문자메시지를 그녀의 집으로 향하는 버스나 지하철 안에서 받게 될 것이다. 어쩌면 그녀의 집이나 방 안에서 받게 될지도 모르겠다. 하지만 그녀에게 돌아갈 이 트렁크는 화요일 오후쯤이면 그와 다시 만나게 될 터였다.

"그래, 다시……." 허공을 응시하는 그의 눈빛이 조금 어두워졌다.

양치질을 끝낸 그녀가 한결 상쾌해진 표정으로 걸어왔다. 그는 트렁크 포켓에 칫솔과 밴드를 넣어두고는 숫자 다이얼을 얼른 흐트러뜨렸다.

조금 연기됐을 뿐, 모든 일은 계획한 대로 되어가고 있었다.

16

또다시 두통이었다.

P업체로부터 문자메시지를 받고, 업체 관계자와 전화 통화를 하고 난 뒤에 나타난 두통이었다. 그는 두통약을 먹어야 하나 말아야 하나 고민하며 어디로 가야 할지 모르는 곳을 향해 무작정 걸었다. 걷는 내내 그의 핸드폰에서는 진동음이 세 번 울렸다. 믿음직스럽고 성실한 그의 조력자로부터 온 문자메시지, 아니 미겔의 번역된 문장이었다.

미겔의 조각난 문장을 확인하기 위해 핸드폰을 꺼내 드는데 갑자기 등 뒤에서 짧은 비명 소리가 났다. 뒤돌아보니 그녀가 앞으로 꼬꾸라진 채 넘어져 있었다. 노면이 꺼진 곳인지도 모르고 부주의하게 걷다가 생긴 작은 사고였다. 불찰의 원인은 다름 아닌 미겔의 편지였다.

도심 속 아담한 근린공원을 출발할 무렵 그녀가 원한 것은 미겔의 편지였다. 취한 상태에서 들었던 거라 그가 읽어준 편지 내용이 잘 생각나지 않는다며 내민 그녀의 손이었다. 평계는 그러했지만, 그의 느낌에는 미겔을 읽고 또 읽고 싶어서 그런 것 같았다. 그렇게 온 신경을 편지에 쏟아부은 채로 걸었으니 언제 넘어져도 넘어질 일이었다.

놀란 그가 얼른 그녀 곁으로 달려갔다. "괜찮아요? 다친 데는요?"

그녀가 대답 대신 멋쩍은 표정을 지어 보인 후 땅을 짚고 일어났다. 피부가 하얘서 그런지 그녀의 무릎에는 금세 시퍼런 멍이 생겨났다. 좀 엄살을 부릴 법도 하건만, 그녀는 일어나자마자 가방에서 물파스를 꺼내어 쓱쓱 바르고는 아무렇지 않게 다시 걸었다. 절룩대는 걸음걸이가 신경이 쓰여 진짜로 괜찮으냐고 물었더니 그녀는 끝내 괜찮다고 한다.

그가 그녀 대신 얼굴을 웅그리며 말했다. "으, 무릎이 아까보다 더 시퍼레졌어요."

"원래 멍이 잘 드는 편이라 그래요. 진짜 괜찮다니까요. 봐요." 진짜로 괜찮다는 걸 보여주기 위해 그녀가 제자리에서 폴짝 뛰어 보이기까지 했다.

"괜찮은 거 알았으니까 그만해요." 그녀의 움직임을 자제시키고는 그가 물었다. "근데 저 뭐 하나만 물어봐도 돼요?"

"얼마든지요." 그래도 아프긴 아픈 모양인지 그녀가 한쪽 눈가를 몰래 찡긋거렸다.

"미겔 말이에요. 왜 소라 씨 신발을 보지 말았어야 했다고 한 거예요?"

그녀가 편지 봉투에 편지를 접어 넣으며 대답했다. "그때 제 운동화 끈이 풀려 있었거든요. 이게 그때 그 운동화예요." 그녀가 자신의 아디다스 운동화를 내려다봤다.

비로소 낡은 운동화의 비밀이 풀리려는 순간이었다.

미겔이 편지에서 말했다시피 그녀가 미겔을 만난 곳은 폰세바돈 마을에 있는 철의 십자가 아래에서였다. 소원을 빌기 위해 올라갔는데 거기에 미겔이 서 있었고, 우연히 눈이 마주친 두 사람은 서로가 한국 사람이라는 걸 단번에 알아봤다고 했다.

"처음엔 한국에서 온 순례자인 줄 알았어요. 한국에서 단체로 순례를 왔나? 하고 주변을 둘러보는데 한국인은 그 사람뿐이더라고요. 근데 그 남자가 계속 저한테 뭐라 뭐라 말을 건네는 거예요. 얼굴은 분명 한국 사람인데 쓰는 말은 쏼라쏼라여서 처음엔 좀 이상하다고 생각했어요."

그녀는 한국말이 아닌 스페인어로 시끄럽게 떠들어대는 미겔의 말을 알아들을 수 없었고, 아래를 보라는 듯 손짓을 해대는 미겔의 행동 또한 이해하지 못했다. 그러다 답답함을 견디지 못한 미겔이 그녀 앞으로 성큼 다가왔다.

"다가와서는 갑자기 제 앞에 쭈그려 앉는 거예요."

그제야 그녀는 자신의 한쪽 운동화 끈이 풀려 있다는 걸 알아차렸다. 처음 본 사람의 운동화 끈을 묶어주는 미겔의 행동은 이상하다 못해 당황스러웠다. 그래서 그녀는 속으로 생각했다. 스페인이라는 나라는 원래 이런 모양이라고. 그게 누가 됐든 풀려 있는 신발 끈을 보면 묶어주는 게 이 나라만의 전통이자 관습인 모양이라고. 하지만 그런 행동이 스페인만의 독특한 문화라 해도 처음 본 사람한테까지 이러는 건 이해가 가지 않았다.

"그래서 운동화 끈을 묶어주고 일어나는 그 남자한테 한국말로 이렇게 물었어요. '혹시 저 알아요?' 그랬더니 그 남자가 막 고개를 끄덕이는 거예요. 아마도 그때 미겔은 제가 '나 한국 사람인데 당신도 한국 사람이야?'라고 물어보는 줄 알았던 거 같아요."

그렇게 시작된 만남은 서로에 대한 호기심으로 이어졌고, 온갖 영어 단어와 각자의 언어가 뒤섞인 대화도 이틀째부터는 불편함을 잃어갔다. 그리고 표정과 몸짓 언어만이 유일한 소통의 도구였음에도 그녀와 미겔은 어느새 순례길을 같이 걷고 있었다. 그냥 그 순간에 충실하다 보니 자연스레 그렇게 된 것 같았다고 했다.

"신기했어요. 다른 언어를 쓰는 사람과 금방 친해질 수 있다는 게요. 어쩌면 같은 한국 사람이라 가능했던 일인지도 모르죠. 그래서 더 감정이 남달랐던 거 같아요. 모든 게 배제된 상태에서 사람 그 자체를 좋아한다는 건 흔한 일이 아니니까요."

"전 잘 모르겠어요. 그게 어떤 감정인지……." 정말로 그는 몰라서 답답하다는 표정이었다.

"왜 그 사람이라서 좋은 거 있잖아요." 마치 미겔이 자기 눈앞에 있기라도 하듯 그녀가 살며시 미소를 지었다. "그래서 그냥 보는 것만으로도 좋아죽겠는 사람……."

그가 알 듯 모를 듯한 표정과 함께 그녀의 말을 따라 했다. "그렇군요. 그 사람이라서 좋은 거……."

그녀의 말을 듣고 있다 보니 그는 진작에 다른 나라로 떠나지 못한 게 후회되었다. 언어가 통하지 않는 나라라 해도 잠시나마 그녀가 미겔을 만나 사랑의 감정을 느낄 수 있었듯이 그 역시 그럴 수 있었을지 모른다는 생각이 들자 더 그랬다. 만약에 가족으로부터 버림받았을 당시, 여기가 아닌 저 어디쯤으로 떠났더라면, 그래서 오직 '그'라서 '그' 자체를 좋아해줄 누군가를, 그냥 '그'를 보는 것만으로도 좋아죽겠는 어떤 누군가를 만났더라면 그는 지금보다 사람답게 살아봤을지 몰랐다. 사실, 놀이공원에서 만난 못생긴 여자 G는 탈 인형 너머의 '보이지 않는 그'를 좋아해준 것이지 '진짜 그'를 좋아해준 건 아니었다. 그러기에 그의 연애다운 연애는 완전하지 못했고,

조금은 찝찝했으며, 군데군데 거짓투성이였다.

그녀의 말이 다시 이어졌다. "그렇게 남은 순례길을 미겔과 함께 걸으면서 알게 됐어요. 교포 3세쯤 되는 줄 알았던 그 사람이 입양아였다는 걸요." 그녀는 그 사실을 알았을 때 한쪽 가슴이 시려왔다고 했다.

"연민이었네요……."

"맞아요. 고독이기도 했고요. 제 수첩에다 '윤선호'라는 한글 이름을 그림 그리듯 그려주고는 쓸쓸히 웃던 웃음이 아직도 기억에 생생해요."

"그랬군요……." 미겔의 처지에 동화되고 만 그가 가만히 고개를 끄덕였다.

"한글로 엄마 아빠는 어떻게 쓰는 거냐고 물어오기에 가르쳐줬더니 그걸 몇 번이고 따라 쓰더라고요. 정말 짠했어요. 태생적으로 끌리는 게 있었는지 그 사람, 한국과 한국인에 대해 많이 궁금해했어요. 어쩌면 그래서 나란 여자한테 관심을 보였는지도 모르죠……." 그 말끝에 그녀의 눈가가 조금 글썽해졌다.

그는 잠깐 하늘을 올려다보며 카를로스 미겔에 대해 생각했다. 낳아준 부모로부터 버림받았다는 슬픔을, 다름을 알게 되었을 당시의 고독과 원래 자리로 돌아갈 수 없다는 체념을. 그리고 '윤선호'가 아닌 '카를로스 미겔'이어야 했기에 감당

해야만 했던 온갖 성장의 감정들을……. 결국 미겔에 관한 생각은 그의 지나온 삶으로 이어졌다. 정말일까? 정말로 미겔은 구김 없이 잘 자라온 걸까? 그렇다면 나는 왜 이렇게밖에 살아오지 못한 걸까? 그는 자꾸만 미겔의 행복을 의심하려 드는 자신이 못나고 추해 보이기까지 했다.

그럼에도 뭘 확인하고 싶었는지 그는 그녀에게 이렇게 묻고 말았다. "혹시, 미겔 사진 있어요? 어떻게 생겼는지 궁금해서……."

그녀가 "아, 그러고 보니 사진이 있었네요"라고 하면서 가방에서 디지털카메라를 꺼내어 그 앞으로 내밀었다. '미겔'이라고 쓰인 사진 폴더를 열자 수많은 미겔이 나타났다. 사진 속 미겔의 표정은 하나같이 밝아 보였고, 서글서글한 외모는 남자인 그의 눈에도 호감이 느껴졌다. 무엇보다 미겔은 한국인 그 자체였고, 윤선호였으며, 건강하게 잘 자란 남자 어른이었다. 인정하고 싶지 않지만 그의 눈에는 그래 보였다.

그녀가 카메라 속 미겔을 빤히 들여다보며 말했다. 미겔에 대해서는 떠올리는 것만으로도 기분이 좋아지는 모양인지 좀 전까지 글썽거리던 그녀의 눈엔 다시 밝은 기운이 들어찼다. "지금 생각해보면 강박 같은 게 있었던 거 같아요."

"미겔이요?"

"네." 그녀가 고개를 끄덕였다. "정리정돈에 대한 강박이랄

까…… 아무튼 그랬어요. 순례를 마치고 미겔이 사는 집에 초
대받아 갔었거든요."

미겔의 집 안에 있는 모든 사물은 항상 제자리에 반듯이 있
어야 했다. 식탁을 차릴 때 포크와 나이프는 흐트러져서는 안
되었고, 옷들은 색깔별로 정리해놓아야 했다. 길을 가다 모르
는 누군가의 어깨 위에 하얀 실밥이 붙어 있으면 반드시 떼어
줘야 직성이 풀리는 사람. 쓰고 난 칫솔은 탈탈 털어 양치 컵
에 꼭 넣어둬야만 하는 사람. 주물러 빤 행주는 개수대 오른쪽
에 널어둬야 하고, 책들은 판형별로 꽂아야 하는 사람. 그래서
미겔은 그녀의 풀린 운동화 끈을 보고 그냥 지나치지 못했던
것이다. 고기보다는 채소를 좋아하고, 향수는 뿌리지 않으며,
저녁마다 산책 겸 운동을 나가는 미겔의 삶은 잘 묶인 운동화
끈 같았단다.

그녀가 새로운 뭔가를 발견한 표정으로 말했다. "그러고 보
니 저, 미겔에 대해 아무것도 모른다고 생각했는데 그게 아니
었어요."

"그러게요. 소라 씨는 미겔의 습관까지 알고 있었네요. 예
전에 우리 어머니가 그랬어요. 그 사람의 습관에 대해 아는 건
그 사람의 모든 걸 안다는 뜻이라고요."

그런데 그때였다. 갑자기 그녀가 걸음을 멈춰 세우더니 그
에게 어디 아프냐고 물었다. "아까부터 표정이 별로 안 좋아

보여서요⋯⋯."

"머리가 좀 아파서⋯⋯ 약을 먹어야겠어요." 말이 나온 김에 그는 휴대용 약통에서 두통약을 꺼내어 물 없이 삼켰다.

그녀가 무슨 약이냐고 묻기에 그냥 두통약이라고 했다.

하지만 그녀는 안 믿는 눈치였다. "혹시 죽을병에 걸린 거 아니에요?"

"아니에요."

"그래서 죽기 전에 여행이라도 떠나려는 거 아니냐고요. 드라마나 영화에서처럼."

그녀의 과한 상상에 그가 찌푸린 얼굴로 웃었다. "저도 차라리 그랬으면 좋겠는데, 아쉽게도 스트레스성 두통이라네요."

"무슨 말이 그래요? 아쉽다니요." 그녀가 걱정스러운 눈으로 그를 쳐다봤다.

그가 장난스럽게 "그런가요?"라고 하자 그녀가 "괜히 걱정했네"라고 토라진 목소리로 말을 흘렸다.

괜한 호기심에 그가 슬쩍 그녀에게 물었다. "진짜로 걱정했어요?"

"아, 아니요." 그녀가 정색하듯 고개를 가로저었다.

그가 한 번 더 물었다. "왜 걱정했는데요?" 그러고는 그녀의 얼굴을 빤히 쳐다봤다. "나 걱정해주는 사람은 오랜만이라 그래요. 말해봐요."

고개를 외로 튼 그녀가 재차 건조하게 말했다. "걱정 안 했다니까요……."

집요하게 물고 늘어질까 봐 그랬는지, 아니면 속마음을 들킨 게 민망해서 그랬는지 그녀는 미젤의 편지로 부채질을 하며 그보다 앞서 걸어가버렸다.

자신을 걱정해주는 사람을 만났다는 생각에 괜스레 기분이 좋아진 그가 그녀를 따라잡기 위해 빨리 걸었다. 트렁크의 요란한 바퀴 소리가 길바닥을 시끄럽게 긁어댔다.

17

6월의 한낮 더위는 점점 후텁지근해졌다.

여름이 되면 겨울이 그리워지고, 겨울이 되면 여름이 그리워지는 버르장머리는 계절의 뒤를 늘 하인처럼 따라다녔다. 이럴 때 겨울의 것을 조금 나눠 저장해뒀다가 여름날에 꺼내 쓸 수 있으면 좋으련만. 계절의 문제는 자기 것을 너무 철저히 보호하려 든다는 점이었다. 그런 면에서 계절이, 특히 여름과 겨울이 배워둬야 할 덕목은 양보와 겸손이었다. 결국 아량을 베풀 줄 모르는 그 더위에 지치고 만 그는 넥타이 매듭을 잡아당겼다. 와이셔츠 단추 하나를 풀자 숨통이 조금 트이는 것 같았다.

걷다 보니 그들이 접어든 곳은 고즈넉한 동네였다. 동네는 똑같은 모양의 집들이 다닥다닥 붙어 있는 주택가였다. 높은 담장 같은 건 없었다. 대신에 하얀색 페인트칠을 한 나무 울타리가 집과 집 사이를 경계 짓고 있었다. 그래서 서로가 서로의 집에 대해 알 수 있을 것만 같은 동네였다. 가령 김씨네 김칫독은 몇 개인지, 최씨네는 어떤 화분을 키우며, 앞집이 내일 먹게 될 반찬은 무엇이고, 옆집은 얼마나 자주 빨래를 하는지 등등, 굳이 말하지 않아도 속속들이 알게 되는 투명한 동네 말이다.

사방을 둘레둘레 둘러보고 난 그녀가 말했다. "동네가 멋지네요. 지붕 색깔이 다 똑같아요."

그랬다. 서로 약속이라도 한 듯 완만한 경사도를 가진 지붕들은 하나같이 주황색이었다. 그리고 그 주황색 지붕 위에는 여닫이창이 달린 방이 하나 얹혀 있었다. 집집마다 벚나무가 한 그루씩 심어져 있어 그럴까. 특히 봄을 상상하고 기대하게 만드는 동네였다. 그런데 지쳐 느려지던 그녀의 발걸음이 갑자기 빨라졌다.

그녀가 저기 좀 보라며 그를 향해 소리쳤다. "지붕 보여요?"

"어디요?" 그의 눈이 사방을 헤맸다.

"저기 저쪽 지붕이요." 그녀가 손짓으로 어느 한 지점을 가리켰다. 지붕 위에 사람 두 명이 서 있다고 했다. "어, 근데 그 옆에 서 있는 건 뭐죠? 제 눈엔 냉장고처럼 보이는데, 그쵸?"

"설마요." 그가 눈을 가늘게 힘주어 떴다.

"자세히 봐봐요."

그는 그녀가 가리킨 쪽을 바라봤다. 그녀가 말한 대로 지붕 위에 웬 냉장고가 놓여 있었다. 그 지붕 아래에 모여든 사람들도 수상쩍기만 했다. 재밌는 구경거리를 놓칠세라 그와 그녀는 발걸음을 재촉했다.

요상한 광경이었다.

정말로 지붕 위에는 소형 냉장고가 기우뚱하게 놓여 있었다. 그리고 냉장고 옆에는 한 청년과 아가씨가 노랑머리 가발을 쓴 채 서 있었다. 청년은 한쪽 팔에 깁스를 한 상태였다. 몸도 시원찮은 사람이 도대체 뭘 하려는 건지 궁금했다.

그때였다. 청년이 지붕 아래에 운집해 있는 사람들을 향해 말했다. "바쁜 와중에 이렇게 잊지 않고 찾아주셔서 감사드립니다. 음, 이 연극은 〈지붕 위의 냉장고가 두 인간에게 미치는 영향〉이라는 제목의 연극입니다. 서툴더라도 재밌게 봐주세요. 그럼 시작하겠습니다."

연극을 하려는 모양이었다. 지붕 아래에 모인 사람들이 박수를 치자 그와 그녀도 덩달아 쳤다.

그녀는 미겔의 편지를 햇빛 가리개로 이용하며 지붕 위의 두 청춘 남녀를 올려다봤다. 기대에 찬 표정으로 그녀가 말했다. "오, 연극이라니. 재밌을 거 같지 않아요?"

그가 고개를 끄덕였다. 박수 소리가 잠잠해지자 지붕 위의 냉장고를 중심으로 한 청춘 남녀의 연극이 시작되었다. 팔에 깁스를 한 청년은 '조지'라는 역할이었고, 수줍음이 많아 보이는 아가씨는 '소피'라는 역할이었다. 그런데 청년과 아가씨가 첫 번째 대사를 주고받고 난 뒤였다.

지붕 아래에 모여 있던 사람들 속에서 목소리 하나가 튀어나왔다. "조지? 장호 자네 이름이 조지인가? 그거 한국말로 하면 보지, 자지란 뜻 아닌가? 소피는 오줌이란 뜻이지 아마? 두 주인공 이름이 아주 찰떡궁합일세, 하하하."

누군가의 그 말과 함께 곳곳에서 키득키득 웃음소리가 터져 나왔다. 음흉한 농담에 한쪽에서는 야유가 쏟아졌다. 관객들의 와자지껄한 반응에 두 청춘 남녀는 좀 당황한 듯 보였다. 그럼에도 그 둘은 꿋꿋이 다음 대사를 이어나갔다.

그녀가 그의 귀에다 대고 속삭였다. "저 친구 이름이 장호인가 봐요. 근데 이 동네 사람들, 너무 예의 없는 거 아니에요?"

"친해서들 그런 거 같아요." 그가 고개를 돌려 지붕 아래에

운집해 있는 동네 사람들을 살폈다. 그리고 다시 손차양을 만들어 지붕을 올려다봤다.

지붕 위의 냉장고가 마냥 이상해 보였던 그녀는 "저 냉장고는 연극 소품으로 올려둔 거겠죠?"라고 의문을 드러냈고, 그도 그럴 거라는 생각에 "그렇겠죠?"라고 확신하는 투로 호응했다. 그런데 시간이 경과됨과 함께 연극의 스토리가 드러나기 시작하면서 동네 사람들의 조롱 섞인 장난은 점점 흥미로 바뀌어갔다. 소품이라 해봤자 노랑머리 가발과 냉장고가 전부였지만, 전개와 짜임새는 꽤 그럴싸했다.

그렇게 지붕 위의 연극을 한참 관람하고 있다 보니 그는 사는 모습들도 참 다양하다는 생각이 들었다. "그렇지 않아요?"

그녀가 고개를 끄덕이며 말했다. "다 다르니까요. 부모도 다르고, 얼굴도 다르고, 이름도 다르니 다양할 수밖에요……."

그녀의 말이 옳았다. 다 다르기에 그가 탈 인형을 쓰고 있을 때 누군가는 근사한 레스토랑에 앉아 칼질을 하고, 그가 진통제로 두통을 달랠 때 또 다른 누군가는 어떤 이의 구두를 수선한다. 각자에게 주어진 배역에 따라 누구는 '조지'와 '소피'가 되고, 누구는 '조소라'와 '장세오'와 '카를로스 미겔'이 돼야 하는 것이었다. 아무리 불평을 하고 발악을 해대도 그는 당신이 될 수 없고, 당신 또한 그가 될 수는 없었다.

"어린 친구들이 연기를 곧잘 하네요. 근데 저 두 사람은 무

슨 사이일까요? 친구? 연인?" 그녀는 궁금해죽겠다는 표정이
었다.

반면에 그는 그녀의 궁금증에 무덤덤하게 대답했다. "친구
이자 연인이면서 배우 지망생이겠죠, 뭐."

"엉터리."

길 가다 만난 지붕 위의 연극이 그와 그녀를 모처럼 웃음 짓
게 했다.

주황 주택 단지를 막 빠져나오는 참이었다.

그와 그녀의 손에는 각각 캔맥주와 부라보콘이 들려 있었
다. 주황색 지붕 위의 연극은 충격적인 결말과 함께 삼십여 분
만에 끝이 났다. 연극은 기대 이상이었다. 처음엔 장난스러운
조롱으로 연극을 바라봤던 동네 사람들의 입에서도 호평에
가까운 감상평이 쏟아져 나왔다. 거기에 박수갈채와 환호성
이 더해지면서 연극을 끝낸 두 청춘 남녀의 얼굴에는 안도와
환한 미소가 번져들었다. 이 맥주와 아이스크림은 그 반응에
대한 고마움으로 깁스 청년이 지붕 아래의 관람객들에게 던
져준 것이었다. 뭔가 보답을 해야겠다는 생각에 그는 지붕 위
의 청년을 향해 엄지손가락을 세워 올렸다. 공짜로 뭘 얻어먹
어서가 아니라 아마추어의 연극치고는 진짜 엄지손가락 감이
라고 생각했기 때문이었다. 그런데 그 청년이 던져준 맥주와

아이스크림은 꽤 차가웠다. 지붕 위에 기우뚱하게 놓여 있던 그 소형 냉장고에서 꺼내준 것이니 차가운 건 당연했지만, 그래도 뭔가 좀 이상했다. 연극을 위한 소품 정도로 생각했는데 지붕 위의 냉장고는 진짜로 돌아가고 있었던 것이다.

그는 맥주를 따 마시며 그녀에게 의문을 던졌다. 캔 몸통에 맺히기 시작한 물방울이 그의 손바닥을 시원하게 적셔주고 있었다. "좀 이상하지 않아요?"

그녀가 부라보콘 포장을 벗겼다. 포장 안쪽에 묻은 아이스크림을 혀로 핥아 먹으며 그녀가 건성건성 "뭐가요?" 했다. 양치한 지 얼마 되지 않아 먹기가 좀 그렇다더니 녹아가는 아이스크림 앞에서는 그녀도 어쩔 수 없었다.

"아까 그 냉장고요. 무슨 원리로 돌아가는 거죠? 연결된 전선 같은 것도 없었거든요."

"보이지 않아서 그렇지 분명 연결돼 있었을 거예요." 그녀가 녹아 흐르는 아이스크림을 얼른 혀로 핥아 먹었다.

"어떻게요?"

잠깐 생각하고 나서는 그녀가 대답했다. "음, 지붕 어딘가에 구멍이 뚫려 있을 수도 있고…… 아, 냉장고 밑에 구멍이 있지 않았을까요? 그 구멍 사이로 플러그를 연결하면 냉장고를 돌릴 수 있을 테죠."

"소라 씨 말이 맞다 쳐요. 그럼 구멍을 뚫으면서까지 냉장고를 지붕에 올린 이유는요?"

"그야 저도 모르죠."

"안 궁금해요?"

"제가 궁금한 건, 그쪽 트렁크에 뭐가 들었나 하는 거예요."
결국 그녀의 관심은 트렁크 안의 미스터리로 옮겨갔다. "진짜
로 뭐예요? 가벼운 것만은 확실해 보이는데, 그죠?"

기회를 주면 또 물고 늘어질까 봐 그는 일부러 대구하기를
피했다. 다행히 녹아내리는 아이스크림을 먹어 치우느라 정
신이 없어진 그녀는 더 묻기를 관뒀다. 그는 어린아이 같은 그
녀의 모습을 안주 삼아 쳐다보며 맥주를 들이켰다. 한여름, 길
위에서 마시는 시원한 공짜 맥주는 더없이 좋은 친구였다.

'탕! 데구르르!'

빈 맥주 캔이 그와 그녀의 발에 번갈아 차였다. 처음에는 떠
나버린 가족이라 생각하고 걷어차기 시작한 깡통이었다. 그
런데 차면 찰수록 맥주 캔은 놀이공원의 나이 어린 팀장이 되
었다가 못생긴 여자 G가 되더니, 종국에는 그의 기억 속 분노
와 상처가 되어갔다. 그리고 어제 지하철에서 만난 서른여덟
살의 개자식과 싸가지 없는 된장녀가 되었을 때는 아주 멀리
날아가 박힌 깡통이었다. 이리저리 차이는 모습 때문일까. 이
상하게도 타인을 생각하며 걷어찬 캔은 찌그러들수록 자신을

닮아가는 것만 같았다. 보기 싫었다. 그래서 그는 망가지다 못해 분노의 표상처럼 변해버린 맥주 캔을 길가 쓰레기봉투에 쑤셔 넣었다. 그러고는 그녀에게 아까 다친 무릎은 좀 어떠냐고 물었다. 괜찮아졌다는 그녀의 응답에 그가 "그럼 우리 번지점프 하러 안 갈래요?"라고 했다. 목적지 없는 길을 무작정 걸을 수는 없었다. 빈 맥주 캔이 해소해주지 못한 분노의 앙금을 떨쳐내고 싶던 참이기도 했다. 물론 그녀에게는 뜬금없이 들렸을지 모르지만 그것은 결코 즉흥적으로 던진 말이 아니었다.

역시나 그녀는 무슨 뚱딴지같은 소리냐는 표정으로 되물었다. "갑자기 번지는 왜요?"

"날아보고 싶기도 하고, 막 소리도 질러보고 싶어서요."

"그렇다고 꼭 번지일 필요는 없잖아요?" 벌써부터 그녀의 눈이 찌푸려졌다.

"왜요, 싫어요?"

"아니, 싫다기보다……." 그녀가 그와 마주친 시선을 피했다.

"혹시, 무서워서 그래요?"

"누가 무섭대요? 가요, 가." 말은 흔쾌히 가겠다고 했지만 그녀의 표정은 썩 달가워 보이지 않았다.

혹시 트렁크를 두고 한 약속 때문에 의무감으로 가겠다고 한 거면 관두라고 말하자 그녀는 더 발끈해서는 아니라고 했다. 그러면서 그녀는 미겔의 편지 두 번째 장은 언제 번역해줄 거냐며 재촉을 의도하듯 물었다. 그러니까 그녀의 말은, 당신이 원하는 대로 같이 번지점프 하러 가줄 테니 당신도 당신이 해줘야 할 일은 잊지 말아달라는 뜻이었다. 그래서 그는 알았다고, 오늘 밤에 해주겠다고 했다. 그런데 뜬금없이 그녀가 집 주소는 언제 가르쳐줄 거냐고 물어왔다. 그가 양쪽 눈썹을 치켜올리며 "무슨 주소요?"라고 되묻자 그녀가 눈을 흘긴 채 "벌써 잊었어요? 식탁 받을 주소요!"하고 퉁명스레 소리쳤다.

그는 아차 싶었다. 아까 레스토랑에서 음식이 나오는 바람에 흐지부지됐던 일을 그녀가 다시 끄집어낸 것이다. 그녀는 내심 서운해하고 있었던 듯했다. 하긴, 근사한 식탁을 만들어주겠다는 그녀의 호의에 그가 보낸 반응은 비호의적이었으니 그럴 만도 했다.

그는 아까처럼 재차 물었다. "진짜 육 인용으로 만들어주게요?"

"네!" 그녀의 목소리와 의지는 단호했다.

"큰 식탁은 진짜로 곤란해요……." 그가 진짜로 곤란한 표정을 해 보였다.

그에 아랑곳없이 그녀는 그를 향해 수첩과 펜을 들이밀었다. "두고 봐요. 제 식탁을 들이는 순간 넓은 집으로 이사도 가고, 거기에 앉아줄 사람도 생겨날 테니까."

그는 정말로 궁금했다. 그녀의 그 미신에 대한 자신감은 대체 어디에서 나오는 건지 말이다. 그래서 물었다. "어디에서 나오는 자신감이죠?"

"경험이요. 그리고 다시 한번 말하지만 그건 미신이 아니라고요!" 그녀의 말은 이제 호소처럼 들렸다. "사람이 정 안 생기면 저라도 그 식탁에 앉아줄 테니까 걱정 말고요."

"네?" 순간 그는 어리벙벙해졌다.

"주소요, 얼른!"

"아, 네. 알았어요……." 한 대 얻어맞을 것 같은 분위기라 그는 그녀가 건넨 펜을 냉큼 받아 쥐었다.

자기라도 그 식탁에 앉아주겠다는 그녀의 말이 그의 가슴에 와 박혔다. 그 어떤 말보다도 위로가 되었다. 뭉클해진 감정을 가까스로 숨긴 채 그는 그녀가 내민 수첩에 또박또박 자기 집 주소를 적어나갔다. 그걸 지켜보던 그녀는, 자기한테 식탁을 만들어달라는 사람은 많았어도 자기가 식탁을 만들어주겠다고 매달린 사람은 처음이라며 투덜댔다. 그 말을 듣고 나니 그는 그녀에게 좀 미안한 생각이 들었다. 자기 사정을 속속들이 알 리 없는 그녀이기에 적당히 받아들였어야 했다. 그런데 기어코 식탁을 만들어주겠다는 그녀의 고집과 열정 때문일까. 그 식탁은 어떤 모습일지 궁금해지기 시작했다. 궁금해하면 안 되는 것을 궁금해한다는 건 크나큰 위반이었다.

18

지하철에 올라탔다.

처음에 그는 우리나라에서 가장 높은 번지점프대를 찾아갈 계획이었다. 그러려면 강원도로 가야 했다. 하지만 하늘을 날고 소리만 지를 건데 멀리까지 갈 필요가 있나, 라는 생각이 들자 높이에 대한 고집은 잠잠해졌다. 무엇보다도 그녀가 싫어하는 것 같아 포기한 강원도행이었다. '가장 높은 곳'이라는 말에 아연실색해진 그녀의 얼굴을 봐버린 뒤라 더는 강행할 수 없었다. 상대방을 괴롭히면서까지 자기 욕심을 채우는 일은 세상에서 가장 빌어먹을 짓이라고 생전의 어머니는 말했다.

그녀는 지하철에 자리를 잡고 앉자마자 미겔의 편지를 꺼내 읽었다. 첫 번째 장 편지를 묵독하고 나더니 그녀는 두세 번째 장까지 내처 읽어내려갔다. 그 모습을 보고 있는데 마치 스페인어를 알고 있는 사람 같다는 착각이 들었다. 그가 곁눈질로 그녀를 슬쩍 쳐다보며 알아먹지도 못할 글을 뭐 그리 꼼꼼히 읽느냐고 했다.

"무슨 내용으로 채워져 있을지 궁금해서요. 내가 몰랐을 자기 얘기를 해준다니까 더 궁금해지잖아요." 좀 민망했는지 그녀가 편지에서 그만 눈을 뗐다. 그러고는 그에게 물었다. "세오 씨는 없었어요? 좋아했던 여자?"

갑자기 그런 건 왜 묻느냐면서 그가 자리를 고쳐 앉았다.

"연애 이야기는 언제 들어도 재밌으니까요. 있었어요, 없었어요?"

그가 헛기침을 했다. "왜 없었겠어요……."

"오, 어떤 여자였는데요?" 그녀의 표정이 호기심으로 빛났다.

"아주 못생긴 여자였어요. G라고 부르던……."

"G요? 알파벳 G?"

이름을 몰라서 어쩔 수 없이 그냥 그렇게 불렀다고 했다. "끝내 이름을 안 가르쳐주더라고요……."

그가 G를 만나게 된 것은 호랑이 탈 인형을 쓰며 놀이공원 곳곳을 누비고 다닐 때였다. 매일같이 그는 무섭지 않은 호랑이 장난감이 되어 어린아이들을 웃게 해줘야 했다. 아이들이 달려들면 달려드는 대로 안아주고, 때리면 때리는 대로 맞아줘야 했다. 온갖 재롱을 부리고 난 뒤에는 함께 사진을 찍어줌으로써 수많은 아이들의 사진첩에 한 번은 등장하는 인물이 되어갔다. 그래도 우는 아이들은 그를 만나면 금세 울음을 그쳤다. 아이들 놀음에 지쳐가던 어른들도 그 앞에서만큼은 미소를 지었다. 그곳에서 그를 싫어하는 사람은 하나도 없었다. G도 그중 하나였다.

G를 처음 만났을 때 G는 벤치에 홀로 앉아 새우버거와 캔 콜라를 먹고 있었다. 그가 바라본 G의 첫인상은 정말 못생겼구나! 하는 것이었다. 그럼에도 그의 발걸음은 성큼 G에게로 향했다. 못생긴 여자라서 G에게 쉽게 다가갈 수 있었던 게 아니었다. 탈 인형을 쓴 자기 자신 때문이었다. 탈 인형을 쓰고 나면 그는 '장세오'도 '검둥이'도 아닌 그냥 '호랑이'가 되었다. 그래서 탈 인형 너머의 그는 언제나 자신감으로 넘쳐났다. 몇십 배로 늘어나는 사교성과 친화력은 분명 탈 인형의 것이었고, 그날 G에게 먼저 말을 건 용기 또한 탈 인형의 것이었다. G 옆에 바짝 붙어 앉은 그가 물었다. "혼자 왔어요?" G는 그렇다며 고개를 끄덕였다. 탈 인형이 물으면 신기하게도 사람들은 곧장 대답을 해왔다. 놀이공원의 아이들과 아이들의 부모처럼 G도 거부감 없이 그를 받아들였다. "왜 혼자 왔어요?" "혼자가 편해요. 콜라 마실래요?" G가 마시고 있던 콜라를 그에게 내밀었다. 콜라를 마시려면 탈을 벗어야 하기에 그는 정중히 사양했다. "고맙지만, 아니요." G가 말했다. "저는 세상에서 콜라가 제일 맛있어요. 이 새우버거는 콜라를 더 맛

있게 먹기 위한 방법일 뿐이에요. 콜라 없는 세상은 암흑천지 같을 거예요. 노벨상이야말로 이거 만든 사람한테 줘야 하는데." 벌컥벌컥. 남다른 매력의 여자라는 생각이 들었다. 그리고 좀 더 진전된 대화가 오간 끝에 그는 G가 일요일마다 놀이공원을 찾는다는 사실을 알게 되었다. 단순히 롤러코스터를 타기 위함이라고 G는 말했다. "꼭 세 번 이상은 타고 가야 해요. 안 그럼 일주일이 불행해질지 몰라요." 다른 놀이기구도 재미있는데 왜 롤러코스터만 고집하느냐고 물었더니, 다른 것들은 시시해서 못 봐주겠다는 것이었다. 흥미가 돌아 그가 물었다. "다른 것들은 왜 시시한데요?" G는 계속 콜라를 들이켜며 대답했다. "오르가슴이 느껴지지 않아요. 별로 무섭지도 않고요. 롤러코스터가 최고예요. 롤러코스터만이 날 오줌 지리게 할 뿐이에요." 그는 G의 말에 웃음이 터지고 말았다. 그리고 그때 그 웃음은 어머니와 가족이 사라진 이후 그에게 찾아온 첫 번째 웃음이었다. 다시 생겨난 웃음이 너무 신기하기만 했던 그는 일요일만 되면 습관적으로 G를 찾았고, G는 만날 때마다 엉뚱한 얘기로 그를 웃게 해줬다. 그렇게 시작된 연애 아닌 연애였다.

그가 미소를 머금은 입으로 말했다. "롤러코스터를 어느 정도로 좋아했냐 하면, 우리나라뿐만 아니라 전 세계에 있는 롤러코스터를 다 타보는 게 꿈이라고 했었으니까요……."

"오타쿠였네요?" 그녀는 벌써 G 얘기에 빠져든 상태였다.

"말하자면요. 근데 좀 슬픈 오타쿠였어요."

"왜요?"

"그게……."

그가 대답하기를 좀 꺼리는 것 같아 그녀는 G의 생김새에 관해 물었다. 어떻게 생겼기에 '아주 못생겼다'라는 표현을 쓰는지 궁금했던 모양이었다.

형상화할 방법을 찾지 못한 그가 이렇게 대답했다. "제가 못생겼다고 말하는 순간 소라 씨 머릿속에 떠오르는 이미지가 있을 거예요. 그거라고 생각하면 돼요."

사진 같은 건 없냐는 그녀의 물음에 그가 고개를 가로저었다. 외모 콤플렉스 때문인지 G는 사진 찍는 걸 별로 좋아하지 않았다고 했다.

그의 연애가 몹시 궁금했던 그녀가 집요하게 다시 파고들었다. "연애는 어땠어요. 순조로웠나요?"

순조로웠다. 왜냐하면 그는 호랑이 탈 인형이었기 때문이다. '탈'이란 건 참 이상한 장치였다. 탈에 의해 감춰진 쪽은 분명 그인데, 상대방은 그가 쓴 탈에 의해 자신들 역시 감춰진다고 착각을 했다. 자기들 눈에 보이지 않는 '그' 또한 자기들을 보지 못한다고 착각하는 것 같았다. 게다가 사람들은 그를 '사람'이 아닌 마음씨 착한 진짜 '인형'으로 여겼다. 사람 대

인형 사이에 불화란 없듯이 G와 그 사이에도 그랬다.

그 말을 하는 동안 그의 입가에는 모처럼 은은한 미소가 드리워졌다. "아주 편안한 연애였어요. 둥글둥글했달까? 아무튼 일요일마다 열 번 이상은 웃었으니까요……."

"근데 왜 이름을 비밀로 했을까요?"

"저도 그걸 모르겠어요……."

G는 피아노를 전공하는 대학원생이었다. 그래서 그런지 G의 손가락은 못생긴 얼굴과 다르게 길고 예쁘기까지 했다. G의 아버지는 지방 국립대학의 경제학과 교수였고, 어머니는 플루티스트였다. 밑으로는 각각 바이올린과 국제법을 전공하는 여동생과 남동생이 있었는데 둘 다 미국 유학 중이라고 했다. 부모의 재능을 골고루 이어받은 아주 이상적인 가족이었다. 그러한 이유로 G가 그에 관해 물어왔을 때 그는 솔직할 수 없었다. 잘난 G와 균형을 맞추려다 보니 죽은 어머니는 되살아나 간호사가 되었고, 아버지는 7급 공무원이 되었다. 열 살이나 어려진 그는 주말에만 나와 아르바이트를 하는 효자 대학생이 되었다. 게다가 어디서 뭘 하고 사는지도 모르는 형과 누나는 졸지에 파일럿 준비생과 고등학교 영어 선생이 되었다. '장세오'라는 이름을 제외한 모든 것들이 뒤틀리고 과장된 채로 G에게 말해진 것이다.

나중에 어쩌려고 그런 거짓말을 했냐고 그녀가 묻자 그는 이렇게 대답했다. "어차피 끝을 아는 시작이었고, G 앞에서는 절대 탈 인형을 벗지 않을 생각이었으니까요. 아마 G는 꿈에도 모를 테죠. 제가 돌연변이 검둥이였다는 걸요……."

"G는 그쪽 얼굴을 궁금해하지 않았나요?"

"한 번도요." 서운하긴 했지만 오히려 그는 그게 더 좋았다고 했다. "맘만 먹으면 제가 한 거짓말도, 저란 인간도 세상에 없던 것으로 만들 수 있었으니까요. 너무 간단하잖아요?"

"그럼 세오 씨는 G의 이름을, G는 세오 씨의 얼굴을 몰랐던 거네요?"

"그래서 제가 먼저 G를 버릴 수 있을 거라고 생각했어요. G를 모른 체만 하면 됐었으니까요. 근데 아니었어요……." 갑자기 그의 목소리가 어두워졌다.

"G한테 차였다는 뜻이에요?"

"아주 제대로요……."

그녀가 어떻게 차였냐고 물으려는 찰나였다.

그가 외쳤다. "어, 잠깐만요. 우리 여기서 내려야 해요. 빨리요!"

타고 내리는 움직임이 모두 끝난 상태라 지하철 문이 곧 닫히려고 했다. 자리에서 일어난 그가 왼팔로 트렁크를 끌어안았다. 너무 다급한 나머지 그는 자기도 모르게 그녀의 팔을 세게 잡아끌고는 지하철 문을 간신히 통과했다.

헐레벌떡 끌려 나온 그녀가 숨을 거칠게 몰아쉬었다. "아슬아슬했어요."

그가 꽉 움켜쥔 그녀의 팔을 화들짝 내려놓았다. 어찌나 세게 잡아 쥐었던지 그녀의 하얀 팔뚝에는 그의 손자국이 불그스름하게 남아 있었다. 멋쩍어진 그가 멀어져가는 지하철을 바라보며 "나, 나갈까요?"라고 주저주저 말했다. 그러더니 수줍은 몸짓으로 지하철 출구를 향해 냅다 걷기 시작했다. 그의 뒤를 졸졸 따라가던 그녀가 이제야 생각났다는 듯 두통은 좀 어떠냐고 물어왔다.

그가 곁눈질로 그녀를 슬쩍 한 번 쳐다보고는 대답했다. "사, 사라졌어요. 아직 약발은 잘 듣거든요……." 갑자기 그의 발걸음이 빨라졌다.

그의 빨라진 걸음을 따라잡기 위해 그녀가 뛰다시피 걸었다. 걷는 내내 그는 벙찐 표정으로 두 눈을 계속 깜빡거렸는데, 의사를 제외하고 두통은 좀 어떠냐고 물어봐준 사람은 그녀가 처음인 것 같아서였다. 자기가 누군가의 염려가 됐다는 사실, 그 감정이 한없이 낯설어서 그는 눈을 깜빡거리고 또 깜빡거렸다.

19

승강기를 타고 하늘 가까이 올라가는 중이었다.

그와 그녀의 몸통에는 안전 장비가 복잡하게 얽혀 있었다. 그녀는 올라가는 내내 장비가 잘 채워졌는지 꼼꼼히 확인하기를 반복했다. 내심 아닌 척하면서도 그녀의 불안감은 높아가는 승강기만큼 고조되고 있었다. 내키지 않으면 지금이라도 관두랬더니 그녀는 그저 옅은 한숨만 내뱉을 뿐이었다.

그는 승강기의 격자 창살 너머로 아래를 내려다봤다. 점점 작아지는 지형지물 사이로 움직이는 차와 사람들이 보였다. 그렇게 거대하던 세상이 한순간 작은 점(點)이 되어갔다. 몸이 번지점프대와 가까워지자 그는 G 생각이 났다. G가 일요일마다 롤러코스터를 탔던 이유는 오르가슴을 느끼기 위해서도, 스릴이나 속도감을 즐기기 위해서도 아니었다. 사실은 마음껏 울기 위해서였다. 사라지기 일주일 전에 G는 이렇게 말했다. "사람들은 롤러코스터를 타며 우는 여자에게 의문을 가지지 않아요. 맘껏 소리를 지르고 욕을 해대도 다 용서를 해줘요. 무서워서 우는 거겠지 끔찍해서 저러는 거겠지, 하면서요. 그래서 저는 롤러코스터가 좋아요. 우는 이유를 단순화시켜 주거든요." 놀이공원에서 G의 일정은 언제나 롤러코스터가 마지막이었다. G는 롤러코스터를 타고 나면 곧장 집으로 돌아갔다. 그래서 그는 롤러코스터를 타고 난 다음의 G를 한 번도 본 적이 없었다. 그러니까 G는 일요일마다 울고 싶어서, 누군가에게 욕을 해주고 싶어서 놀이공원을 찾은 것이었다. 고인 눈물을 일요일마다 쏟아내야 할 만큼 G를 괴롭힌 건 무엇이었을까. 남부러울 거 없어 보이는 G를 그토록 분노케 한 건 무엇이었을까. 그는 말해지지 못한 G의 슬픔을 생각하면 G에게 한없이 미안해졌고, 끝내 그 슬픔을 알아보지 못한 자신이 부끄러워졌다.

승강기가 덜커덩 멈추었다. 길게 뻗어 있는 통로 끄트머리에 번지점프대가 보였다. 그가 먼저 승강기 밖으로 걸음을 뗐다. 그의 등 뒤로 그녀의 깊은 한숨 소리가 들려왔다. 마지못해 따라 움직이는 그녀의 발걸음이 창백해 보였다.

누가 먼저 뛸 것인지 정해야 하기에 그녀에게 물었다. "소라 씨가 먼저 할래요? 아니면 제가 먼저 할까요?"

말을 잃은 그녀가 일단 점프대 가까이 다가갔다. 그는 충고랍시고 그녀에게 아래는 보지 않는 게 좋을 거라고 했다. 하지만 고집스럽게도 그녀는 난간에 기대어 아래를 내려다보고 말았다. 안전요원이 그녀의 안전 장비에 로프를 연결하려고 다가오자 그녀가 한 발짝 뒤로 물러났다. 의무적으로 읊어대는 안전요원의 안전 수칙 따윈 그녀의 귀에 들어오지 않는 듯했다. 아니나 다를까, 소스라치게 놀란 그녀가 뒤로 나자빠졌다. 영혼이 빠져나간 표정이란 게 실재한다면 지금 그녀의 표정이 꼭 그럴 것만 같았다.

그녀가 뒤로 나자빠진 채로 안전요원과 그를 번갈아 쳐다봤다. 그녀의 입에서는 결국 예상했던 말이 터져 나오고 말았다. "아, 안 돼요! 못 하겠어요!"

수없이 봐온 장면이라 그런지 안전요원의 얼굴에는 살짝 짜증이 묻어났다.

덩달아 안전요원의 눈치가 보인 그가 그녀를 일으켜 세우며 귓속말로 말했다. "눈 딱 감고 해봐요."

"으으, 못 해요, 못 해!" 그녀가 사시나무 떨듯 고개를 절레절레 흔들었다. 역시 한번 물러난 용기는 더 움츠러들기 마련이었다. 실패한 도전은 몇 배의 두려움으로 돌아온다는 속성을 알아버린 그녀가 버럭 화를 냈다. "못 하겠다고요! 트렁크고 뭐고 저 내려갈래요." 그의 손을 세게 뿌리치고 난 그녀는 결국 승강기 쪽으로 달아나고 말았다.

하는 수 없이 그는 혼자 점프대 가까이 다가갔다. 안전요원이 그의 몸통에 로프를 연결했다. 깊이를 알 수 없는 검은 호수가 보였다. 안전요원의 "뛸 준비 되셨습니까?"라는 말이 이상하게도 "죽을 준비 되셨습니까?"라는 말처럼 들려서 순간 웃음이 나왔다. 뭐라 말하고 어떻게 들었든지 간에 그는 "네!"라고 대답하고는 입술을 앙다물었다. 프라다 구두의 뾰족한 구두코가 점프대 끄트머리에 가닿았다. 그가 양팔을 벌리고 크게 심호흡을 했다. 그러고는 한 치의 망설임도 없이 검은 호수를 향해 힘껏 몸을 내던졌다. 허공을 맴도는 바람이 온몸을 감싸 안았다. 설렘인지 두려움인지 모를 감정이 심장에서 꿈틀댔다.

기회를 놓칠세라 그는 목청껏 소리를 질렀다. "나는 장세오다! 우리 엄마는 검둥이와 자지 않았다! 들리냐, 세상아!"

온 세상이 뒤집히고 요동쳤다. 검은 호수 속으로 아슬아슬하게 처박힐 뻔한 몸이 다시 허공으로 튕겨 올랐다. 하늘을 날고 있다는 착각이 들었다. 공포와 긴장은 어느새 스릴로 바뀌어 희열이 되어갔다. 모든 건 한순간이었다.

로프의 탄력에서 벗어난 몸이 기분 좋게 좌우로 왔다 갔다 했다. 그는 기운이 다 소진되어가는 목소리로 나지막이 말했다. "대답 좀 해달라니까. 내가 누군지…… 어디에서 왔는지……."

그러나 거꾸로 뒤집힌 세상은 아무런 응답이 없었다. 그래서 내일은 세상이 해주지 않는 그 대답을 듣기 위해 그분을 만나러 갈 생각이었다. 생전의 어머니와 가장 막역한 사이였던 그분이라면 분명 해줄 얘기가 있을 터였다. 마주하기 싫어서 미뤄뒀던 일이 결국 내일로 찾아오고야 만 셈이다. 사실 그분이 있는 그곳은 어머니의 죽음 이후 줄곧 찾아가보고 싶어

안달이 난 곳이었다. '곳'이 중요한 게 아니었다. 어떠한 '사실'이 중요했다.

20

번지점프의 쾌감에 대해 자랑하고 싶었지만 그녀는 좀체 받아주지 않았다.

그가 말했다. "얼마나 재밌었는지 모를걸요. 궁금하지 않아요?"

"전혀요." 그녀는 외로 튼 고개를 가로저었다. 지금 생각해봐도 몸서리가 쳐지는 모양이었다.

"뛰어내리기 전까지는 저도 좀 무서웠는데 막상 몸을 던지니까 별거 아니더라고요." 그가 허세를 부리듯 말했다.

그녀는 건성으로 "네, 네"라고 응대해버리고는 애먼 핸드폰을 꺼내 만지작댔다.

그가 실망스럽다는 어조로 말했다. "태권도 유단자라길래 나름 기대했더니만……."

아니, 거기서 왜 태권도가 나오냐며 그의 말에 발끈한 그녀가 그를 쏘아봤다. "태권도하고 번지가 무슨 상관인데요? 그리고 아까부터 은근 저 실패자 취급하는 거 알아요?"

"제가요? 아닌데요." 그가 정색하듯 고개를 가로저었다.

그녀가 "그래서 그쪽은 몇 번이나 뛰어내렸는데요?"라고 따지듯 묻자 그가 당연하다는 투로 "한 번이요"라고 했다.

"애개개, 남자가 겨우 한 번?"

그런데 어째 대화가 다툼으로 변해가는 양상이었다. 안 되겠다 싶어 그는 그쯤에서 입을 다물었다. 그녀도 그런 분위기를 감지했는지 더 이상 대꾸하기를 관두고는 헛기침을 했다.

냉랭해진 침묵이 계속 이어질 걸 염려한 그녀가 마지못해 먼저 그에게 물었다. "그건 그렇고, 이제 어디로 갈 건데요?"

토라진 그녀의 목소리가 신경이 쓰인 그가 이렇게 대답했다. "근사한 곳이요."

"근사한 곳? 어딘데요…… 거기가?" 언제 토라졌었냐는 듯 그녀의 목소리가 금세 쾌활해졌다.

"가보면 알아요. 모범택시를 탈 거예요."

그녀는 도대체 어딜 가는데 그냥 택시도 아니고 모범택시를 타야 한다는 건지 궁금해했다. 하지만 가보면 안다며 그는 계속해서 말을 아꼈다. 약속은 약속이니 하루가 가기 전에 그는 미겔의 편지 두 번째 장을 번역해줘야 했다. 뛰어내리지 못했다 해도 그녀에게는 같이 번지점프를 하러 가준 것에 대한 보답이 필요했다.

그가 택시를 잡기 위해 도로 쪽으로 앞서 걸어갔다.

모범택시는 세 대의 '그냥 택시'를 떠나보내고 나서야 나타났다. 까만 고급 세단이 미끄러지듯 멈춰 섰다. 그는 다급하게 택시 앞문부터 열어젖혀 조수석 쪽으로 상체를 들이밀었다. 혹시나 그녀가 들을까 봐 그는 택시 기사에게 얼른 목적지를 말해주고는 다시 뒷좌석으로 돌아왔다. 얼마나 근사한 곳이기에 비밀 놀이냐면서 그녀가 그로부터 건네받은 트렁크를 좌석 중간쯤에 앉혔다.

그녀의 과도한 기대가 부담스러워진 그가 아까 자신이 했던 말을 정정했다. "근사한 건 농담이고 그냥 좋은 곳이에요."

그의 그 말에 그녀가 새침해진 표정으로 농담을 던졌다. "막 이상한 데 데려가는 거 아닌가 몰라."

"아니에요." 그가 의미를 알 수 없는 미소를 지어 보이며 트렁크를 사이에 두고 그녀와 나란히 앉았다.

친절한 모범택시가 '그냥 좋은 곳'을 향해 움직이기 시작했다.

21

차창 밖 도심 속 일요일이 번잡하게 지나갔다. 어두워지기를 애타게 기다려온 네온사인이 하나둘 보태지는 시간이었다.

택시 안에서는 가사 없는 연주 음악이 차분하게 흐르고 있었다. 그녀는 출발할 때부터 맞춰보기 시작한 트렁크 숫자 다이얼을 아직까지 만지작대는 중이었다. 혹시나 암호가 풀릴까 봐 조바심이 난 그는 곁눈질로 그녀의 손을 계속 힐끔거렸다. 그녀가 몇 번째인지 모를 열림 버튼을 눌렀다. 다행히 이번에도 반응은 없었다.

하다 하다 답답했는지 그녀가 확인 차 물었다. "번호 세 개 중에 반복된 숫자가 없다고 했죠?"

그는 말없이 고개를 끄덕이고는 차창 밖으로 시선을 돌렸다. 서너 번 더 맞춰본 번호마저 열리지 않자 그녀가 숫자 다이얼에서 슬그머니 손을 뗐다. 트렁크로부터 멀어진 그녀의 관심은 이제 그에게로 돌아갔다. 그녀가 아까 하다 만 얘기나 계속해달라며 그를 부추겼다. 그가 "무슨 얘기요?"라고 되묻자 그녀가 "지하철에서 급하게 내리는 바람에 말 못 했잖아요. G한테 어떻게 차였는지"라고 했다. 말하지 않고 그냥 넘어갈 수 있을 거라 생각했는데 결국 그녀에 의해 G는 다시 소환되고 말았다. 사실 아까 번지점프 행 지하철에서 그것에 관한 얘기가 나왔을 때 그는 피할 수만 있다면 그러고 싶었다.

그런데 그녀는 알아내지 못한 트렁크 비밀번호 대신 그거라도 알아내고 말겠다는 듯 집요하게 파고들었다. "네? 어떻게 차였는데요?"

하는 수 없이 그가 머뭇머뭇 입을 열었다. "그게, 어떻게 차였냐 하면…… 죽었어요. 아마도……."

"네?" 그녀의 표정은 일순간 굳어지고 말았다. 그런 종류의 이별일 거라고는 상상조차 못 했을 테니 당연했다. '죽음'이라는 말 뒤에 따라온 '아마도'라는 부사가 조금 이상하게 들렸는지 그녀가 조심스레 물어왔다. "근데 왜 아마도라고……."

"확실하지 않으니까요. 자살이었을 거예요. 그 역시 아마도……."

"제가 괜히…… 미안해요. 그런 줄도 모르고……." 그녀는 차마 말을 잇지 못했다.

다른 일요일과 마찬가지로 G는 그날도 새우버거와 콜라를 들고 나타났다. 한번 마셔보라고 내민 콜라를 그는 여전히 사양했다.

"그때 생각했어요. 그날 G가 내민 콜라를 한 모금이라도 마셔줬더라면 혹시 달라지지 않았을까 하고요."

그렇게 새우버거와 콜라를 먹고 난 G는 롤러코스터를 타러 갔다. 올러 가는 거냐고 물었더니 G는 말없이 고개만 끄덕였다. 그게 그가 본 G의 마지막 뒷모습이었다. 그날은 더없이 화창한 일요일이었다. 그랬기에 회전하는 롤러코스터에서 떨어진 사람 하나는 평화로운 놀이공원을 충격에 빠뜨리기에 충분했다. 멀리서 퍽 소리가 났고, 사람들의 비명이 들려왔다. 롤러코스터에서 사고가 났다는 걸 안 순간 그의 머릿속을 스친 건 G였다. 하지만 그는 그 근처로 갈 수 없었다. G일까 봐 두려웠다. G가 아닐 거라는 확신이 자신을 배반할 것만 같아 두 눈과 두 귀를 막아버렸다. 전해 들은 얘기로는 여성이라고 했고, 안전 바에는 아무 이상이 없었다고 했다. 그리고 그것이 그 사고에 관해 그가 알고 있는 전부였다. 그때 그는 누군가가 자기 곁을 떠났다는 사실을 확인하고 싶지 않았다. 어쩌면 누군가로부터 또 버려졌다는 사실을 인정하기 싫었는지도 몰랐다. 그래서 그냥 모르는 상태로 있고 싶었다. G일 수도, G가 아닐 수도 있다는 절반의 확률에 기댈 수 있는 것마저도 그에게는 큰 위로였기 때문이었다.

"그래서 아마도라고……." 그녀의 깊은 한숨이 끝맺지 못한 말을 간신히 채웠다.

"설령 그게 G였고 자살이었다 쳐도, 이상하게 '아마도'라고 말해버리고 나면 조금 덜 슬퍼지더라고요. 왜 그런 거 있잖아요. 사실이 모호해지면 슬픔도 모호해지는 거요……."

우연인지 아닌지 알 수는 없지만, 그 추락 사고가 있은 뒤부터 G는 더 이상 일요일의 놀이공원에 나타나지 않았다. 그때 그는 애써 생각했다. 롤러코스터가 있는 놀이공원은 여기 말고도 많으며 G는 놀이공원을 다른 데로 바꾼 것일 뿐이라고.

사람이 떨어져 죽은 롤러코스터를, 기분 나쁘고 재수 없게 변해버린 그 롤러코스터를 G는 계속 탈 수 없었을 것이라고. G 뿐만 아니라 한동안 다른 사람들도 그 위험한 롤러코스터를 찾지 않았으니 그건 당연하고 그럴듯한 추론이라 여겼다. 무엇보다 G는 우리나라뿐만 아니라 전 세계의 롤러코스터를 다 타보는 게 꿈이던 사람이었다.

그녀가 측은한 눈빛으로 말했다. "살아 있다고 여기는 거네요……."

"아마도였으니까요……."

지금도 기다리는 거냐고 그녀가 조심스레 물어왔다. "혹시 놀이공원 그 일도 G 때문에 계속하는 거 아니에요?"

그가 고개를 가로저었다. "아니요. 이제 저는 떠난 사람은 기다리지 않아요. 다시 돌아올 사람은 애초에 떠나지 않는다는 걸 알아버렸거든요. 그리고 그 일은 좋아서 하는 거예요. 편하기도 하고……."

이상하게도 그는, 아직도 G를 기다리는 거냐는 그녀의 질문이 고맙게 느껴졌다. 자기처럼 그녀도 'G가 죽지 않았을 수도 있다'라고 생각해주는 것 같아서였다. 혼자보다 둘이 그렇게 생각해주면 G는 두 사람의 생각만큼 죽음에서 벗어나 있게 될지 몰랐다.

결국 죽음을 이야기하고 난 택시 안에는 긴 침묵만이 남았

다. 가사 없는 연주 음악이 어두운 침묵을 더욱 침울하게 가라
앉히고 있었다. 이래서 피할 수만 있다면 피하고자 한 G의 죽
음이었다. '아마도'라는 말로 G의 죽음을 모호하게 만들어보
려 해도 말해져버린 죽음은 역시 죽음일 수밖에 없었다.

그와 그녀는 차창 밖으로 눈을 돌렸다. 까맣게 내려앉은 저
녁이 농도를 달리하며 속도 안으로 들어오고 있었다.

22

갓길로 접어든 택시가 목적지에 다다랐음을 알려왔다.

부드럽게 멈춰 선 택시에서 그가 먼저 내렸다. 뒤이어 따라
내린 그녀가 웅장하게 서 있는 거대한 건물을 올려다봤다. 그
녀가 설마 아니겠지, 하는 투로 근사한 곳이라는 데가 호텔이
었냐고 했다.

그는 그녀를 향해 오해는 말라고 했다. "방은 따로 잡을 테
니까요."

그녀가 그런 뜻이 아니라면서 저기 하루 숙박비가 얼마인
줄은 아느냐고 확인차 물었다.

"소라 씨한테 내란 말 안 할 테니까 그것도 걱정 말고요." 그
가 앞장서 걸어갔다.

그녀가 뒤에서 그의 옷자락을 잡아당겼다. 자기 생각해서 이러는 거면 관두라며 그녀가 덧붙였다. "저는 밖에서 자도 상관없으니까……."

"또 모기 밥 되려고요? 그리고 종일 돌아다녔는데 씻어야 하잖아요."

"이런 호텔이 아니어도 씻을 덴 얼마든지 있어요." 그러고는 그녀가 제안했다. "찜질방은 어때요?"

"저는 별 다섯 개짜리 호텔에서 꼭 씻어야겠는데 어쩌죠?" 그가 실룩샐룩 웃었다.

그녀가 뾰로통해진 입으로 말했다. "호텔 물은 무슨 다이아 몬드로 만들어졌대요?"

"누가 그러는데 진짜로 그렇다던데요? 그래서 확인 한번 해 보려고요." 그는 꾸물대는 그녀를 잡아끌고 호텔로 들어갔다.

휘황한 조명에 눈이 부셨다. 별 다섯 개짜리 호텔이라 그런지 내심 주눅이 들었다. 그래서 그는 현재 자기가 걸치고 있는 브룩스 브라더스 와이셔츠와 에르메스 넥타이를 생각했다. 조르지오 아르마니 바지와 구찌 벨트와 프라다 구두를 생각한 다음, 마지막으로 에르메스 트렁크를 내려다봤다. 새삼 용기가 났다. 그걸 한눈에 알아본 것인지 프런트 직원이 그를 향해 깍듯이 인사를 했다. 물론 영어로 된 인사였지만 일요일의 호텔은 금요일의 백화점 못지않게 친절했다. 그는 돈만 있으

면 언제 어디서든 환대받을 수 있는 이놈의 세상이 점점 좋아
지려는 참이었다.

체크인을 끝낸 그들은 포터의 안내를 받으며 객실로 올라
갔다. 방과 방 사이가 좀 떨어져 있어서 그와 그녀는 복도 중
간쯤에서 헤어져야 했다.

그녀로부터 미겔의 편지와 서한사전을 돌려받은 그가 그녀
에게 말했다. "오늘 여러 가지로 고마웠어요. 씻고 푹 쉬어요."

"그쪽도요……." 그녀가 흘러내린 머리카락을 귀 뒤로 쓸어
넘겼다.

뒤돌아 자기 방으로 들어가려다 말고 그가 말했다. "아, 저
녁은 소라 씨 편한 시간에 룸서비스 시키면 될 거예요."

"이따 내려가서 같이 먹죠, 왜?" 그녀가 아쉬운 표정을 지어
보였다.

그가 들고 있던 미겔의 편지를 흔들어 보이며 대답했다.
"저는 이거 붙잡고 있어야 할 거 같아서요. 딱히 밥 생각도 없
고……."

"그래요, 그럼. 세오 씨도 푹 쉬어요. 정말 다이아몬드로 만들
어졌는지 물부터 틀어봐야겠네요." 그녀가 장난스레 웃었다.

그가 따라 웃으며 어서 들어가라고 했다. 그녀가 먼저 자기
방으로 들어갔다. 그녀의 등이 보이자 그는 언젠가 그녀하고

도 저렇게 헤어지겠지, 라는 생각이 들었다. 그가 기억하는 수많은 사람의 마지막 모습은 결국 저런 등이었기에 그랬다.

그녀가 문 너머로 사라진 뒤에야 그도 자기 방으로 들어갔다. 특급 호텔 방은 자신에게 어떤 환대를 보여줄지 그는 자못 기대가 되었다.

23

거품 목욕을 끝낸 그의 몸에서는 상큼한 허브 향이 났다.

그는 두터운 목욕가운을 걸치고 욕실에서 나왔다. 온몸에 묻어 있던 물기가 가운 안으로 소리 없이 스며들었다. 수건으로 머리를 말리며 창가로 걸어간 그는 커튼을 열어젖혔다. 도시의 밤 풍경이 한눈에 내려다보였다. 검은 세계를 장식하는 수많은 불빛이 눈부시게 빛나고 있었다. 밤이 아름다울 수 있다는 게 그에게는 한없이 낯설고 이상하기만 했다. 왜냐하면 밤은 언제나 우울한 색이어야 하기 때문이었다. 게다가 그에게 밤은 늘 잔인한 시간이라 밤이 아름다울 수 있다는 건 환상에서나 가능한 것처럼 여겨졌다. 매일매일이 유서 같기만 하던 밤……. 그래서 한때 그는 밤이 없는 나라에서 살고 싶었다. 하지만 이 세상에 밤이 없는 나라는 없었다.

환상이 내려앉은 창가로부터 등을 돌리려는데 깜빡이는 불빛 하나가 도시의 밤하늘을 가로지르며 지나갔다. 비행기였다. 그가 한껏 고개를 들어 올려 밤하늘을 올려다봤다. 그의 이마에 잡힌 주름이 밤의 불빛으로 더 깊어 보였다. 그는 비행기의 움직이는 불빛을 눈으로 좇으며 생각했다. 저건 어느 나라로 가는 비행기일까. 사람을 태운 비행기일까, 화물을 실은 비행기일까. 그런데 형은 정말로 비행기 조종사가 돼 있긴 한 걸까?

저 비행기가 형이 조종하는 비행기든 아니든 그의 입에서는 조건 반사적으로 이 말이 튀어나왔다. "조심해, 형!" 십팔 년이 흘렀음에도 오래된 버릇은 잘 고쳐지지 않았다.

그는 비행기 불빛이 무사히 사라지는 걸 확인하고 나서야 창가에서 멀어졌다. 그러고는 침대에 걸터앉아 무표정한 얼굴로 호텔 방을 둘러보았다. 고개를 옆으로 돌리자 화장대 거울 속에 비친 자신의 모습이 보였다. 몸통을 비틀어 자리를 고쳐 앉은 그는 초점 잃은 눈으로 거울을 정면으로 응시했다. 하얀 목욕가운 때문인지 그의 얼굴은 유독 까매 보였다.

그가 거울 속 자신에게 말했다. "돌연변이……." 그는 그 말 끝에 체머리를 흔들며 다시 침대에서 일어났다.

거울을 등지고 선 그가 미니 냉장고가 있는 쪽으로 걸어가 냉장고 문을 열었다. 목욕 뒤끝이라 목이 말랐다. 그는 생수와

맥주 중에 어느 걸 마실까 고민하다가 캔맥주 하나를 꺼내 들었다. 맥주를 따려는데 그제야 물에 불어터진 손등의 상처가 보였다. 언제 떨어져 나간 것인지 밴드는 사라지고 없었다. 발뒤꿈치에 붙여둔 것도 마찬가지였다. 아마 목욕 중에 그리된 모양이었다.

그는 마시려던 캔맥주를 바닥에 내려놓고 침대 옆에 세워둔 트렁크를 끌어다 눕혔다. 트렁크의 숫자 다이얼을 돌렸다. 그를 알아본 비밀번호 세 자리는 배신하는 법 없이 찰칵, 열렸다. 그는 그녀가 사다 준 진갈색 일회용 밴드를 꺼내어 손등과 발뒤꿈치에 붙였다. 역시나 감쪽같았다.

그는 남아 있는 밴드를 트렁크 포켓에 넣어두고는 트렁크를 닫았다. 숫자 다이얼을 흐트러뜨리고 난 손으로 트렁크의 몸체를 쓰다듬었다. 이제 곧 떠나보내야 할 녀석이었다. 그녀라는 새로운 주인이 생겼으니 당연히 그래야 했다.

그는 내심 아무렇지 않은 척 메마른 어조로 말했다. "근데 솔직히 나보다는 소라 씨한테 더 잘 어울리니까……."

그렇게 말해놓고 보니 그는 트렁크의 미래가 궁금해졌다. 아니, 트렁크와 함께할 그녀의 삶과 그녀의 내일이 궁금해졌다. 적어도 이 트렁크는 그녀의 수많은 여행을 지켜보게 될 것이다. 거기가 어느 나라 어느 도시든, 언제 누구와 하는 여행이든 그녀를 하인처럼 따라다닐 것이다. 그러다 그녀 인생의 역사 한쪽 귀퉁이를 차지하는 하나의 사물이 되어 그녀의 모든 추억을 나눠 갖게 될 것이다. 에르메스라는 콧대 높은 지위를 자랑하며, 그와는 다르게 버려지는 일 없이 그녀 곁에 오래오래 머무를 것이다. 그래, 그럴 것이다.

"아주 오래오래……."

말도 못 하고 듣지도 못하는 사물에게 이 무슨 감정이입인지 모르겠다. 그는 그만 트렁크를 아까 있던 자리에 세워두고 캔맥주를 집어 들었다. 그리고 침대 위로 올라갔다. 널찍한 침대 머리맡에는 여덟 개나 되는 하얀 베개가 놓여 있었다. 한 사람의 잠을 위해 저렇게 많은 베개가 필요한지 오늘 처음 알았다. 넘쳐나는 베개 덕분일까. 등을 기대고 누우니 침구의 포근함이 온몸에 전해졌다.

그는 까무룩 감길 듯한 두 눈에 힘을 실어 호텔 방 천장을 바라봤다. 조도 낮은 간접 조명들이 그를 내려다보고 있었다. 그것들이 타인의 시선처럼 느껴지자 그는 고개를 돌리고 말았다. 부끄러워서가 아니었다. 괜스레 눈물이 쏟아질 것 같은 예감 때문이었다. 예고 없이 눈물을 만나게 되면 찾아오는 건 깊은 우울감이었다.

혹시나 찾아올까 두려운 그 감정을 몰아내기 위해 그는 침대에서 일어나 캔맥주를 땄다. 맥주를 두어 모금 들이켜고는 소파로 가 앉았다. 미켈의 문장을 핸드폰으로부터 옮겨둬야 했다. 아직 확인하지 못한 조력자의 문자메시지도 일곱 개나 남아 있는 상황이었다. 어젯밤처럼 미겔의 편지에 집중하다 보면 우울은 또 한 번 망각이 되어갈지 몰랐다.

문득 그는 우울감을 막아줄 미겔의 편지가 있어서 다행이란 생각이 들었다.

맥주 한 캔을 다 비우고 나서야 그는 소파 탁자 위에 미겔의 편지를 펼쳐놓았다. 해독이 필요한 정갈하고 반듯한 스페인 문자들이 그의 눈앞에 어지럽게 떠돌아다녔다.

그는 곧장 핸드폰 문자메시지 창을 열어 조력자의 조각난 문장들을 읽어나갔다. 두 번째 장 편지의 도입부는 이렇게 시작하고 있었다. '소라 씨도 알다시피 저는 방송국에서 엔지니어로 일하고 있습니다. 구체적으로 얘기하자면 영상 편집 일입니다.' 그녀 못지않게 미겔의 삶이 궁금해진 그는 서둘러 조력자의 문자메시지를 이어 붙이기 시작했다.

탁자 위의 연필 소리가 사각사각대며 호텔 방을 호젓이 맴돌았다. 미겔이 써내려간 암호와 암시들이 한글로 바뀌고, 도시의 밤 풍경이 미겔의 정갈한 문장 안으로 스며들수록 그의 우울해질 뻔한 감정은 차츰 힘을 잃어갔다. 게다가 아직 두통도 없었다. 그래서 그런지 부쩍 어머니가 그리워지는 밤이었다.

어머니를 생각나게 하는 호텔 방의 환대는 금요일의 백화점과 일요일의 레스토랑만큼이나 만족스러웠다.

24

그리고 그녀와의 두 번째 밤도 그렇게 지나가고 있었다.

25

핸드폰 벨 소리가 시끄럽게 울렸다. 프런트의 친절한 모닝
콜이 잠을 깨워줄 거라 기대했건만 기대는 그의 핸드폰에 의
해 망치고 말았다.

그가 눈을 떴다. 커튼 사이로 틈입한 햇살에 눈이 부셨다.
핸드폰을 열어 발신자를 확인했다. 놀이공원의 나이 어린 팀
장이었다. 휴가 중인 사람에게 전화를 걸었다는 건 피치 못할
사정이 생겼다는 뜻이었다. 통화 버튼을 누르자마자 어린 팀
장의 날 선 목소리가 들려왔다.

—씨발, 알바 새끼가 말도 없이 튀었다. 빨리 나와라.

—저 내일까지 휴가인데요…….

—어떻게 될지 모르니까 내가 대기는 하고 있으랬잖아!

— 곤란해요…….

— 뭐?

— 아직 병원이에요…….

— 죽을병 아니면 당장 나와!

— 곤란하다고 했잖아요.

— 당장 와라!

— 싫어요!

— 며칠 뒹굴더니 미쳤냐?

— 멀쩡해요.

— 장난해?

화가 났다. 잠을 깨운 것도 그렇고, 귀에 거슬리는 저 반말
지거리도 그랬다. 그는 팀장보다 무려 다섯 살이나 많았다. 더
는 참을 수 없어서 핸드폰에다 대고 소리쳤다.

— 씨발! 그래, 나 미쳤다, 새끼야! 그래서 관두려고. 그러니
까 반말하지 마, 씹새끼야!

갑작스러운 그의 반격이 어처구니없었는지 어린 팀장이 말
을 얼버무렸다. 그러더니 다시 윽박을 질러댔다.

— 검둥이 새끼, 돌아도 단단히 돌았구나?

— 멀쩡하다고!

— 헛소리 작작 하고 빨리 나와. 잘리기 전에.

— 내가 먼저 때려치우겠다고! 그러니까 다시는 전화하지

마!

— 야야!

— 말꼬리 좀 그만 잘라먹어! 내가 그렇게 만만해? 우스워? 만나면 죽여버린다, 씹새끼!

그는 일방적으로 전화를 끊어버렸다. 왠지 속이 후련했다. 억울했는지 상대방이 다시 전화를 걸어왔다. 핸드폰 벨 소리에서 팀장 새끼의 분노에 찬 감정이 느껴졌다. 더 받아줄 의무는 없었다.

그는 핸드폰에서 배터리를 분리해내고는 이불을 머리끝까지 뒤집어썼다. 그러나 이미 달아난 잠은 오지 않았다. 제대로 된 모닝콜이었다.

침대에서 일어난 그는 호텔 방에 걸린 벽시계를 올려다봤다. 체크아웃까지 삼십여 분밖에 남지 않은 상황이었다.

그는 헝클어진 머리를 쓸어 넘기며 창가로 걸어갔다. 열어젖힌 커튼 사이로 아침 햇살이 쏟아져 내렸다. 손으로 부신 눈을 가리고 서 있는데 등 뒤에서 노크 소리가 났다. 체크아웃을 알리러 온 호텔 직원인가 싶어 발소리를 흡수한 양탄자를 지나 문을 열었다.

그녀였다. 나갈 준비를 마친 그녀가 문 앞에 서서 어색한 아침 인사를 건넸다. "잘 잤어요?"

"아, 네. 소라 씨는요?" 그가 헝클어진 머리를 급하게 매만졌다.

"덕분에 저도 잘……." 그녀가 뒤꿈치를 들어 올려 어깨 너머로 보이는 그의 방을 빼꼼히 쳐다봤다. "방금 일어난 거예요?"

"늦게 자는 바람에…… 얼른 준비하고 나갈게요."

그녀가 천천히 하라며 한 발짝 뒤로 물러났다. 그런데 오른쪽 귀밑에서 잡아 묶은 그녀의 긴 파마머리가 오른쪽 목선을 타고 오른쪽 가슴께로 내려와 있었다. 어제는 왼쪽 가슴께로 내려와 있던 그녀의 머리카락이었다. 그가 지나가는 말로 "머리 모양이 오른쪽으로 바뀌었네요?"라고 하자 그녀가 어떻게 알았냐며 자신의 양쪽 눈썹을 경쾌하게 움직였다.

그녀가 수줍게 말했다. "남자들은 이런 거 잘 못 알아채던데……."

"바보들이나 그렇죠. 아, 배고프죠?" 일찍 일어나 호텔 조식 한번 먹어보려고 했는데 자기 때문에 다 망쳐서 어쩌냐며 그가 미안해했다.

"아니에요. 비싸기만 하지 별거 없을 거예요." 그녀가 콧잔등을 찡긋거리고는 덧붙여 물었다. "근데 여기서 나가면 어디로 갈 거예요?"

그는 기차를 탈 거라고 했다. 생전에 어머니와 가장 막역한 사이였던 그분을 만나러 가야 했다. 기차라는 말에 그녀가 어린애처럼 좋아했다. 그래서 다행이란 생각이 들었다.

그녀가 먼저 내려가 기다리고 있겠다며 엘리베이터 쪽으로 사라지자 그는 서둘러 떠날 채비를 했다.

대충 샤워를 하고 나온 그는 옷부터 챙겨 입었다. 트렁크와 핸드폰을 챙기던 그의 손이 소파 탁자 위에 놓인 미겔의 편지에 가 머물렀다. 그는 옅은 한숨과 함께 그것을 바지 주머니에 찔러 넣었다. 두 번째 장 편지는 기차 안에서 읽어주면 될 터였다.

그는 머리를 말리고 난 수건으로 프라다 구두 위에 내려앉은 흙먼지를 닦아냈다. 먼지에 가려져 있던 광택에서는 돌체앤가바나 구두에 못지않은 품격이 느껴졌다. 일회용 밴드의 효력은 아직까지 유효해서 구두를 꿰어 신은 발은 이제 아프지 않았다.

그가 트렁크의 손잡이를 잡아 빼 끌고는 호텔 방을 나섰다. 사치스러웠던 하룻밤하고도, 여덟 개의 베개가 놓인 침대하고도 안녕이었다.

26

월요일의 기차는 빈자리투성이였다. 그래서 그들은 기차표에 지정된 좌석을 무시하고 가운데에 테이블이 있는 자리로 바꿔 앉았다. 일명 '가족석'이라 불리는 곳이었는데 그는 처음 앉아보는 자리였다. 누군가와 같이 기차를 타본 적이 없었으니 당연했다.

테이블을 사이에 두고 그녀와 마주 보고 앉았다. 트렁크를 짐칸에 올리지 않고 옆에 앉혀둘 수 있어서 좋았다. 기차가 움직이자 그녀의 자리가 역방향이라는 게 드러났다. 그가 역방향인데 괜찮겠냐니까 오히려 그녀는 역방향이 더 좋다고 말했다.

"멀어지는 풍경을 볼 수 있잖아요." 그녀가 그렇게 말하고는 좌석 등받이를 뒤로 젖혔다.

기차에 가속이 붙기 시작했다. 여름날의 짙푸른 풍경들이 스냅사진처럼 빠르게 흘러갔다. 음악을 들으려는 모양인지 그녀가 가방에서 엠피스리를 꺼냈다. 그 전에 미겔의 편지부터 읽어줘야겠다는 생각에 그의 손이 바지 주머니로 쭈뼛쭈뼛 들어갔다. 그런데 그녀가 지난번처럼 "아 참, 잊을 뻔했네"라고 하더니 가방에서 또 무언가를 꺼냈다. 어째 데자뷔가 느껴지는 장면이었다. 그녀의 손에서 딸려 나온 것은 어제 그의 집 주소를 적어간 수첩이었다.

그녀가 그 앞으로 수첩을 내밀었다. 잠이 안 와서 밤새 스케치 한번 해봤다고 했다. "어때요?"

그녀가 내민 수첩에는 여러 장에 걸쳐 무언가가 그려져 있었다. 자세히 훑어보니 육 인용 식탁이었다. 수첩을 한 장 한 장 넘겨주던 그녀가 어떤 디자인의 식탁이 가장 마음에 드는지 물었다.

놀란 그의 눈이 커다래졌다. "와, 다 멋진데요." 각각의 매력을 가진 일곱 개의 식탁 그림이었다. 믿을 수가 없어서 그가 진짜 그림대로 만들어주는 거냐고 되물었다.

그녀가 자신 있는 목소리로 대답했다. "당연하죠. 다 만들어줄 순 없으니까 한 개만 골라봐요."

고르기 어렵겠다면서도 그는 수첩을 두어 번 넘겨본 뒤에야 맨 마지막 장에 있는 미니멀한 식탁으로 골랐다. "전 이게 좋아요."

배제된 장식과 의자의 부드러운 곡선들이 마음에 들었다. 그래도 그녀가 만들어주겠다는 식탁을 이런 식으로나마 볼 수 있어서 다행이란 생각이 들었다. 그러니 나중에 실물을 만나지 못하더라도 아쉬워할 필요는 없었다. 그래, 이걸로도 충분해. 그는 속으로 그렇게 말하고는 그녀를 향해 애써 흡족한 표정을 지어 보였다.

그녀가 표시를 해두기 위해 일곱 번째 식탁이 그려진 페이지에 '장세오'라고 적어 넣었다. 그러고는 그에게 물었다. "근데 우리 어디로 가는 거예요?"

그가 조금 뜸을 들이다 대답했다. "어머니 친구분이 사시는 곳이요. 그분께 여쭤볼 게 있어서……."

"여기서 멀어요?" 그녀가 수첩을 가방에 집어넣었다.

"조금이요. 내리면 또 버스를 타야 하니까요……."

그녀가 고개를 끄덕이고는 엉켜 있는 이어폰 줄을 가지런히 풀었다. 그사이 그의 눈이 그녀와 정면으로 마주쳤다. 그러자 그녀가 그를 향해 자기한테 무슨 할 말 있느냐면서 천진난만하게 물었다. 그가 자신의 목덜미를 긁적이고는 "그게, 어젯밤에 두 번째 장 번역을 끝냈거든요……"라고 말끝을 흐리듯 대답했다. 이번엔 정말 미겔의 편지를 잊어버리고 있었는지 그녀의 양쪽 어깨가 힘없이 푹, 내려앉았다. 그녀가 귀에 꽂으려던 이어폰을 테이블 위에 가만히 내려놓았다.

담담한 그의 표정에서 무언가를 읽어낸 그녀가 정곡을 찌르듯 말했다. "별로 좋은 내용은 아닌가 봐요. 그쵸?"

"아니에요. 아니, 아닌 게 아니라……." 그의 시선이 갈피를 못 잡고 사방으로 흩어졌다.

그녀가, 자기는 아무렇지 않으니 빨리 읽어달라고 했다. "각오한 일이에요. 죽을병에 걸린 거만 아니면 그게 어떤 내용이

든 전 상관없어요." 그가 대답을 하지 않자 그녀가 걱정스러운 얼굴로 덧붙여 물었다. "왜 대답이 없어요? 정말 어디 아프대요? 그래서 답장이 늦어진 거래요?"

그가 손을 내저으며 아니라고, 미겔은 건강하게 잘 있다고 했다.

그의 말에 그녀는 옅은 안도의 한숨을 내쉬었다. "그럼 됐어요. 빨리 읽어줘요."

그녀의 재촉에 그가 바지 주머니에서 편지를 꺼내 펼쳤다. 마음을 다잡으려는 듯 그녀가 창밖으로 눈을 돌리고는 입술을 깨물었다. 기차 소음에 목소리가 묻힐세라 그는 상체를 테이블 가까이 끌어당긴 다음 미겔을 읽어내려가기 시작했다.

소라 씨도 알다시피 저는 방송국에서 엔지니어로 일하고 있습니다. 구체적으로 얘기하자면 영상 편집 일입니다. 불임 가정에 입양이 된 저는 어릴 때부터 늘 혼자 지내야 했습니다. 맞벌이로 바쁜 양부모를 대신해 저와 놀아준 것은 움직이는 영상뿐이었습니다. 텔레비전 속 수많은 영상을 보며 자라온 저에게 영상을 다루는 일은 천직과도 같았습니다. 어릴 때의 그런 영향 탓인지 저는 혼자 하는 걸 즐기는 편이었습니다. 좁디좁은 영상 편집실에 홀로 앉아 작업할 때가 가장 행복한 이유도 아마 그래서일 겁니다. 그다음으로 제가 좋아하는 것은 혼자 떠나는 여행이었습니다. 그런데 아이러니하게도 저는 그 여행에서 당신을 만나고 만 것입니다.

당신을 만나게 된 그 순례 여행은 방송국에서 일한 지 칠 년 만에 얻은 저의 첫 장기 휴가였습니다. 결혼을 몇 달 앞둔 시점에 긴 휴가를 잡아 홀로 순례 여행을 떠난 이유는 그때가 아니면 영원히 혼자만의 여행을 즐길 수 없을 거라는 생각 때문이었습니다. 아내가 생기고, 아이가 생긴 다음에 홀로 떠나는 여행은 이기적인 거라고 여겼으니까요. 그런데 당신과 함께 걸었던 마지막 순례 코스와 순례를 끝내고 당신과 함께한 그라나다 여행이야말로 더 이기적이었다는 걸, 저는 당신을 한국으로 떠나보내고 난 다음에야 알게 되었습니다. 슬펐습니다. 괴로웠습니다. 갈등만이 남아버린 그 시간들이 싫었습니다. 그래서 당신을 만나게 된 그 순례 여행과 당신의 운동화 끈이 조금 원망스러웠습니다. 그건 아마도 당신과의 여행이 좋은 추억으로 남아 있기 때문일 것입니다. 그렇다고 저는 당신과 함께한 날들을 결코 '부정(不正)'이라는 말로 부르고 싶지 않습니다. 그건 어쩔 수 없는 이끌림이었습니다. 시간의 엇박자가 만들어낸 안타까운 교통사고 같은 거 말입니다.

짐작했다시피 저는 당신이 한국으로 돌아가고 난 후에 결혼식을 올렸습니다. 오래전부터 예정된 일이었고, 모두하고의 약속이었기에, 그리고 너무 늦게 제 앞에 나타나버린 당신이었기에 그래야만 했습니다.

제 아내는 시나리오 작가입니다. 곱슬머리를 가진 키가 큰 스페인 여자입니다. 문득 아내로부터 결혼하자는 프러포즈를 받았을 때 그걸 거절할 명목으로 아내에게 했던 말이 생각납니다. "카를라, 예전부터 난 한국 여자랑 결혼해야겠다고 다짐했었어. 내가 한국 사람이라는 걸 알게 된 순간부터 말이야. 카를라, 당신은 한국 여자가 아니잖아." 그때 아내의 대답은 이랬습니다. "미겔, 나 또한 예전부터 한국 남자랑 결혼해야겠다고 다짐했었어. 당신을 알게 된 순간부터 말이지. 미겔, 당신만이 한국 남자잖아." 아내의 말을 듣고 나서야 저는 깨달았습니다. 저들이 나를 다르게 봐온 게 아니라, 내가 저들을 다르게 봐왔다는 사실을 말입니다. 그러니 카를라의 프러포즈를 받아들이지 않을 수 없었던 것입니다.

카를라는 당신이 만들어준 이 식탁에 앉아 작업하는 걸 무척이나 좋아합니다. 저와 달리 많은 형제들 틈에서 자라온 아내는 쾌활하면서도 혼자 있는 시간을 즐길 줄 아는 동갑내기 친구입니다. 그래서 아내는 누구보다 저 혼자만의 시간을 인정해주고 내어주는 유일한 사람입니다. 당신에게 편지를 쓰고 있는 지금, 아내는 빗소리를 자장가 삼아 잠이 들었습니다. 새벽 내내 칭얼거리는 딸아이를 어르고 달래느라 지쳐 잠이 든 것입니다. 현재 아내 뱃속에는 삼 개월에 접어든 두 녀석이 자라고 있습니다. 아내는 결혼 전, 혼자 외롭게 자라온 저를 위해 많은 아이를 선물해주겠다는 약속을 지켜나가고 있는 것입니다. 아이들이 자라 걸음마를 떼고, 스스로 식탁 앞에 앉게 될 나이가 되면 당신이 만들어준 이 식탁은 내 가족으로 북적거리겠죠. 그리고 그 아이들도 언젠가는 테이블과 의자 귀퉁이에 붙은 'SoRa'라는 이름이 새겨진 쇠붙이 장식을 만지게 될 날이 올 것입니다. 혹시 먼 미래의 어느 날, 내 아이들이 'SoRa'가 뭐냐고 물어온다면 저는 망설임 없이 '지난날의 격정'이라고 말해줄 생각입니다. 당신을 기억하면서…….

미겔의 두 번째 장 편지는 이렇게 끝나고 있었다.

일부러 그녀가 아무렇지 않은 척 말했다. "제 말 맞죠? 식탁 주술가라는 제 말이요. 북적거린다잖아요. 가족들로…….." 담담하게 들리는 목소리와 달리 그녀의 눈시울은 점점 붉어지고 있었다.

그가 신기하다는 듯 그녀의 말에 호응했다. "정말이네요."

"많이 외로웠을 그 사람한테 꼭 해주고 싶은 식탁 선물이었는데 두고두고 잘한 일 같아요…….." 그녀의 목소리가 미세하게 떨리고 있다는 게 느껴졌다. "아무튼 이걸로 입증된 거죠? 제 식탁의 힘 말이에요."

그가 괜찮으냐고 묻자 그녀가 한쪽 입술을 깨물고는 말했다. "지난날의 격정이라잖아요. 더 무슨 말이 필요해요. 건강하게 잘 살고 있으면 그걸로 됐어요…….." 하지만 그녀는 별로 괜찮아 보이지 않았다.

서둘러 양쪽 귀에 이어폰을 꽂은 그녀가 창밖으로 눈을 돌렸다. 볼륨을 얼마나 세게 높였는지 귀에 꽂힌 이어폰 사이로 음악이 새어 나왔다. 그녀의 눈치를 살피던 그는 조용히 미겔의 편지를 바지 뒷주머니에 찔러 넣었다. 이번에는 그녀가 미겔을 읽고 또 읽을 일은 없을 것 같다는 생각에 그가 갖고 있기로 한 것이다.

자리를 고쳐 앉은 그의 눈이 창밖으로 향했다. 쳐다보지 말아야지 하면서도 그의 시선은 한 번씩 그녀에게 가 머물렀다. 무채색에 가까운 그녀의 표정은 많이 침울해 보였다. 게다가 그녀는 말을 잃어버린 사람처럼 한동안 입을 열지 않았다. 기차에서 내릴 때까지 그랬다.

27

다소 엉뚱한 그의 제안에 그녀가 반문했다. "히치하이크요? 그것도 트럭을 골라 타자고요?"

"재밌을 거 같지 않아요?" 기차에서 내리자마자 그녀의 기분을 달래줄 뭔가를 생각하다가 나온 그만의 방법이었다.

몇 번이 됐든 최종 목적지까지는 히치하이크를 해서 가보자니까, 내키지 않는 듯 그녀가 눈살을 찌푸렸다.

어째 잘 설득이 되지 않자 그가 다시 부추겼다. "히치하이크는 제가 해보고 싶어서 그래요. 예전에 몇 번 시도해봤는데 잘 안 되더라고요……." 그는 일부러 실패자의 표정을 지어 보였다.

그녀의 "왜 그랬을까요?"라는 물음에 그는 일부러 "모르겠어요. 외국인처럼 보여서 그런 건지…… 같은 외국인이라도 검둥이한테는 더 그렇겠죠……"라고 자학적으로 대답해버렸다. 잠깐 망설이던 그녀가 하는 수 없다는 투로 좋다고 했다. 어제 못 해준 번지점프가 내내 마음에 걸렸었는데 잘 됐다면서 말이다.

신이 난 그는 그녀가 했어야 할 말을 대신 했다. "그럼 이게 6차 보답이 되는 건가요?"

"빨리 트럭이나 잡아봐요."

그의 작전대로 기분이 조금 나아진 그녀가 그의 등을 도로 쪽으로 떠밀었다. 그렇게 시작된 그녀하고의 히치하이크였다.

그러나 실패의 연속이었다.

정말 검둥이라 그런 걸까. 짐도 싣지 않은 트럭인데도 쌩하니 지나가버렸다. 국도 한복판에서 느끼는 몹시 까칠한 외면에 그는 점점 지쳐가고 있었다. 그런 그의 모습이 안타까워 보였는지 그녀가 이번엔 자기가 해보겠다며 나섰다. 그녀의 말에 의하면 원래 히치하이크라는 것은 여자들에게 더 유리한 수법이라고 했다. 그러니까 차가 서지 않는 이유는 그가 외국인처럼 보여서도, 피부가 까매서도 아닌, 남자이기 때문이라는 것이었다. 그냥 남자!

그녀가 그를 대신해 도로변으로 나갔다. 그리고 십여 분이 흘렀을까. 저만치에서 파란색 트럭 한 대가 나타났다. 그녀가 팔을 뻗어 엄지손가락을 치켜올렸다. 트럭이 더 가까이 다가오자 그녀가 양팔을 있는 힘껏 흔들었다. 그런데 내심 차가 멈추지 않기를 바라는 그의 이 고약한 심보는 뭘까. 그녀의 실패를 자기 위로로 삼으려는 건 아니었다. 그냥 그가 한 번도 해내지 못한 일을 다른 사람이 한 번에 해낸다면 조금 씁쓸할 것 같았다. 그래서 성공하더라도 두어 번의 실패가 있은 뒤였으면 했다. 하지만 앙큼하게도 결과는 단번에 멈춤이었다.

멈춰 선 트럭으로 그녀가 신나게 뛰어갔다. 트럭 운전자와 잠깐 얘기를 나누고 나더니 그녀가 그를 손짓해 불렀다. 한 번도 성공하지 못한 그 일을 첫 시도 만에 해내고 만 그녀의 얼굴에는 득의양양한 기세가 가득했다.

그녀가 낭랑하게 말했다. "목적지는 다른데 태워줄 수 있는 데까지는 태워주시겠대요. 이거라도 탈까요?"

그가 말없이 고개를 끄덕였다. 어차피 이 트럭은 목적지까지 갈 수 없는 차이니 앞으로 히치하이크가 더 필요했다. 그때는 꼭 그가 해볼 생각이었다. 남자인 데다 흑인처럼 보이는 자기에게도 멈춤이라는 게 통하는지 그는 알고 싶어졌다.

그가 운전사에게 감사 인사를 건네고는 트럭 짐칸에 먼저 올라탔다. 그녀로부터 트렁크를 올려 받은 그가 그녀를 향해 손을 내밀었다. 잠깐 머뭇대는가 싶더니 그녀가 그의 손을 아무렇지 않게 잡아 쥐었다.

트럭 위로 가볍게 끌어올려진 그녀가 어린아이처럼 신나하며 말했다. "멋진 오픈카 같아요!"

"그쵸? 람보르기니 못지않다니까요." 덩달아 그도 기분이 좋아졌다.

그녀의 입가에는 비로소 미소가 번져들기 시작했다. 그의 방법은 적중했고, 그녀는 이제 바람과 속도를 맞으며 하고 싶었던 말들을 쏟아내기만 하면 되는 것이었다.

그녀의 말대로 정말 오픈카를 타고 달리는 기분이었다. 트럭의 덜컹대는 움직임이 재밌었다. 속도가 키워낸 바람이 머리카락과 옷자락을 건드리며 지나갔다. 고개를 돌리는 곳곳마다 하늘이고 논밭이고 바람이었다. 트럭이 버려놓고 간 구부러진 길들이 지루하지 않게 나타났다가 사라졌다. 커브 길을 따라 한쪽으로 쏠리는 그들의 몸에서는 매번 어른답지 않은 웃음이 터져 나왔다. 기회는 이때다 싶어 그가 그녀를 향해 이참에 마음껏 소리 한번 질러보라고 했다.

"네? 여기서요?" 주름이 생길 정도로 그녀의 이마가 꿈틀거렸다.

그가 부추겼다. "하고 싶은 말 없어요? 누구한테든 좋으니까."

없다는 듯 그녀가 고개를 가로저었다. 하지만 그녀는 하고 싶은 말이 없는 게 아니라, 트럭 아저씨가 시끄럽다고 뭐라 할 것을 염려하고 있는 듯했다. 아까부터 트럭 운전석 쪽을 계속 쳐다보는 게 그랬다. 그래서 그는, 엔진 소리 때문에 잘 들리지 않을 거라면서 "뭐라 하면 그냥 내려버리죠, 뭐"라고 대수롭지 않게 응대했다.

그녀가 바람에 헝클어진 머리카락을 쓸어 올리며 다시 염려를 담아 말했다. "지나가는 사람들이 들을 텐데요?"

"그러니까 해보라는 거예요. 사람이 듣든 길이 듣든 산이 듣든, 그게 전해지고 전해져서 소라 씨가 한 말이 그 어디쯤에 가닿지 않겠어요?"

잠깐 망설인 뒤에 그녀가 되물었다. "정말로 가닿을까요……."

그가 이번엔 말 대신 가만히 고개를 끄덕였다. 그리고 그의 조용한 부추김에 그녀는 조금씩 입술을 달싹이기 시작했다.

이내 목을 가다듬은 그녀가 두 손을 입가에 갖다 대고 있는 힘껏 소리를 질렀다. "카를로스 미겔! 이 년 만에 돌아온 답장이 고작 그거냐! 잘 먹고 잘 살아라, 이 나쁜 놈아! 그리고 나도 한국 남자랑 결혼해서 애 낳고 잘 살 거다, 뭐!"

옆에서 그가 추임새에 가까운 응원을 보냈다. "더 크게요. 그 정도로 스페인까지 들리겠어요?"

"그래도 후회는 안 해! 왜냐하면 그땐 그래야 했으니까!" 그녀가 잠깐 사이를 둔 다음 다시 말을 이었다. 목소리는 말을 보낼 때마다 점점 커지고 있었다. "그렇다고 당신, 끈 풀린 내 운동화를 너무 원망하지는 마요! 당신이 아니더라도 내가 먼저 당신을 알아봤을 거니까! 들리긴 해요? 들리냐고요!" 그녀의 들숨과 날숨이 바쁘게 교차하는 가운데 그녀가 마지막 말을 쏟아냈다. "아무튼 축하해요. 혼자가 아닌 당신이라 다행이고요!" 그 말끝에 그녀의 눈가가 글썽거렸다. 방울진 눈물이 양쪽 볼을 타고 흘러내리려 하자 그녀가 가방에서 티슈를 꺼내 눈가를 훔치고 코를 풀었다. 그녀는 코맹맹이가 된 목소리로 그를 향해 사람 울려서 좋으냐고 했다.

그가 자신의 속이 다 후련해진 듯이 대답했다. "네, 엄청 좋네요!"

그런데 이번엔 그녀가 그쪽도 해보라며 그를 부추기기 시작했다. "속이 뻥 뚫리는 게 나쁘지 않네요, 뭐……."

하지만 그는 자기까지 해버리면 미겔이 혼동할지 모른다는 이유로 손사래를 쳤다. 상관없으니까 해보라는 그녀의 거듭된 부추김에도 그는 끝내 됐다고 했다.

내심 아쉬워하는 목소리로 그녀가 말했다. "그쪽 입에서는 어떤 얘기가 나올지 궁금해서 그래요."

그가 자기는 그런 거 없다며 재차 고개를 내저었다. 그러자 그녀는 뾰로통해진 입으로, 세상천지에 할 얘기 없는 사람이 어딨냐는 듯 타박 아닌 타박을 해댔다. 하고 싶었던 얘기는 어제 번지점프 하면서 다 토해냈다니까 그녀는 그제야 권하는 걸 관뒀다.

한바탕 속내를 터뜨리고 나서 마음이 한결 가벼워진 걸까. 갑자기 그녀의 입에서 알아들을 수 없는 노래가 흘러나왔다. 모르는 가사 부분이 나오면 콧노래로 바꿔 불렀고, 그러다가 콧노래는 다시 노랫말이 되어 구불구불한 도로 위에 버려졌다.

노래 한 곡을 다 부르고 난 그녀가 물었다. "근데 어머니 친구분께 여쭤볼 말이라는 건 뭐예요?"

대답하기가 좀 꺼려진 탓에 그가 잠깐 머뭇대다 간신히 비밀이라고 했다. 혹시 어머니에 관한 거냐는 그녀의 추가 질문에 그는 그것도 비밀이라고 했다.

무슨 염려 때문인지 모르지만 그를 향한 그녀의 조심스러운 제안이 이어졌다. "상관할 입장은 아닌데, 어머니에 관한 거면 관두는 건 어때요……."

"왜요?"

"죽은 사람이 비밀로 간직하고 싶었던 건 비밀로 놔두는 게 좋으니까요. 처음 만났을 때 제가 그랬잖아요. 아무리 궁금해도 알면 안 되는 것들이 있다고. 살다 보면……."

"미겔 때문에 든 생각인가요?"

"아니요." 말은 아니라고 했지만 그녀의 표정은 그래 보였다.

그가 입에 머금고 있던 한숨을 옅게 뱉어내며 말했다. "그래도 전 알고 싶은걸요……."

"상처받을 준비가 돼 있나 봐요."

"짐작하는 일이니까요……."

"짐작은 짐작하는 대로 놔두는 것도 나쁘지 않아요."

"괴로운 짐작이라 그래요."

그녀가 마지막으로 물었다. "후회하지 않을 자신은요?"

"있어요."

"그럼 됐어요."

어머니와 막역한 사이였던 그분의 이름은 진예령이었다. 대부분 '명자'나 '순자'로 불리던 당시 어머니 또래의 여성 이름과는 다르게 세련되고 예쁜 이름을 가진 분이었다. 예령 아주머니가 이십 년 넘게 어머니와 같이 일하던 섬유 염색공장을 그만둔 건 공장에 화재 사고가 터지기 일주일 전이었다. 자

식들 다 대학에 보내고 나면 고향에 내려가 횟집이나 하며 살
자던 남편의 권유 때문이었다. 따지고 보면 그때 예령 아주머
니를 화재 사고에서 구해낸 건 그 남편이었는지도 몰랐다. 단
짝이었던 예령 아주머니가 공장을 그만둔 이후 어머니의 공
장 생활은 적적하기 이를 데 없었다. 이십 년 넘게 친자매 이
상으로 속내를 터놓고 지내온 관계였으니 당연했다. 그래서
그는 어머니와 맺어온 예령 아주머니의 우정에는 분명 많은
얘기가 숨어 있을 거란 생각이 들었다. 아무리 짐작하는 일이
라 해도 '짐작'은 '확실한 사실'이 되기에는 빈약한 뼈대를 갖
춘 추측일 뿐이었다. 그리고 히치하이크로 얻어 탄 트럭은 점
점 그 진실을 향해 다가가고 있었다.

28

트럭 운전사는 목적지까지 데려다주지 못해 미안하다고 했
다. 그들이 해야 할 말을 트럭 운전사가 먼저 해오는 바람에
황송할 지경이었다.

감사 인사와 함께 트럭에서 내린 그들은 우선 편의점을 찾
아 걸었다. 그녀가 배가 고프다며 컵라면을 사 먹자고 해서였
다. 늦잠을 자는 바람에 호텔 조식도 못 먹고 나온 게 내내 미

안했던 그가 근사한 데 들어가 밥을 사겠다고 했지만, 그녀는 극구 사양했다.

"미안해서 그런다니까요? 저 때문에 아까 호텔 조식도 못 먹었잖아요."

"매콤한 라면 국물이 당겨서 그래요." 그녀는 끝내 그의 말을 들어주지 않았다. 게다가 걸은 지 몇 분도 안 돼 세븐일레븐이 나타나자 그녀는 이렇게 말했다. "봐요. 컵라면 먹으라고 딱 나타나주는 거."

요즘에 한 집 걸러 있는 게 편의점이라며 그가 못마땅한 눈으로 그녀를 흘겨봤다. 그녀는 쐐기를 박듯 아무튼 컵라면으로 하자고 했다. 그녀의 고집에 그는 고개만 절레절레 흔들었다.

맞춤하게도 편의점 건너편에는 하교를 끝낸 초등학교가 자리하고 있었다. 학교의 낮은 울짱 너머로 길게 늘어선 등나무가 보였다. 등나무 그늘 밑에는 통나무를 잘라 만든 테이블과 벤치가 여러 개 놓여 있었다. 식사 자리로는 아주 안성맞춤이었다.

그가 그녀의 손에 트렁크를 넘겨주며 말했다. "저쪽 학교 등나무 보이죠? 우리 저기서 먹을까요?"

"좋네요. 그늘도 있고." 장소가 마음에 들었는지 그녀의 양쪽 눈썹이 경쾌하게 올라갔다.

그가 라면은 자기가 사 가겠다고 했다. 그리고 뭐 더 필요한 거 없냐니까 그녀가 아이스 아메리카노 한 잔을 부탁했다. 그는 알았다 하고는 편의점으로 들어갔다.

어디를 가든 편의점은 모두 비슷비슷하게 생겨서 좋았다. 언제 어느 때고 그를 받아주는 어머니의 품속 같은 곳. 때로는 눈물과 고독의 상징이기도 했던 그곳에서 그는 컵라면 두 개와 샷을 추가한 아이스 아메리카노 두 잔을 샀다. 그런데 벌써 추억이라도 돼버린 걸까. 갈색빛 아메리카노를 보고 있으니 그녀를 처음 만났을 때 생각이 났다. 깊고 풍부한 맛을 자랑하던 그녀가 사다 준 스타벅스 커피. 발뒤꿈치와 손등에 붙이라며 건넨 일회용 밴드. 그리고 우연인지 필연인지 모를 카를로스 미겔의 편지가 맺어준 인연. 그러나 곧 헤어져야 할 인연이었다. 고작 이틀이 지났을 뿐인데도 꽤 긴 시간이 흘러버린 것처럼 한쪽 가슴이 횅해져왔다. 그는 자신의 허허로운 마음을 다독이기 위해 그녀와의 만남은 애초에 헤어질 만남임을 상기했다. 그녀가 아닌 다른 사람이었더라도 그렇게 계획되어 있을 만남의 끝이었다. 그러니 새삼스러울 것도 없었다.

그는 애써 아무렇지 않은 척 뜨거운 라면과 차가운 커피를 요령껏 들고 편의점 유리문을 밀치고 나갔다. 등 뒤에서 "저기요"라는 목소리를 들은 것도 같았지만 그냥 지나쳤다. 이런 낯선 곳에서 그를 부를 사람은 없었다.

라면이 불으면 안 되기에 그는 매미가 시끄럽게 울어대는 가로수를 지나 등나무가 있는 초등학교 운동장으로 바삐 걸어들어갔다.

등나무 아래에서의 한적한 식사였다.

그는 하교 시간을 넘긴 모래 운동장을 끊임없이 바라보고 있었다. 텅 빈 운동장에서 혼자 놀아본 기억이 많아서일까. 별로 낯설지 않은 늦은 오후의 고즈넉한 풍경이었다.

어릴 때 그는 매일 해 질 녘까지 학교 운동장에 남아 그네와 미끄럼틀을 타야 했다. 어머니의 퇴근 시간에 맞춰 집에 들어가기 위해서였다. 그네와 미끄럼틀이 지겨워지면 철봉을 몇 번이고 돌았고, 그것마저 재미가 없어지면 구름다리와 늑목을 넘거나, 정글짐 속을 헤매기도 했다. 하지만 늘 시소만은 타지 못했다. 짝이 있어야만 탈 수 있는 놀이기구가 불만스러웠던 어린 그는, 어느 날 집에 돌아와 어머니에게 물었다. "엄마, 왜 혼자 탈 수 있는 시소는 없는 거지?" 그때 어머니의 대답은 이러했다. "어른들이 바보라 그래." 몇십 년이 흘러도 어른들은 여전히 바보인 채 그대로였다.

텅 빈 운동장에 머물러 있는 그의 시선이 이상해 보였는지 그녀가 아까부터 뭘 그렇게 빤히 쳐다보고 있냐고 물었다. "그네 타고 싶어서 그래요?"

괜스레 놀라서는 그가 아니라고 했다. "애도 아니고 그네는…… 그냥 옛날 생각이 좀 나서……."

놀이기구에 가 있던 눈길을 거둔 그가 남아 있는 라면 국물을 마저 들이켰다. 겹겹이 쌓인 짠 내와 매운 내 때문인지 목이 탔다. 커피를 마셔봤지만 입안이 개운해지지 않았다. 물을 좀 사와야겠다는 핑계로 자리에서 일어나려는데 그녀가 그럴 필요 없다며 그를 자리에 앉혔다. 운동장 구석에 있는 수돗물을 받아 마시려는 거냐니까 그녀가 고개를 가로저었다. 그리고 그를 향해 익살스레 웃어 보이고는 자신의 가방에서 무언가를 꺼내 들었다. 생수병 두 개가 달그락 소리와 함께 모습을 드러냈다. 어딘지 좀 낯이 익었다.

한눈에 그걸 알아본 그가 말했다. "어, 호텔 방?"

"가방에 살짝 넣어왔어요. 그냥 두고 오려니까 아까워서요." 본인도 좀 민망했는지 그녀가 그와 마주친 눈을 피했다. 그러나 그녀의 목소리는 아주 당당했다. "숙박비에 포함된 거라 그냥 두고 오면 우리만 손해예요. 자, 마셔봐요. 이탈리아에서 건너온 아쿠아 파나니까."

이 물이 이태리제였냐면서 그가 받아든 생수의 마개를 땄다. 호텔 방에서 마셨을 때는 약간 비릿한 맛이 느껴져 별로라고 생각했는데, 이탈리아산 물이라는 사실을 알고 나서 그런가 목 넘김이 가볍고 부드러운 것 같았다. 게다가 깔끔한 뒷맛도 느껴졌다. 그는 나오려는 웃음을 간신히 참아내고는 물을 절반 가까이 들이켰다. 간사한 입맛도 입맛이지만 선입견이라는 것이 이렇게 무서운 것이었나 싶어 터지려던 웃음이었다.

고급 생수로 라면의 매운 내를 없애고 난 그는 차가운 아메리카노로 입안을 정리했다. 그새 작아진 얼음 알갱이였지만 샷을 추가한 덕분에 커피는 진한 맛을 오래 간직하고 있었다.

그가 대답했다. "싫어요."

"왜 싫은데요?" 그녀가 물었다.

"애도 아니고 무슨 시소예요……." 그러면서 그는 가볍게 웃어넘겼다.

하필이면 그녀는 왜 시소를 타자고 그를 조르는 걸까. 시소를 향한 자신의 어릴 적 불만을 읽어내기라도 한 걸까. 커피 타임을 끝낸 그녀는 기어코 그를 시소에 앉히고 만다.

그래서 그는 그녀에게 재차 물어야 했다. "왜 시소냐니까요?"

그녀가 반박할 수 없는 논리로 응수했다. "여기 있는 놀이기구 중에 둘이 같이 탈 수 있는 건 시소뿐이니까요."

딱히 꼬투리를 찾을 수 없게 된 그는 그녀가 시키는 대로 시소에 앉았다. 그녀가 시소 맞은편에 올라타자 그는 두 발을 바닥에 내디디 그녀 쪽 시소가 내려갈 수 있도록 무게와 힘을 조절했다. 반대로 그녀는 상체를 뒤로 젖힌 다음, 두 발을 공중에 띄워 그의 쪽 시소가 올라갈 수 있도록 안간힘을 썼다. 발을 디뎠다 떼고, 힘을 실었다 빼는 와중에 시소가 오르락내리락했다. 시소 끄트머리에 받쳐진 고무 타이어가 충격을 흡수해 몸을 부드럽게 튕겨 오르게 했다. 호흡이 맞아들어가면서 그의 입가에는 어린아이 같은 웃음이 번지기 시작했다. 시소를 타면 탈수록 그는, 한쪽이 내려가면 다른 한쪽은 반드시 올라가게 돼 있는 진실된 구조의 이 놀이기구가 마음에 들었다. 주거니 받거니 서로의 배려에 의해서만 움직이는 시소를 오늘 처음 타봤다는 게 좀 창피했지만, 그리고 이미 성장해버린 몸이라 시소는 다소 불편한 감이 없지 않아 있었지만, 남들 다 해보는 거 늦게나마 해봐서 다행이라는 생각도 들었다.

어느새 장난기가 발동한 그가 상체를 뒤로 젖혀 그녀 쪽 시소를 공중으로 띄웠다. 그녀가 안간힘을 써가며 자기 쪽 시소를 내려보려고 애를 썼다. 그러나 상대적으로 가벼운 몸무게 때문인지 요지부동이었다. 그녀가 내려달라고 소리를 치자 그는 내디딘 발로 시소의 기울기를 조절했다. 그렇게 서로가 시소에 열중하고 있을 때였다. 한 아이 엄마가 애 둘을 데리고 운동장 안으로 들어오는 게 보였다. 바닥에 두 발을 디딘 그녀가 그만 내려야겠다고 했다.

"그, 그래요……." 그도 뒤따라 시소에서 내렸다.

다 큰 어른들의 주책을 들키지 않기 위해 서둘러 시소에서 내린 그들은 등나무 아래로 냉큼 걸어갔다. 학교 놀이터로 신나게 뛰어들어온 아이들은 가장 먼저 그네에 올라탔다. 그녀가 라면 먹었던 자리를 정리하고는 "시소도 타봤겠다, 이제 슬슬 움직여볼까요?"라고 했다.

"네?" 그가 어리둥절한 눈빛으로 그녀를 쳐다봤다.

그녀가 미소 띤 입으로 말했다. "새끼손가락 걸어준 7차 보답이었어요. 시소요." 그래서 그녀는 싫다는 사람을 억지로 시소에 앉혔던 거였다.

그는 그녀에게 뭐든 들키고 마는 사람인 것 같아 뭔지 모르게 자신의 처지가 부끄러워졌다. 궁금해서 그가 물었다. "근데 어떻게 알았대요? 시소요……."

"라면 먹는 내내 눈이 거기에 가 있는데 모르면 바보죠. 그냥 문득, 저 사람 분명 시소도 한번 못 타봤겠구나 싶더라고요." 계면쩍어진 그녀가 그의 어깨를 톡톡 건드리며 재촉하는 어조로 덧붙였다. "그만 가자니까요."

"아, 네……." 그가 트렁크를 잡아끌었다.

그녀가 또 히치하이크를 할 거냐고 물었다.

최종 목적지까지는 히치하이크로 가기로 했던 터라 그가 고개를 끄덕였다. "소라 씨가 싫다면 관두고요."

"아니, 좋아요." 그녀가 어깨에 가방을 멨다.

그렇게 그들은 서로를 향해 만족스러운 미소를 지어 보였다. 특히 그는 그녀의 속 깊음을 오래오래 되새기고픈 마음에 멀어져가는 시소를 바라보고 또 바라봤다.

하지만 방금 전까지의 훈훈하던 분위기는 미겔의 편지에 의해 달아나고 말았다.

식사 자리를 치우고 등나무 그늘을 벗어나려는 중이었다. 다시 읽을 것 같지 않더니만 그녀가 미겔의 편지를 달라며 손을 내밀었다. 겨우 나아진 기분일 텐데, 그 나아진 기분을 괜히 엉망으로 만드는 거 아닌가 싶어 괜찮겠냐고 물었더니 그녀가 고개를 끄덕였다. 그런데 이상했다. 바지 뒷주머니로 향한 그의 손이 당황해하고 있었다. 지갑은 만져지는데 편지가 만져지지 않았다. 온몸을 더듬는 그의 수상한 행동에 그녀가 왜 그러냐고 했다.

당황한 낯빛으로 그가 얼버무렸다. "아니, 그게…… 분명 뒷주머니에 넣어뒀는데……." 그의 얼굴색이 새파랗게 질려갔다.

그녀의 얼굴색은 더 그랬다. 그녀가 잘 찾아보라며 그의 몸 구석구석을 훑어내렸다. "설마, 아까 트럭에다 흘리고 내린 거 아니에요?"

"트럭이요? 아, 아닐 거예요……." 일단 고개를 가로저어보긴 했지만 그의 눈앞은 점점 새카맣게 변해갔다.

일그러진 표정으로 그녀가, 편지를 마지막으로 본 게 언제냐고 물었다.

"모, 모르겠어요……."

"그쪽이 모르면 누가 알아요!" 그녀가 버럭 화를 냈다.

입술을 깨문 그가 눈을 깜빡거렸다. 그는 차분하게 기억을 더듬어보기로 했다. 기차 안에서 편지를 읽어준 다음, 바지 뒷주머니에 챙겨둔 것까지는 생각이 났다. 기차에서 내린 뒤로는 지갑도 편지도 만진 적이 없었다. 지갑은 아까 편의점에서 컵라면과 커피를 살 때 꺼낸 게 마지막이었다.

"아, 편의점…… 거긴가?" 그래, 편의점이었다!

그는 곧바로 학교 운동장을 가로질러 편의점을 향해 달리기 시작했다. 그녀가 어디 가는 거냐며 소리쳐 물었다.

그는 달리는 와중에 뒤돌아 대답했다. "짐작 가는 데가 있어서요. 기다려봐요."

"못 찾으면 각오해요!"

"걱정 마요. 꼭 찾아올 테니까." 다급해진 마음 탓인지 그는 교문까지의 거리가 멀게만 느껴졌다.

그는 한달음에 편의점 유리문을 밀치고 들어갔다. 헉헉대는 숨을 몰아쉬며 아르바이트생에게 물었다. 거친 숨에 가로

막혀 말이 제대로 나오지 않았다. "저기, 혹시…… 요만한 종이…… 아니, 편지…… 헤헥."

아르바이트생이 "이거 찾으시는 거죠?"라는 말과 함께 너무도 차분하게 접힌 편지 봉투 하나를 내밀었다. "아까 불렀는데 그냥 가버리시더라고요."

그제야 그는 컵라면과 커피를 사 들고 편의점을 나설 때의 상황이 떠올랐다. "저기요" 하고 등 뒤에서 그를 부르던 목소리였다. 이런 낯선 곳에서 자기를 부를 사람은 없다는 생각에 무시해버린 목소리였는데 하마터면 큰 실수로 이어질 뻔했다. 미젤의 편지는 라면과 커피값을 계산하기 위해 지갑을 꺼낼 때 같이 딸려 나온 모양이었다. 아르바이트생이 전한 설명이 그랬다.

찾으러 오실 줄 알았다는 아르바이트생의 말에 그는 연거푸 고개를 숙여 감사 인사를 했다. "고맙습니다. 덕분에 살았어요……."

그가 받은 자리에서 편지를 꺼내어 장수부터 확인했다. 다행히 모두 그대로였다. 그녀에게 미안해하지 않아도 된다는 사실에 그의 입에서는 긴 안도의 한숨이 새어 나왔다. 그는 고이 접은 편지를 바지 앞주머니에 단단히 쑤셔 넣고는 이마에 맺힌 땀을 손으로 닦아냈다. 후들거리던 다리가 비로소 잠잠해졌다.

29

잃어버릴 뻔한 편지 소동으로 그와 그녀는 한동안 말이 없었다. 어쩌다 보니 서먹한 분위기가 계속 이어지고 있었다.

그들은 지금 식자재를 배달하는 트럭을 잡아타고 달리는 중이었다. 이번에도 히치하이크를 성공시킨 쪽은 그녀였다. 비록 목적지까지 가는 트럭은 아니었지만, 몇 차례 시도 끝에 만나게 된 트럭이라 아쉬운 대로 타야만 했다. 트럭에는 온갖 채소들이 실려 있었다. 모두 한 식당으로 배달될 식자재라고 했다. 육류나 생선을 배달하는 트럭이 아니라 다행히 비린내는 나지 않았다.

그들은 트럭 끄트머리에 나란히 앉아 서로 고개를 외로 튼 채 지나가는 풍경과 속도를 바라봤다. 언제까지 말 한마디 하지 않을 작정인지 그녀는 엠피스리로 계속 음악만 듣고 있었다. 그런데 침묵이 이어진 지 삼십여 분이 흘렀을까. 그녀가 귀에서 이어폰을 잡아 빼더니 갑자기 몸을 배배 꼬는 것이었다. 화장실에 가고 싶다고 했다. 아까 학교 운동장에서 마신 라면 국물과 아쿠아 파나와 아메리카노가 그녀의 방광을 자극시킨 모양이었다. 도저히 참을 수 없는 지경에 이른 듯 그녀의 얼굴이 새파랗게 질려가기 시작했다. 거의 다 온 것 같으니까 조금만 참아보라는 그의 말에 그녀는 아까 편지를 잃어버렸을 때보다 더 화를 냈다.

그녀가 자신의 아랫배를 움켜쥐며 소리쳤다. "아, 안 돼요. 못 참겠어요!" 그러고는 당장 내려야겠다고 했다. "차 좀 세워 달라고 해주세요. 빨리요, 빨리!" 그가 머뭇대자 그녀가 이번 엔 트럭 운전석을 향해 소리쳤다. "아저씨, 차 좀 세워주세요! 화장실이요, 화장실! 급하다고요!"

그녀의 다급한 목소리를 듣고 놀란 트럭 운전사가 운전 중에 차창 밖으로 고개를 내밀었다. 큰 사고라도 난 줄 알았던 운전사는 그녀보다 더 새파랗게 얼굴색이 변해 있었다.

얼마나 다급하게 내렸던지 그는 고맙다는 말도 잊은 채 트럭 운전사를 떠나보내야만 했다. 그녀는 채소 트럭에서 내리 자마자 화장실이 있을 만한 곳을 향해 죽기 살기로 뛰기 시작 했다. 그도 트렁크를 끌며 서둘러 그녀를 따라갔다. 화장실이 있을 만한 확실한 곳을 찾아낸 듯 그녀의 뜀박질에는 금세 방 향성이 드러났다.

저만치에서 잠깐 멈춰 선 그녀가 뒤돌아 그를 쳐다봤다. 담 보된 화장실 때문인지 그녀의 표정은 한결 편안해진 상태였다.

화가 누그러진 목소리로 그녀가 외쳤다. "볼일 끝나면 우리 여기서 좀 놀다 가요!" 그러고는 그녀가 어떤 입구를 향해 득 달같이 달려갔다.

놀다 가자니? 하고 그가 고개를 돌려 바라본 곳은 놀이공원이었다. 그는 천천히 트렁크를 끌며 그녀가 사라진 놀이공원 입구 쪽으로 바삐 걸어갔다. 그런데 그의 발걸음이 순간 멈칫했다. 날이 더워 헛것이 보이는 게 아닌가 싶어 그가 자신의 양쪽 눈을 비볐다. 놀이공원 입구 옆에 놓인 노란색 벤치가 그의 눈을 사로잡았다. 아니, 중요한 건 노란색 벤치가 아니었다. 그 벤치에 앉아 새우버거와 콜라를 먹고 있는 익숙한 자태의 어떤 여자였다. 여느 길거리에서나 볼 수 있는 그저 그런 모습이었지만 그에게는 그렇지가 않았다. 등골이 서늘해지는 게 느낌이 이상했다.

그는 설마 아니겠지, 하는 마음으로 벤치 가까이 다가갔다. 그런데 이게 어찌 된 일일까. 죽었다고 생각했던 G가 노란색 벤치에 앉아 버거와 콜라를 먹고 있었다. 현기증으로 그의 몸이 순간 휘청거렸다. 몽둥이로 뒤통수를 한 대 얻어맞은 기분이었다. 서늘해진 등골을 타고 식은땀이 흘러내렸다. 그는 다시 한번 눈을 비볐다. 정말로 G가 맞는 걸까. 전혀 다른 사람인데 새우버거와 콜라 때문에 그래 보이는 건 아닐까. 확인이 필요했다.

그는 후들거리는 다리로 일단 벤치 옆에 서 있는 자동판매기로 걸어갔다. 그리고 떨리는 손으로 동전을 넣어 캔콜라 하나를 샀다. 텅 소리와 함께 캔콜라가 아래로 떨어졌다. 자동판

매기에서 콜라를 꺼내 든 그는 노란색 벤치에 가 앉았다. 슬쩍 고개를 옆으로 틀어 여자의 얼굴을 훑어내렸다. 못생긴 얼굴과 피아노를 전공하는 길고 예뻤던 손가락들이 보였다. 틀림없는 G였다. 그런데 왜 화가 나는 걸까. 죽은 줄로만 알았던 사람이 서프라이즈 선물처럼 나타나줬는데 기분은 왜 이리 엉망인 걸까. 정말 불쾌하기 짝이 없는 갑작스러운 우연이었다. 우선 목소리부터 들어봐야 할 것 같았다.

그가 캔콜라를 따며 옆에 앉은 G에게 말을 걸었다. "여, 여긴 어쩐 일이세요……."

주위를 둘러보던 G가 "네?" 하고 반문했다. 그러고 보니 질문이 이상했다. G에게 그는 낯선 외국인으로 보일 뿐이었다.

그래서 그는 진짜 외국인인 척해보기로 했다. "제가 한국말이 조큼 서투릅니다. 미안해. 여행 중이세요? 나도 여행 중이야."

"저 알아요?"

그가 고개를 가로저었다. "아니, 몰라."

"근데 왜 아는 척에 반말이세요?" G가 그를 쏘아봤다.

"한국말 잘 배우고 싶어서 그럽니다. 미안해……." 그가 고개를 숙여 사과를 했다.

G가 거칠게 말했다. "저게 진짜! 외국인 아저씨, 제가 지금 기분이 엿 같아서 그러는데 신경 좀 꺼주실래요? 가던 길이나

가시라고요!"

"진짜로 미안해. 손가락이 참으로 예쁩니다. 피아노 잘 치게 생겼어."

G가 자신의 손을 내려다보고는 웅얼거렸다. "씨발, 뭐라는 거야?" 그러고는 G가 코웃음을 쳤다.

그가 물었다. "피아노 안 칩니까?"

"피아노는 개뿔! 근데 왜 자꾸 말을 시키는 건데?" G의 이맛살이 찌푸려졌다.

"한국말 잘 배우고 싶습니다……." 그가 멋쩍게 웃어 보였다.

목소리도 얼굴도 G가 확실했다. 그런데 피아노를 쳐본 적이 없다니……. 자기한테 귀찮게 구는 외국인이라서 G가 거짓말을 하는 걸까?

그는 계속 말을 걸어보기로 했다. "여기서 삽니까?"

어금니를 깨문 G가 하는 수 없다는 듯 심드렁하게 대답했다. "아니요."

"여기 왔으면 무슨 음식 먹고 가야 합니까? 잘 몰라서 그럽니다……."

G가 어금니를 악물었다. "저도 잘 모르거든요!"

"어디까지 갑니까?"

"……."

"혼자 왔습니까?"

"……."

"여행 중입니까?"

참다못한 G가 거칠게 응대했다. "거, 되게 귀찮게 구네. 롤러코스터 여행 중이에요. 됐어요!"

"아, 저도 롤러코스터 많이 좋아합니다. 근데 롤러코스터 여행이라는 거는 무엇입니까?"

G가 어이없어하는 표정과 함께 고개를 절레절레 흔들었다. 그가 알던 놀이공원의 그 G가 맞았다. 그렇다면 G는 이 여행 때문에 그의 곁을 떠났던 걸까?

궁금해서 더 추궁해보기로 했다. "롤러코스터 여행은 어떻게 하는 겁니까?"

긴 한숨을 토해낸 G가 마지못해 대답했다. "한국에 있는 롤러코스터를 타러 다니는 거예요. 이제 됐죠!"

G의 그 말에 그는, 전국을 돌아다니며 울고 싶어진 거냐고 속으로 묻고 있었다. 하지만 정작 그의 입에서 나온 말은 이것이었다. "진짜로 멋있습니다……."

"꼴에 한국말은 잘도 알아듣네." G의 한쪽 입가가 실룩거렸다.

그는 바보처럼 천진난만하게 말했다. "고맙습니다. 칭찬해 줘서……."

"뭐야, 진짜!"

그가 가장 중요한 것을 물었다. "이름이 뭡니까? 저는 카를로스 미겔이라고 합니다."

"참 나, 내가 왜 당신한테 내 이름을 말해줘야 하는데?" 그러면서 G가 콜라를 벌컥벌컥 들이켰다.

그는 거기서 멈추지 않고 계속 물었다. "그럼 부모님은 뭐 합니까?"

"당신 미쳤어? 빌어먹을 부모는 왜 들먹이는데? 뒈지고 없다면 어쩔 건데? 어쩔 거냐고!"

"미, 미안합니다……." 그가 다시 고개를 숙여 사과를 했다.

화가 치민 G가 먹고 있던 버거와 콜라를 들고 자리에서 일어나 저만치 걸어갔다. 안 되겠다 싶었는지 G가 등을 돌려세웠다. 그리고 그를 쏘아보며 한마디 던졌다. "검둥이면 검둥이답게 굴어, 새끼야! 어디서 호구조사야, 재수 없게! 그리고 한국말은 그런 식으로 배우는 거 아니다. 알아들어?"

그때였다. 벤치 옆에 서 있는 가로수에서 매미 울음소리가 났다.

놓칠세라 그가 G를 향해 냉큼 말했다. "저기, 여름날의 매미 울음소리는 가을바람 같아서 좋지 않나요?"

"확, 그냥! 시끄럽거든? 너네 나라로 꺼지라고, 씨발아!" G는 그 말을 끝으로 멀리 사라져갔다.

순간 그는 두통이 느껴졌다. 그의 한쪽 눈가가 파르르 떨리기 시작했다. 혼란스러웠다. 세상이 온통 거짓투성이로 보였다. 어느 게 진짜인지 알 수 없었다.

점점 멀어져가는 G를 허망한 눈으로 바라보던 그가 움켜쥔 캔콜라를 찌그러뜨렸다. "나쁜 년!"

죽음에 의한 이별이 아니었다는 사실이 그의 심장을 아프게 찔러대고 있었다. 차가운 콜라 거품이 그의 손등 위로 찐득하게 흘러내렸다.

30

그는 노란색 벤치에 멍하니 앉아 하염없이 자신의 프라다 구두를 내려다보고 있었다.

볼일을 마치고 돌아온 그녀가 그의 어깨를 흔들어 깨우더니 안 들어오고 뭐 하냐고 다그쳤다. "좀 놀다 가자니까요? 여기 놀이공원……."

"그냥 가요……." 그녀의 말이 채 끝나기도 전에 그가 무표정한 얼굴로 벤치에서 일어났다. 자기는 지금 그럴 기분이 아니라며 그가 트렁크를 끌고는 도로 쪽으로 터벅터벅 걸어갔다.

그녀가 그의 등에다 대고 물었다. "왜 그래요? 무슨 일 있었어요?"

"빨리 가자니까. 빨리……."

그녀가 보기에 그는 반쯤 넋이 나간 사람처럼 보였다. 영문을 알 수 없어 답답해진 그녀는 서둘러 그의 뒤를 따라갔다. 처진 그의 양쪽 어깨가 왠지 모르게 슬퍼 보였다.

31

그와 그녀는 하얀 트럭을 타고 달리는 중이었다.

히치하이크를 성공시킨 쪽은 이번에도 그녀였다. 아니, 사실 그는 히치하이크를 누가 성공시켰든 별 관심이 없었다. 지금 그의 머릿속은 온통 나쁜 년 G에 관한 생각으로 가득할 뿐이었다.

언제부터인지 모르게 하늘은 찌뿌둥하게 변해가고 있었다. 검게 물든 하늘에서는 금방이라도 빗방울이 떨어질 것만 같았다. 아까 놀이공원 입구에서 무슨 일이 있었는지 알 턱이 없는 그녀는 맞은편에 앉아 한가롭게 미곌을 읽고 있었다. 그녀가 급한 용변을 이유로 거기에서 내리지만 않았어도 G를 만날 일은 없었을 터였다. 몰라도 될 것을 알아버렸다는 생각에 그는 그 맞물린 찰나의 순간들이 화가 났다. 결국 우울을 동반

한 두통을 견디다 못한 그가 휴대용 약통에서 두통약 두 알을 꺼냈다. 약 한 개로는 가라앉을 것 같지 않은 통증이었다.

물도 없이 약을 삼키는 그를 보고는 그녀가 편지를 읽다 말고 왜 그러냐고 했다. "진짜 무슨 일 있었어요?"

"그냥 머리가 좀 아파서……." 그가 손으로 양쪽 관자놀이를 짓눌렀다.

"그러니까요. 신경 쓰면 머리가 아프다면서요. 혹시 편지 잃어버린 걸로 제가 화내서 그래요?" 그의 아니라는 말에 그녀는 더 궁금해져 물었다. "그럼 뭐가 문젠데요?"

그는 그녀에게 얘기를 해볼까 싶었다. G에 대해 모르는 것도 아니니, 지금 이 혼란스러운 감정과 상황을 그녀는 이해해줄지 몰랐다. "그게, 아까 놀이공원 입구에서 누구를 좀 만났어요……."

"누구요? 혹시 가족들 만났어요? 그래요?" 그녀의 눈이 놀라 커졌다.

그가 고개를 가로저으며 말했다. "아니요. G……."

잘못 들었나 싶었는지 그녀가 "네?" 하고 되물었다.

"G를 만났다고요. 죽은 줄 알았던 그 G요……."

"설마요." 그녀의 눈이 휘둥그레졌다. 그녀는 읽고 있던 미겔의 편지를 접어 봉투에 넣고는 그의 옆으로 자리를 옮겨 앉았다. "세상에, 그럼 살아 있었던 거예요? 자살한 것도 아니었고?"

"모르겠어요……."

"잘못 본 거 아니에요?"

"저도 처음엔 그런 줄 알았는데 G가 분명했어요. 근데 저를 대하는 태도가 달랐어요. 제가 알던 그 G가 아니더라니까요."

"차근차근 얘기해봐요. 어떻게 달랐는데요?" 그녀의 양미간에 주름이 잡혔다.

그는 노란색 벤치에서 G와 나눈 얘기를 빠짐없이 그녀에게 전했다. G가 하고 있다는 롤러코스터 여행과 G의 말투를 비롯해, 놀이공원에서의 G와 아까 벤치에서의 G 중에 어느 게 진짜 G의 모습인지 모르겠다는 것까지 털어놓았다. G가 확실하긴 한 거였냐고 반복해 묻는 걸 보니 그녀 역시 믿어지지 않는 모양이었다.

"아닐 이유가 없었어요. 마지막엔 저한테 뭐란 줄 알아요? 너희 나라로 꺼지라더군요. 검둥이 새끼 어쩌고 하면서……."

무슨 사정이 있었을 거라며 그녀가 그를 다독였다. "그 전에 안 좋은 일이 있었거나……."

"아니? 원래 그런 사람인 거 같았어요." 그의 목소리에는 분노에 가까운 감정이 배어들어 있었다.

그녀는 계속 그를 위로하고 싶은 쪽으로 말하려고 애를 썼다. "그리고 어떻게 알겠어요. 오늘 G가 한 얘기가 거짓말일 수도 있는 거죠……."

"거짓말 같지 않았다니까요!" 그의 언성이 높아졌다.

"거짓말이라는 건 대부분 진짜처럼 하는 거예요. 그러니까 거짓말에 속는 거고요. 거짓말을 거짓말처럼 하는 바보가 어딨겠어요."

"그럴까요? 자꾸 말을 거는 제가 귀찮아서 그랬을까요?"

"그렇다니까요."

"하긴, 처음 보는 사람한테 무슨 거짓말인들 못 하겠어요……." 그의 옅은 한숨이 양쪽 어깨에 들어간 힘을 내리눌렀다.

그녀의 동조가 이어졌다. "그거예요. 그리고 따지고 보면 그쪽도 G한테 거짓말했잖아요? 탈 인형을 핑계로."

그러고 보니 그랬다. 그 또한 '장세오'라는 이름을 제외한 모든 것을 G에게 거짓으로 고했더랬다. 그러니 억울해할 일도, G만 탓할 일도 아니었다. 게다가 그는 그녀에게도 거짓말을 하고 있지 않은가. 스페인어에 대해 하나도 모르면서, 대학도 나오지 않았으면서 말이다.

"소라 씨 말이 맞아요. 저도 거짓말쟁이였다는 걸 잊고 있었네요……."

"그러니까 서로 주고받았다 생각하고 신경 꺼버려요. 근데 생각할수록 진짜 나쁜 년이네요." 그녀가 그의 편을 들어 말

227

했다.

그가 신이 나서 그녀의 말을 따라 했다. "그쵸? 진짜 나쁜 년이죠?"

"네, 진짜로요."

"맞아요. 진짜 나쁜 년이에요." G를 '나쁜 년'으로 칭해주는 그녀의 말에 위로를 받은 그가 미친 듯이 웃고 또 웃었다. 짠한 뭔가가 느껴지는 G를 향한 조소였다.

그의 웃음이 허탈해하는 감정으로 옮겨가려고 하자 그녀가 말했다. "그래도 우리 둘 다 다행으로 여겨요. 적어도 다들 살아는 있잖아요? 살아 있으면 언제고 다시 만날 수도, 오해를 풀 수도 있는 거니까……."

"하긴, 가족이라는 작자들도 날 버리고 떠나가는 마당에 남이 내 뒤통수를 친들 뭐가 억울하겠어요……."

그녀가 대답 대신 긴 한숨을 뱉어냈다. 그가 회색빛 하늘을 멍한 눈으로 올려다봤다. 그녀 말대로 G의 살아 있음을 다행으로 여기면 그만일 일이었다. 애초에 G는 탈 인형 너머의 '진짜 그'와는 아무 상관 없는 사람이지 않았던가.

증오의 감정에 지쳐버린 그가 세우고 앉은 무릎 사이에 얼굴을 파묻었다. 그리고 눈을 감았다. 온몸에 퍼진 두통약 두 알이 그의 두통을 달래주고 있었다. 그래, 그거면 됐지 싶었다. 그거면…….

덜컹대는 트럭이 온몸을 흔들었다. 하늘을 뒤덮은 먹장구름이 여름날의 더딘 어둠을 앞당기고 있었다. 달릴수록 어둠은 쉬워졌고, 비의 확률은 높아가는 것만 같았다.

그의 오른쪽 귀에는 그녀의 한쪽 이어폰이 끼워져 있었다. 그녀와 나눠 낀 이어폰으로 그녀의 엠피스리 속 음악이 끊임없이 말을 걸어왔다. 음악을 들으면 기분이 좀 나아질 거라는 그녀의 처방 덕분인지 새까맣던 우울감의 색채는 점점 회색빛으로 옅어져갔다. 그런데 잘 달리던 트럭이 갑자기 갓길에 멈춰 섰다. 무슨 일인가 싶어 그와 그녀가 서로를 쳐다봤다.

트럭 운전사가 난처해하며 운전석 차창 밖으로 고개를 내밀었다. 급한 일이 생겼다고, 돌아가지 않으면 안 되는 일이라 여기에서 차를 돌려야 하는데 어떡하면 좋겠냐고 했다.

누군가와 통화 중인 채로 트럭 운전사가 말했다. "안 바쁘면 그냥 저 가는 데까지 같이 가실래요? 어차피 저는 이쪽으로 다시 와야 하거든요."

걱정스러운 마음에 그가 트럭 운전사에게 무슨 일이냐고 물었다.

"썩을, 아는 동생 놈 차가 도랑에 빠져 못 나오고 있다네요." 골치 아픈 상황에 트럭 운전사가 눈가를 찌푸렸다.

얼른 보내드려야 할 것 같아 그가 먼저 눈치껏 자리에서 일어났다. 그들 또한 왔던 길을 되돌아갈 수는 없었다. 트럭 운전사의 부담을 덜어주기 위해 그녀도 뒤따라 냉큼 차에서 내렸다. 용케 목적지까지 가는 차를 얻어 탔다 했더니, 역시나 공짜는 호락호락하지 않았다.

미안하게 됐다는 운전사의 말에 그는 오히려 저희가 감사드린다고 했다. "여기까지 태워주신 것도 어딘데요. 조심히 가십시오."

하얀 트럭은 그 자리에서 바로 유턴을 하고는 반대 방향으로 바삐 사라져갔다. 어쩔 수 없이 내리긴 했지만, 막상 내리고 보니 어째 좀 막막했다. 왜냐하면 그들이 내린 곳은 민가나 가게조차 보이지 않는 그냥 허허벌판에 가까운 국도변이기 때문이었다. 그녀가 피곤에 지친 목소리로 "이제 어떡하죠?"라고 했다.

하지만 지금 그가 해줄 수 있는 말은 이것밖에 없었다. "일단 걸어요. 걷다가 다른 차를 잡아타든지 해야겠어요."

차도 잡히지 않고 아무것도 보이지 않으면 어떻게 해야 하나, 라는 걱정이 앞서자 그는 그녀에게 미안한 생각이 들었다. 히치하이크는 그때 처음 한 번으로 끝냈어야 했다.

그가 그녀의 눈치를 살피며 말했다. "미안해요. 히치하이크는 괜히 하자고 해서……."

"재밌었으니까 됐어요." 그녀가 애써 밝게 말했다.

그들은 국도변을 따라 무작정 걷기 시작했다. 재수 없게도 하늘에서는 막 빗방울이 떨어지고 있었다. 비 맞히면 안 되는 거 아니냐면서 그녀는 트렁크 걱정부터 했다. 구름 상태를 봐서는 꽤 쏟아부을 기세라 마음이 다급해졌다. 거기다 날까지 어둑어둑해지는 상황이었다. 그녀의 불안감을 달래주기 위해 그는, 걷다 보면 뭐든 나올 거라고, 그러니 걱정하지 말라고 했다.

"그럴까요?"

"길이 있으니까요."

"네, 길……." 그녀가 어둠 속에서 희미하게 웃었다.

그들은 뒤에서 쫓아오는 밤으로부터 달아나기 위해 말없이 걷고 또 걸었다.

32

얼마나 걸었을까. 그의 말대로 정말 저만치에서 불빛 하나가 보였다. 소강상태에 들어간 빗방울이 다시 굵어지는 중이라 어떻게든 비 피할 곳이 필요했다.

그가 그녀를 향해 말했다. "저기 불빛 보여요?"

"어디요?" 그녀의 눈이 불빛을 찾아 헤맸다.

"저기 저쪽. 민박집 같지 않아요?"

"얼른 가봐요. 이러다 더 쏟아지겠어요." 그녀의 걸음이 먼저 빨라졌다.

그리고 그녀를 따라 빨라진 그의 발걸음은 어느새 뜀박질로 이어졌다. 그럴수록 빗줄기는 더 보태지는 것만 같았다. 뒤따라오던 그녀의 숨이 거칠어졌다. 어스름한 공기 사이로 담장에 둘러싸인 삼 층짜리 건물이 나타났다. 대문 앞에 먼저 도착한 그가 위용에 찬 집을 올려다봤다. 대문은 당초무늬 철단조로 돼 있어서 안이 그대로 들여다보였다. 마당은 아주 넓었고, 그 넓은 마당을 뒤덮고 있는 것은 모래였다. 그래서 그런지 집은 마치 사막 위에 지어진 것처럼 보였다. 모래밭 가운데에는 빨간 벽돌길이 대문과 현관 사이를 이어주고 있었다. 뒤늦게 도착한 그녀가 거친 숨을 몰아쉬며 사람 사는 집이 맞냐고 했다.

대문 틈을 빼꼼히 들여다보고 있던 그가 말했다. "모르겠어요. 가정집이라고 하기엔 너무 큰 거 같기도 하고……."

집은 거대한 성(城)을 닮아 있었다. 프로방스풍의 돌출 창과 요철 모양으로 마무리된 옥상 난간 때문에 특히 그래 보였다. 옥상에는 세 개의 탑이 세워져 있었는데, 라푼젤의 긴 머리카락이 내려올 것만 같은 원뿔 모양의 지붕이 얹힌 탑이었다. 삼 층짜리 저택답게 방도 꽤 많아 보였다. 세어본 창문 개수만 해도 열한 개는 되었다. 가정집이 맞다면 그들이 쉬어갈 수 있는 방은 차고도 넘칠 분위기였다.

초초해진 그가 바로 초인종을 찾아 눌렀다. 반응이 없자 다시 길게 눌렀다. 불이 켜진 삼 층 창가 커튼이 들썩이더니 커튼 사이로 사람 그림자 하나가 나타났다 사라지는 게 보였다.

집이 커서 그런지 한참 만에 현관문이 열렸다. 우산을 쓴 검은 형체가 빨간 벽돌길을 따라 걸어 나왔다. 대문 앞으로 다가온 집주인이 우산을 들어 올렸다. 우산 속에서 모습을 드러낸 사람은 젊은 여성이었다.

여주인이 물었다. "무슨 일이시죠?" 조금 차갑게 느껴지는 목소리였다.

대문 앞으로 한 발짝 다가간 그가 대답했다. "저희가 지금 여행 중인데 갑자기 비가 쏟아지는 바람에요. 실례가 안 된다면 좀 쉬었다 갈 수 있을까 해서……."

"여긴 가정집이지 숙박업소가 아니에요."

"아, 그래요. 그래도 어떻게 좀 안 될까요. 숙박료는 드리……."

그의 말이 채 끝나기도 전에 여주인이 불쾌하다는 듯 대답했다. "여긴 모텔이 아니라니까요."

"죄송합니다. 불쾌하게 해드릴 생각은 없었는데……." 이대로 물러서면 안 된다는 생각에 그는 마지막으로 한 번만 더 말해보기로 했다. "그럼 잠깐 비만 피하고 가겠습니다……."

사정을 하는데도 여주인은 묵묵부답이었다. 그는 내심 화가 났다. 또 자기 때문인 것 같아, 히치하이크도 실패하더니 이것도 실패하나 싶어서였다. 그런데 '실례했습니다'라는 말을 남기고 돌아서려는 순간이었다.

발길을 돌려세우려던 여주인이 다시 대문 가까이 다가와 잠금장치를 풀어주는 거였다. 갑작스러운 마음의 변화를 여주인은 이렇게 설명했다. "한국말을 잘해서예요."

"네?"

"문을 열어주는 이유요. 한국말을 잘해서라고요."

뜻밖의 이유였다. 여주인의 눈에는 한국말을 잘하는 검둥이가 인상적으로 보인 모양이었다. 살다 살다 내 피부색이 다 도움이 될 때가 있다니……. 그는 허락이 번복될세라 냉큼 마당 안으로 들어섰다. 그리고 빨간 벽돌길을 따라 현관 입구에 다다를 무렵이었다.

여주인이 잠깐 뒤돌아 그를 쳐다보고는 작은 목소리로 말했다. "여자친구가 예쁘네요. 둘이 잘 어울려요."

그런 사이가 아니라고 여주인에게 말했어야 했지만 그는 관뒀다. 한 번쯤은 이런 오해도 받아보고 싶었다.

집은 안으로 들어갈수록 으리으리했다. 현관은 넓었고 천장은 높았다. 거실의 반짝거리는 샹들리에와 오래된 페치카가 이국적인 분위기를 자아냈다. 페치카 앞에 세워진 낡은 흔들의자를 비롯해, 벽에 걸린 괘종시계와 바닥에 깔린 양탄자가 그 분위기를 한층 돋워주고 있었다. 여주인의 꽁무니를 따라간 그들은 현관에서 가장 가까운 일 층 방으로 안내되었다. 그런데 방과 방을 잇는 복도와 거실에는 수많은 고양이가 어슬렁거리고 있었다. 그들에게 내어준 방에도 고양이들이 득실거리긴 마찬가지였다. 못해도 이백여 마리는 돼 보였다.

여주인이 방 안에 있던 고양이들을 복도로 쫓아내며 겸연쩍게 말했다. "고양이가 좀 많죠?"

그래서 그녀가 여주인에게 물었다. "여기 혹시, 고양이 호텔인가요?"

그녀의 물음에 여주인은 그런 건 아니라고 고개를 저어 대답했다. 그들은 고양이 수에 놀란 표정을 애써 감춘 채 방 한쪽에 자리를 잡고 앉았다. 창문에는 하얀 바탕에 노란 꽃무늬가 그려진 커튼이 걸려 있었고, 방 중앙에는 캣타워 하나가 덩그러니 세워져 있었다. 캣타워 주변에 널브러져 있는 것은 고양이 장난감들이었다. 가구가 하나도 없어서 그런지 방은 무척이나 커 보였다. 그녀와 단둘이 있어도 어색하지 않을 정도의 크기였다.

잠깐 자리를 비운 여주인이 고맙게도 수건 두 장을 들고 나타났다. 젖은 머리를 닦으라며 건넨 수건에서는 향긋한 섬유유연제 향이 났다. 그 향 때문이었을까. 문득 그는 집에 두고

온 호랑이 탈 인형이 생각났다.

벽에 기대어 앉아 듣는 빗소리가 좋았다.

'두두둑, 두두두둑, 둑둑.'

걷고 뛰느라 고단해진 몸이 빗소리에 점점 나른해지고 있었다.

한참 말이 없던 그녀가 의문스럽다는 듯 입을 열었다. "설마 이렇게 큰 집에서 혼자 살진 않겠죠? 여기 집주인이요……."

왜 말이 없나 했더니 여태 그거 생각한 거냐고 그가 말했다. 비를 피하게 된 것만으로도 다행이라는 생각이 들어서였을까. 그의 표정은 한결 여유로워 보였다.

여주인이 들을까 봐 그런지 그녀가 소곤소곤 다시 말했다. 그녀는 여기 여주인에 대해 궁금한 게 많은 모양이었다. "근데 무슨 고양이를 저렇게나 많이 키우는 걸까요? 고양이 호텔도 아니라면서……."

반면에 그는 심드렁하게 반응했다. "동물을 좋아하나 보죠, 뭐……."

"아무리 좋아해도 그렇죠."

"피곤할 텐데 눈 좀 붙여요……." 그가 양껏 기지개를 켜고는 자기는 편지 번역이나 해야겠다고 했다. 지금이 아니면 할 시간이 없을 듯해서 움직이기로 한 것이다.

그녀가 "그럴래요?"라고 하면서 자기 가방에서 미겔의 편지와 서한사전을 꺼내어 그에게 건넸다. 모로 누운 그녀가 미안해하는 목소리로 말했다. "그럼 저는 잠깐 눈 좀 붙일게요."

"잠깐 말고 푹 자요, 푹."

그녀가 생각났다는 듯 물었다. "아 참, 두통은 좀 어때요……."

"약발은 잘 든다니까요."

"다행이네요. 다행……." 얼마나 고단했는지 말을 끝맺기도 전에 그녀의 눈꺼풀이 스르르 내려앉았다.

그녀가 잠든 틈을 타 그는 핸드폰에 쌓여 있는 미겔의 문장들을 연필로 옮겨나갔다. 등진 그녀의 잠이 길어질수록 편지 뒷면의 여백은 그의 글씨로 가득 채워지기 시작했다. 사각사각대는 연필 소리는 빗소리에 가려졌지만 그의 숨은 조력자는 끝까지 그의 편이 되어주었다.

33

그리고 또 한 번의 밤이었다. 여느 날과 다를 바 없는 그의 밤에는 차츰 회색빛 감정들이 몰려들었다. 곧 끝나가는 미겔의 편지 때문이 아니었다. 그것은 알 수 있으면서도 알 수 없는, 명징하고도 모호하고도 이상한 그의 필연의 시간 때문이었다.

34

미겔의 편지는 이 문장으로 끝을 맺고 있었다. '염치없지만 당신을 사랑했고, 지금도 사랑하고 있으며, 앞으로도 사랑할 겁니다.' 그는 잦아드는 빗소리를 들으며 연필을 내려놓았다. 두둑 두둑 간헐적으로 떨어지는 빗소리에는 쓸쓸함이 묻어났다. 창밖에는 속이 까만 거짓말 같은 밤이 암막 커튼처럼 드리워지려는 참이었다.

이제 그의 의무는 끝이 났다. 비록 조력자에 의해 마무리된 편지 번역이었지만 그는 하나도 부끄럽지 않았다. 누군가를 위해 최선을 다했으면 그걸로 된 것이다.

그는 핸드폰을 열어 숨은 조력자에게 문자메시지를 보냈다. 내용은 감사 인사와 함께 남은 사례금은 바로 입금해드리겠다는 거였다. 물론 훌륭한 번역이었다는 칭찬도 잊지 않았다. 메시지 전송 버튼을 누르고 나자 그의 입에서는 알 수 없는 한숨이 새어 나왔다. 정말 뭔가가 다 끝나버린 느낌이었다.

그는 미겔의 편지를 소리 나지 않게 정리하고는 나갈 준비를 서둘렀다. 예령 아주머니가 사는 그곳엔 혼자 다녀올 생각이었다. 지쳐 잠든 그녀를 깨우고 싶지 않았다. 메모 정도는 남겨두고 가야 할 것 같아 지갑을 열었다. 지갑 안에는 그녀와 함께하는 동안 생겨난 영수증 몇 장이 들어 있었다. 그는 편의점에서 컵라면과 커피를 사고 받았던 영수증을 꺼냈다. 영수증 뒷면은 인쇄된 글자가 없어서 메모지로 적당해 보였다. 뭐라고 쓸지 고민하다가 그는 뭉툭해진 연필로 이렇게 적었다.

그곳에 혼자 다녀올게요. 싱싱한 회 사올 테니까, 갔다 오면 같이 소주 한잔해요…….

일어나면 바로 볼 수 있도록 그는 그녀의 머리맡에 영수증 메모를 내려놓았다. 그러고는 그녀가 깨지 않게 조용히 자리에서 일어나 방문을 열고 나갔다. 여주인에게 얘기는 하고 가야 할 것 같아 복도에 우글거리는 고양이들을 피해 집 안을 살폈다. 마침 여주인이 빈 머그컵을 들고 아래층으로 내려왔다.

그가 여주인에게 말했다. "볼일이 있어 잠깐 나갔다 와야 할 거 같은데……."

"네, 그러세요." 여주인이 가벼운 미소를 지어 보이며 우산을 빌려주겠다고 했다.

하지만 비가 개어가는 중이라 그는 정중히 사양했다.

그렇게 그는 밤의 배웅을 받으며 혼자 그곳으로 향했다. 옅어지는 먹구름 사이로 별들이 두근대고 있었다. 별빛은 슬픔을 알아버린 누군가의 눈망울처럼 반짝거리고 또 반짝거렸다.

35

'팔딱대는 횟집'이라는 간판이 보였다. 괜히 망설여졌다. 근처에 일이 있어 들른 것으로 해야 할지, 아니면 작정하고 온 것으로 해야 할지 고민되었다.

그는 옷매무새를 가다듬으며 가게 문을 열었다. 월요일 밤의 횟집은 손님이 많지도 적지도 않았다. 그는 둘레둘레 사방을 살핀 다음 구석진 테이블에 가 앉았다. 득달같이 달려온 남자 종업원이 물컵과 물수건을 내려놓았다. 어떤 언어로 물어야 할지 몰라 잠시 고민하는가 싶더니 그냥 한국말로 혼자이시냐고 물었다.

그 물음에 그는 이렇게 대답했다. "여기 사장님 좀 뵈러 왔는데, 진예령이라고…… 여기 사장님이요……."

"아, 네. 잠시만요." 남자 종업원이 주방 쪽을 향해 "엄마!" 하고 불렀다. 종업원은 예령 아주머니의 아들이었다.

주방에 있는 아주머니가 모습을 드러냈다. 그를 알아본 예령 아주머니가 "이게 누구야?" 하면서 한달음에 달려와 그의 손부터 잡아 줘었다.

자리에서 일어난 그가 인사를 건넸다. "안녕하셨어요?"

"세상에, 이게 얼마 만이야 그래. 번호가 바뀌었는지 연락이 돼야 말이지." 마음보다 말이 앞선 아주머니가 계속해서 물었다. "그간 어떻게 살았어? 여긴 어쩐 일이야? 장가는 갔고? 신수가 훤한 게…… 아이고, 내 정신 좀 봐. 일단 앉아야지, 앉아." 아주머니가 그를 의자에 앉혔다.

그가 어색하게 웃어 보이고는 근처에 일이 있어 왔다고 했다. "아주머니는 그대로세요……."

"많이 늙었지, 뭐." 아주머니가 자신의 한쪽 뺨을 어루만졌다.

결국 작정하고 왔다는 사실은 감춰지고 말았다.

아주머니를 엄마라 부르던 종업원이 다가왔다.

아주머니가 "광어 제일 크고 좋은 걸로"라고 하고는 그를 당신의 아들에게 소개했다. "서로 인사들 해. 예전에 공장에서 일할 때 엄마하고 제일 친하게 지냈던 친구 아들이야."

그가 아주머니의 아들과 짧게 눈인사를 나눴다.

주문을 위해 아들이 자리를 물리자 아주머니가 막내아들이라고 했다. "그 양반 보내고 같이 일한 지 좀 됐어……."

아주머니도 세월이 질러놓고 간 장난질에 몇 번 당한 것 같
았다. 하긴, 그 무수히 많은 시간을 아무 일 없이 살아낼 수 있
는 사람이 어딨겠는가. 살아가다 보면 언젠가 한 번쯤은 갑작
스러운 교통사고가 되고 마는 게 그놈의 삶이란 것이었다.

회와 소주를 사이에 둔 예령 아주머니하고의 대화는 점점
깊어져갔다. 내내 갓길을 맴돌던 얘기는 그와 그의 가족의 근
황으로까지 파고들었다.

"결혼은 아직…… 놀이공원에서 일해요……."

"동물 인형 쓰고 하는 일 말이야?" 아주머니의 낯빛이 잠깐
어두워졌다. "그거 여름에는 못 할 짓인데. 쯧쯧, 고생스러워
서 어째……."

그가 애써 밝게 웃어 보이고는 좋아서 하는 일이라고 했다.
"그리고 재밌기도 하고요……."

"그럼 다행이고." 아주머니가 시종 고개를 끄덕였다. "남 즐
겁게 하는 직업은 다 좋은 거니까……."

"그래서 제 천직으로 삼아보려고요." 그가 목덜미를 매만졌
다.

측은해하던 아주머니의 눈빛은 좋아서 하는 일이라는 말에
조금 누그러졌다. 아주머니가 당연하다는 듯 "아버지하고 형
과 누나는 잘 있지?"라고 물었을 때 그는 또 거짓말을 해야 했

다. 정말로 그는 G를 탓할 자격이 못 되었다. 하지만 그를 버린 가족들은 진짜로 어디에서 잘 살고 있는지도 모르는데 거짓말이라고 할 수도 없었다.

"네, 잘들 살아요. 아버지도 잘 계시고요……."

아주머니가 서운하다는 듯 전화번호는 왜 바꿨느냐고 했다. 이사를 자주 다니다 보니 그렇게 됐다니까 아주머니가 이해의 몸짓을 해 보였다.

"죄송해요. 진작 연락을 드렸어야 했는데……."

"이렇게 만났으니 됐지, 뭐."

"근데 혹시 그때 생각나세요?" 그는 어머니 장례식장에서 예령 아주머니가 언제든 찾아오라며 이곳 주소와 횟집 이름을 말해주던 상황을 얘기했다.

그때를 떠올린 아주머니가 배꼽을 잡고 웃기 시작했다. "내가 그랬었나? 하긴, 그럴 수도 있었겠네. 울먹이면서 '팔딱대는 횟집'이라고 했으니 상대방이 듣기엔 좀 웃기기도 했겠어. 다른 데도 아니고 장례식장에서 말이지." 그렇게 실컷 웃고 나더니 아주머니가 손으로 자신의 눈가를 쓸어내리며 말했다. "다 지나면 이것도 웃음이 되는구나. 그치?"

"그러게요……." 그가 손수 채운 소주를 한 번에 비우고는 아주머니에게 물었다. 더는 꾸물거릴 시간이 없었다. "실은, 여쭤볼 게 있어요……."

"웅?"

"궁금한 거요. 꼭 대답해주셨으면 해요. 거짓 없이 있는 그대로요."

아주머니도 손수 소주를 따라 마셨다. 그가 물어볼 말이 무엇이라는 걸 짐작하고는 아주머니가 미리 말했다. "니 엄마에 관한 거라면 내가 해줄 수 있는 말은 없어."

"어머니 이전에 저에 관한 거예요."

"일단 뭔지나 들어보자." 아주머니가 회 한 점을 간장에 찍어 먹었다.

"어머니는 제가 이렇게 태어난 이유를…… 그러니까 돌연변이 때문이라고 했어요."

"나도 그 말은 들은 거 같다."

"그러면서 당신은 절대 검둥이와 자지 않았다고, 부정을 저지르지 않았다고 늘 말해왔어요. 죽어가면서까지 당신의 결백을 주장하느라 바빴던 어머니였어요. 저도 믿어요. 어머니의 그 말이 사실이라는 거요……."

"근데 뭘 물어보겠다는 거야? 믿는다면서." 아주머니가 자기 잔에 소주를 따라 마셨다.

"마음으로는 믿어요. 근데 머리로는 그게 잘 안 돼요. 맞아요. 믿는다기보다 믿고 싶어 한다는 거요. 그래서 저한테는 '그 사실'이라는 게 더 필요한 거고요……."

"근처에 일이 있어 온 게 아니었네. 그치?" 아주머니의 눈빛이 날카롭게 변해갔다.

반면 그의 목소리는 점점 담담해지고 있었다. "그러니까 말씀해주세요. 분명 저한테 들려줄 얘기가 있을 거라 생각해요."

아주머니가 자기 아들을 향해 빈 소주병을 흔들어 보였다. 득달같이 달려온 아들이 소주 한 병을 내려놓고 갔다.

아주머니가 빈 잔에 소주를 따르고는 말했다. "이건 말해줄 수 있어. 사실이니까. 뭐냐면……." 소주로 목을 축이고 난 아주머니가 다시 말을 이었다. "그때 우리 공장에 몇 명 있긴 했어. 한국으로 돈 벌러 온 외국인 친구들 말이야. 말레이시아, 필리핀, 베트남…… 남미 쪽도 있었던 거 같고, 케냐 사람도 하나 있었지, 아마?"

"케냐요?" 그의 눈 밑이 파르르 떨렸다. "자세히 좀 얘기해주세요. 그 케냐 사람이요."

"한국말을 아주 잘했던 걸로 기억해. 자기 말로는 케냐에서 배울 만큼 배웠다 하더라고."

"어머니하고는 어땠는데요?"

"한국말이 잘 통하니까 니 엄마뿐만 아니라 나하고도 잘 지냈지. 공장에 있는 다른 직원들하고도 마찬가지였고. 성격이 아주 싹싹했거든. 누님, 형님, 하면서 사람들을 어찌나 잘 따르던지……."

"그다음엔요? 다음엔 어떻게 됐는데요?"

"어떻게 되긴. 몇 년 일하다 체류 기한이 만료돼서 자기 나라로 갔지, 뭐."

"이름은 모르고요?"

"복잡하고 어려워서 기억도 안 나." 아주머니가 손을 내저었다.

"나이는요?"

"뭘 그렇게 꼬치꼬치 캐물어? 설마 너……."

"……."

"왜 대답 안 해? 정말로 그렇게 생각하는 거야?"

"……."

아주머니가 강하게 말했다. "내가 알기로는 아니야. 그러니까 내 말 믿어."

"……."

"아니, 니 엄마를 믿어. 세상에 니 엄마만큼 솔직한 사람이 어디 있든? 그러니까 그냥 믿고 살아. 그게 니 엄마에 대한 최소한의 예의니까."

그는 입술을 깨물었다. 차라리 모르는 게 나을 뻔했다. 그녀의 말처럼 아무리 궁금해도 알면 안 되는 것들이 있다더니 지금이 그랬다. 이미 신뢰를 잃어버린 어머니는 세상에서 가장 나쁜 거짓말쟁이일 뿐이었다. 숨을 놓으면서까지 결백을 주장하던 어머니. 그렇다면 그 어머니가 지키고 싶었던 건 누구였을까. 어머니 자신이었을까, 가족이었을까, 아니면 오직 그였을까. 아, 결국은 이거였던 걸까. 엄연히 존재하는 어머니의 알리바이였다. 어머니는 나빴다. 진짜로 나빴다. 어머니는……

화제를 돌리고 싶었는지 아주머니가 물었다. "사귀는 아가씨는 있고?"

"네? 아, 아니요……." 그가 멍해진 상태로 고개를 가로저었다.

하지만 그 뒤에 나눈 예령 아주머니와의 대화는 하나도 기억나지 않았다. 어머니가 검둥이와 잤을지 모른다는, 그래서 자기 몸속에 케냐인의 피가 흐르고 있을지도 모른다는 추측만이 그의 머릿속을 어지럽게 맴돌고 있었다. 어리석게도 그는 그녀의 '게으른 유전자론'을 진짜로 믿었더랬다. 그런데 그는 이제 '돌연변이'도 아니었고 '순수 한국 사람'도 아니었다. 그냥 어머니의 '거짓말'이자 '부정(不正)'에 지나지 않는 손가락질일 뿐이었다.

삼십칠 년을 기다려온, 그야말로 가장 명백한 하루가 고통스럽게 지나가고 있었다.

"그냥 넣어두라는데도."

그는 극구 받지 않으려는 횟값을 예령 아주머니의 손에 쥐여주고는 마지막 인사를 건넸다. "받아주세요. 그래야 제 맘이 편해요." 그는 지폐가 쥐여진 아주머니의 손을 완강하게 밀쳐냈다.

"저런 건 지 엄마를 쏙 뺐지." 아주머니가 못 이기는 척 손에 힘을 뺐다.

포장해가는 회까지 공짜로 받을 수 없어서 내민 돈이었다. 못내 횟값을 받아쥔 게 미안했는지 예령 아주머니는 몇 번이고 다시 들러줄 것을 당부했다. 그는 알았다 하고는 '팔딱대는 횟집'을 나왔다.

구름이 걷힌 밤하늘엔 달빛이 번져들었다. 당연히 찾아올 거라고 생각한 두통이 오지 않아 그는 조금 이상했다.

두통마저 그를 위로하고 있었다.

36

시간은 월요일과 화요일의 경계에 놓여 있었다.

그는 타고 온 택시를 대문 앞에 세워두고 빨간 벽돌길을 따라 안으로 들어갔다. 고양이가 우글거리는 복도를 지나 방문을 열었다. 잠에서 깬 그녀는 수첩에다 또 식탁 스케치를 하고 있었다.

포장해온 회를 들어 보인 그가 한껏 들뜬 목소리로 그녀에게 말했다. "약속대로 회하고 소주 사왔는데⋯⋯."

벌써 갔다 왔냐면서 그녀가 수첩에서 눈을 뗐다. 그가 택시로 움직이니까 금방이더라고 했다. 그녀는 같이 가주지 못한 미안한 마음을, 깨우지 그랬냐는 타박으로 대신 전했다.

그가 겸연쩍게 웃어 보이며 말했다. "곯아떨어진 사람을 어떻게 깨워요. 비도 갰는데 우리 그만 나갈까요?"

그녀가 하고 있던 스케치를 관두고 자리에서 일어났다. 그를 대신해 그녀가 트렁크를 끌며 현관으로 나갔다. 그는 친절을 베풀어준 여주인에게 숙박료 대신 포장해온 회 한 접시를 건넸다. 돈으로 드리면 안 받을 것 같아 사왔다고 했더니 여주인이 흔쾌히 받아주었다. 그냥 돌아서기가 아쉬워 그가 여주인에게 이름이 어떻게 되느냐고 물었다.

여주인이 되물었다. "이름은 왜요?"

"그냥, 기억해두고 싶어서요⋯⋯ 저한테 친절하셨으니까요."

여주인이 옅은 미소와 함께 "고요다, 아니 김희진이에요"라고 했다. 여주인이 답례로 그에게 이름을 물었다. 하지만 그는 말없이 고개를 숙여 감사 인사를 건네고는 돌아섰다. 그리고 그들은 여주인의 배웅을 뒤로하고 빨간 벽돌길을 지나 대문 앞에 서 있는 택시에 올라탔다. 그녀가 이제 어디로 갈 거냐고 물었다.

그가 아주 담담하게 말했다. "여름 밤바다요……."

"밤바다를 바라보며 먹는 회와 소주라…… 기대돼요." 피곤이 덜 풀렸는지 그녀가 긴 하품을 쏟아냈다.

밤과 여름이 만나는 바다가 그를 부르고 있었다.

37

새벽녘의 여름 밤바다는 고즈넉했다. 그들은 해변에 세워진 가로등 근처에 나란히 앉아 밤바다와 마주했다.

어둠에 묻힌 하늘과 바다는 경계를 잃고 하나가 돼 있었다. 배가 고팠는지 그녀는 부지런히 회를 집어 먹었다. 초고추장에 찍어 먹고 나면 다음번엔 꼭 고추냉이 간장에 찍어 먹었다. 어떤 소스에 찍어 먹든 둘 다 맛있기 때문에 번갈아 찍어 먹는 거라고 그녀는 말했다. 그런데 열심히 회를 집어 먹던 그녀의 손이 가방으로 향했다. 그녀가 이것 좀 보라면서 가방에서 꺼내 든 것은 디지털카메라였다. 예의 그 카메라에는 식탁 사진이 여러 장 찍혀 있었다. 그녀가 식탁을 찍는다는 건 익히 아는 터라 그녀의 행동은 좀 새삼스러웠다. 그래서 그는 그녀에게 "이게 왜요?"라고 물어야 했다.

그녀가 호들갑스레 말했다. "십이 인용 식탁이에요." 그녀가 사진들을 넘겼다. "아까 그 고양이 집에서 찍은 거예요." 화장실 찾으러 갔다가 주방을 발견했다고 했다. "혼자 사는 게 아닌가 봐요. 혼자 살면서 이렇게 큰 식탁을 쓸 리 없잖아요?"

그가 감정을 읽을 수 없는 목소리로 말했다. "다행이네요. 혼자 사는 게 아니라니까……."

"왜요, 걱정했어요?"

"걱정이라기보다 측은이죠. 쪽방에서 살든 저택에서 살든 혼자 사는 건 다 마찬가지니까……."

"득실거리는 고양이들 때문이었는지 아까 자다가 고양이 꿈을 꿨지 뭐예요." 그녀가 카메라를 다시 가방에 집어넣었다. "설명하기 그런데, 아무튼 좀 이상한 꿈이었어요." 깨어나보니 아무도 없어서 그녀는 좀 무서웠다고 했다.

"빨리 올걸, 괜히 미안해지네요……." 그 말끝에 그가 모래를 한 움큼 잡아 쥐었다.

그녀는 회 한 점을 초고추장에 찍어 먹으며 미안하라고 한 얘기는 아니라고 했다.

"알아요……." 그는 방금 움켜쥔 모래를 프라다 구두코에 천천히 쏟아부었다.

　연거푸 회를 집어 먹고 난 그녀가 이번엔 소주용 종이컵에 소주를 절반 정도 따라 마셨다. 큭, 하고 그녀의 입에서 토해져 나온 쓴맛이 누군가의 인생처럼 느껴졌다.

　이제 그만 미겔의 편지를 읽어줘야 할 것 같아 그가 바지 뒷주머니로 손을 가져갔다. 부스럭거리는 소리에 그녀의 눈이 밤바다로 향했다.

　그녀가 말했다. "이제 마지막 장이네요……." 그녀의 침울한 목소리가 바닷바람을 타고 무겁게 가라앉았다.

　"네. 이것으로 제 임무도, 소라 씨 임무도 끝나는 거고요……." 그가 편지를 펼쳤다. 해변의 가로등 불빛에 미겔의 글씨가 드러났다. "읽을게요……." 그의 손에 들린 편지가 바닷바람에 한 번씩 펄럭였다.

　참 이상하죠. 당신과 순례를 끝내고 그라나다를 여행하는 동안엔 하나도 궁금하지 않던 것들이 당신을 한국으로 떠나보내고 나서야 궁금해지기 시작하더군요. 당신의 손편지를 받고 난 다음부터는 더 그랬던 것 같습니다. 당신의 어릴 적은 어땠는지, 당신이 가장 좋아하는 한국 음식은 무엇이고, 당신이 싫어하는 타인의 습관은 무엇인지……. 당신의 첫 번째 편지가 알려주지 않은, 당신이 좋아하고 싫어하는 그 모든 것들 말입니다. 당신이 태권도와 합기도 유단자라는 사실은 당신의 직업이 목수라는 사실에 이은 또 다른 의외의 모습이었습니다. 그래서 더 궁금해지는 게 한국이란 나라에서의 당신 삶입니다.

한국에 도착한 날 당신은 무슨 생각과 무슨 일을 하며 지냈나요. 저는 당신을 보내고 허전한 마음에 연거푸 커피를 내려 마시며 인터넷 쇼핑을 했습니다. 그리고 당신이 신었던 것과 똑같은 아디다스 운동화를 찾아 구매해 신고는 매일 밤 산책 겸 운동을 나갔습니다. 이 년이 지난 지금, 조금씩 낡아가는 제 운동화를 보면 당신과 당신의 운동화가 생각납니다. 그 운동화도 지금은 많이 낡아 있겠지, 아직도 운동화 끈이 풀린 줄도 모르고 한국 어딘가를 걷고 있는 건 아니겠지, 하고 말입니다. 어쩌면 저는 그런 의도로 당신이 신었던 것과 똑같은 운동화를 사 신었는지도 모르겠습니다.

다음 주에 저는 조금 이른 여름휴가를 떠날 계획입니다. 몸이 무거워지기 전에 움직이고 싶어 하는 아내의 보챔 때문입니다. 딸아이를 봐주겠다는 장모님의 배려로 아내와 함께 떠나게 된 첫 번째 여행입니다. 방송 일로 바빠, 그리고 결혼 전에 써버린 긴 휴가로 신혼여행을 가지 못한 게 아내는 못내 섭섭했던 모양입니다. 첫 행선지는 그라나다의 알함브라 궁전과 헤네랄리페 정원으로 정했습니다. 그리고 당신과 함께했던 그곳을 돌아다닐 예정입니다. 낡아가는 제 아디다스 운동화를 신고 말입니다. 아마 저는 아내와 함께하는 그 여행 내내 당신을 떠올리게 될지도 모르겠습니다. 처음에는 카를라 몰래 당신을 생각하는 제 마음을 불순하게 생각했습니다. 하지만 이젠 그러지 않기로 했습니다. 당신이 생각나면 생각나는 대로, 그리우면 그리운 대로 그냥 놔두기로 했습니다. 애써 밀어내지 않을 겁니다.

두서없이 써내려간 이 편지도 그만 줄여야 할 때가 온 것 같습니다. 이 편지가 누구에 의해 번역되든 당신에게 잘 전달되리라 믿습니다. 다시 연락이 닿는 그날까지 다치는 일 없기를, 그리고 건강하고 행복한 나날만이 온전히 당신의 것이기를 빌어봅니다.

염치없지만 당신을 사랑했고, 지금도 사랑하고 있으며, 앞으로도 사랑할 겁니다.

추신 : 편지와 함께 작은 선물을 보냅니다. 당신의 식탁 선물에 비하면 보잘것없지만 기꺼이 받아줄 거라 믿습니다. 가죽공예를 하는 친구 녀석한테 특별히 부탁해 만든 건데, 소라 씨 마음에 들지는 모르겠습니다.

스페인에 두고 온 당신의 친구,
카를로스 미겔로부터

그가 다 읽은 편지를 그녀에게 건네며 미겔이 보낸 선물은 뭐였냐고 물었다.

"지갑이요……." 그녀가 가방에서 지갑을 꺼내어 그에게 보여줬다. 그녀를 처음 만났을 때 서한사전을 사러 가면서 꺼내 들었던 바로 그 빨간색 장지갑이었다.

그가 말했다. "소라 씨, 그거 모르죠? 당신 참 행복한 사람이라는 거요. 저는 제 어머니를 제외한 그 누구한테도 사랑한다는 말 한번 들어본 적 없거든요……." 그의 씁쓸한 웃음이 바닷바람을 타고 저 멀리 달아났다.

미겔의 편지를 만지작대던 그녀가 말했다. "지금이라도 제가 해줄까요?"

"진심이 아닐 거잖아요."

"진심인지 아닌지 어떻게 알아요."

"소라 씨는 제 어머니가 아니니까요……." 그가 굽은 등을 곧게 펴고는 덧붙여 물었다. "그건 그렇고, 답장은 쓸 건가요?"

"아니요."

"소라 씨에 대해 궁금한 게 많아 보이는데도요?"

"안 쓸래요. 부질없는걸요. 스페인에 두고 온 당신의 친구라잖아요. 자기를 친구로 봐달라는 남자는 이제 매력 없어요." 그 말끝에 갑자기 그녀가 미겔의 편지를 들고 자리에서 일어났다.

그녀의 수상한 행동에 그가 뒤따라 일어났다. "왜 그래요?"

"이러는 게 맞아요." 그녀가 편지를 들고 바다 가까이 걸어
갔다. 그러더니 어떤 망설임도 없이 그것을 찢어버리는 것이
었다. 갈가리 조각난 미겔의 편지가 파도에 휩쓸려 멀리 떠밀
려갔다. 두 번째 장 편지를 읽고 난 다음부터 마음먹은 일이었
다고 했다. "미안해요. 애써 번역해준 건데……."

"아, 아니에요……." 괜히 그의 마음도 덩달아 착잡해졌다.

그녀는 거기서 멈추지 않고 자신의 가방에서 디지털카메
라를 꺼내어 열었다. '미겔'이라고 쓰인 사진 폴더마저 무덤
덤하게 삭제해버리고는 그에게 말했다. "그쪽도 한번 해봐요.
저처럼 찢어버리고 싶은 말 있잖아요."

"없어요. 그런 거……."

"바다가 들어줄 거예요."

"없다니까요……."

"분명 있어요. 그곳에 다녀왔잖아요."

순간 그는 자신도 모르게 핑 눈물이 돌고 말았다. 젖어드는
눈가를 그녀에게 들키지 않으려고 그가 바다 쪽으로 고개를
돌렸다. 그리고 앙다문 입술을 깨물었다. 하고 싶은 말은 많았
지만 그는 끝내 아무 말도 하지 못했다. 대신 그녀를 향해 이
렇게 말했다. "우리도 이제 가봐야죠……."

그녀가 고개를 끄덕였다. 하지만 뭔가 아쉬움이 남았는지

카메라를 만지작거리던 그녀가 그를 쳐다보며 말했다. "저기, 가기 전에 우리 사진 한 장만 찍을까요……."

그가 차가운 목소리로 말했다. "아니요."

"왜요?"

"그냥요……."

그의 '아니요'란 말이 너무 단호하게 들려서 그녀는 내심 섭섭한 모양이었다.

바다를 등지고 선 그가 머물렀던 자리를 그만 정리하고는 트렁크를 끌었다. 그녀가 꾸물대다 어깨에 가방을 멨다. 모래 사장에 찍힌 발자국만이 그들의 뒤를 성실하게 따라왔다.

밤바다는 고요했고, 하늘은 별빛으로 찬란했다. 이제 거기에 남은 건 미겔의 찢긴 편지와 차마 쏟아내지 못한 그의 말들이었다.

38

그렇게 여름 밤바다에 두고 온 그녀하고의 마지막 밤이었다.

39

집으로 돌아가는 내내 그와 그녀는 아무 말도 하지 않았다. 이제 더 해줄 얘기도, 들어줄 얘기도 없다는 듯 서로가 그랬다.

말이 사라진 자리에 그들을 억누른 것은, 여름 밤바다가 허락해주지 않은 피로와 잠이었다. 밤과 새벽이 물러간 하늘 끝자락에는 또 다른 하루가 시작되려 하고 있었다.

40

사람들로 붐비는 지하철 플랫폼에서 그와 그녀가 마주 보고 섰다. 마침내 그가 에르메스 트렁크를 그녀에게 건넸다. 주저하는 얼굴빛을 한 그녀가 정말 받아도 될지 모르겠다고 했다.

그는 그녀의 손에 트렁크를 반강제적으로 쥐여주며 말했다. "충분해요. 대신 저한테 식탁 만들어주기로 했잖아요."

"드디어 이 안에 뭐가 들었는지 알게 되는 거네요?" 그녀가 트렁크를 내려다보며 미적미적 말을 이었다. "우리 또 만날 수 있는 거죠⋯⋯."

"아니요."

그녀의 귀에는 또 한 번 단호하게 들리는 그의 '아니요'였다. 그녀가 물었다. "왜 또 아니래요?"

"떠나버릴까 생각 중이거든요. 아프리카 같은 곳으로. 거기라면 제 피부색이 눈에 띌 일은 없을 거잖아요……."

"아프리카 어디요?"

"뭐, 케냐도 좋고……."

"농담이죠?"

"농담 같아요?"

"그래도 당장은 아니죠?"

"당장일 수도 있고, 아닐 수도 있고요……." 그가 웃었다.

"진짜요?"

"인연이 되면 거기가 어디든 다시 만나겠죠. 트렁크 비밀번호는 문자메시지로 보내줄게요."

"그래요……."

"당장 가르쳐달라고 보챌 줄 알았더니 의외네요. 제가 안 보내면 어쩌려고."

"믿으니까요."

"믿는다…… 듣기 좋은 말이네요. 가세요, 얼른……." 그가 손을 앞으로 내저었다.

"네, 가야죠…… 그동안 고마웠어요."

"제가 더 고마웠죠. 소라 씨라서 다행이었고, 좋았어요."

"갈게요……."

"네, 가세요……."

그녀가 먼저 등을 보이고는 씩씩하게 걸어갔다. 인파 속으로 사라지는 그녀의 등을 보고 나서야 그도 천천히 발걸음을 뗐다. 이별은 생각만큼 슬프지 않았다. 게다가 쉽고 간단했다. 그래서 좋았다.

그는 그녀와 반대 방향으로 걸어가 지하철에 올라탔다. 출근 시간대에 접어든 화요일의 지하철은 사람들로 북적거렸다. 모두 다 내일을 가진 듯한 표정들이어서 그는 일부러 바닥만 보고 서 있었다.

중간 정차 역에서 하차한 그는 대형 서점에 들러 콘트라베이스 독주 음반 하나를 샀다. 매장 직원이 추천해준 시디는 그때 강남 레스토랑에서 그녀와 들었던 것과 비슷했다. 한없이 낮아지다가 부드럽게 치고 올라오는 그 둔탁한 음은 다시 들어도 마음에 들었다. 미국 태생의 아주 유명한 연주가라는 매장 직원의 소개가 있었지만 그에게 그딴 설명은 필요 없었다. 그저 그는 집에서 자신을 기다리고 있을 호랑이 탈 인형도 이 콘트라베이스를 좋아해주면 좋겠다고 생각했다. 콘트라베이스 독주 음반의 재생 시간은 한 시간하고도 이십 분이나 되었다. 그거면 충분했다.

그는 집으로 가기 위해 다시 지하철에 올라탔다. 트렁크가 없는 손이 조금 허전했다. 손등에는 여전히 진갈색 일회용 밴드가 붙어 있었고, 먼 길을 함께해준 그의 프라다 구두에는 흙먼지가 두텁게 내려앉아 있었다.

41

집에 도착했다.

그는 쭈그려 앉아 신문 투입구에 손을 밀어 넣었다. 나갈 때 놓아두고 간 열쇠는 손이 닿는 위치에 그대로 있었다. 집어 든 열쇠로 현관문을 열고 들어간 그는 그 자리에 열쇠를 다시 내려놓았다. 얼마 후면 저 신문 투입구로 그녀의 손이 비집고 들어올 것이기에 그래야 했다.

신발을 신은 채 방으로 들어간 그는 컴퓨터부터 켰다. 부팅이 되길 기다리는 동안 시디 비닐 포장을 벗겼다. 시디롬을 열고 콘트라베이스 독주 음반을 올려놓았다. 시디롬이 부드럽게 들어가 닫히면서 콘트라베이스가 연주되기 시작했다. 볼륨을 높이자 한없이 나른해지는 감각을 느낄 수 있었다.

그는 방 한쪽 구석에 힘없이 누워 있는 호랑이 탈 인형을 내려다보며 옷을 벗었다. 몸에서 땀내가 났다. 샤워를 해야 했다. 가장 먼저 프라다 구두를 벗은 그는 에르메스 넥타이와 브룩스 브라더스 와이셔츠를 벗고, 구찌 벨트를 한 조르지오 아르마니 바지를 벗었다. 마지막으로 팬티와 양말을 벗은 다음, 손등과 발뒤꿈치에 붙은 일회용 밴드를 떼어냈다. 그녀에게 다시 한번 고마운 생각이 들었다.

그는 집 안에 울려 퍼지는 콘트라베이스를 들으며 욕실로 들어갔다. 양치질을 하고 머리를 감았다. 비누 거품을 내어 온몸을 구석구석 닦았다. 면도를 하는데 거울 속 까만 그가 보였다. 어머니가 검둥이와 잠을 잤든 안 잤든 어머니의 결과물인 '나'란 사람은 변할 수 없다는 걸 모르는 바는 아니었다. 그럼에도 그는 그곳에 가서 어머니의 진실을 알려고 들었다. 한없이 어리석기 짝이 없었다.

나쁜 건 어머니가 아니었다. 그 자신이었다.

몸에 묻은 물기를 닦아내고 욕실에서 나왔다.

그는 몸에 아무것도 두르지 않은 채 벽에 기대어 앉았다. 잠시 눈을 감고 콘트라베이스 연주 음악을 감상했다. 심장이 차분해졌다. 머릿속을 비워보려고 애를 써봤지만, 그러면 그럴수록 과거의 날카로운 기억들이 그의 머리를 찢고 들어왔다. 살짝 두통이 느껴졌다. 두통은 끝까지 그를 봐줄 생각이 없는 모양이었다. 그래도 이번만큼은 두통약을 먹지 않을 생각이었다. 결국은 그가 두통을 이길 거라는 걸 알고 있기 때문이었다.

다시 눈을 뜬 그는 벗어둔 바지의 주머니를 뒤져 핸드폰을 꺼냈다. 오늘 방문하기로 한 P업체에 전화를 걸어야 했다. 전화는 통화연결음이 채 울리기도 전에 연결되었다.

— 안녕하세요. 저는 장세오라고 하는 의뢰자인데요…….

— 네.

— 방문하시기로 한 날이 오늘인데, 오후 세 시쯤에 와주시면 될 거 같아서요…….

— 네, 참고하겠습니다.

— 그럼 이따 뵙겠습니다.

전화를 끊고 이번엔 그녀에게 문자메시지를 보냈다. 지갑을 열어 그녀의 명함을 꺼냈다. 메시지창에 그녀의 전화번호를 입력한 다음 메시지를 작성했다. 뭐라고 써야 할지 고민이 되었다. 그냥 숫자 세 개만 적어 보내자니 좀 성의가 없는 것 같아 이렇게 썼다.

같이 시소 타줘서 고마웠어요. 비밀번호는 447입니다.

이모티콘을 넣으려다가 관두고 메시지 전송 버튼을 눌렀다. 트렁크 안에 뭐가 들어 있는지 그녀가 확인하게 될 순간이었다. 마지막으로 그는 조력자가 보내온 미겔의 조각난 문장들을 핸드폰에서 모두 삭제했다. 그는 끝까지 그녀에게 스페인어를 번역할 줄 아는 사람으로 기억되고 싶었다.

그녀에게 트렁크 비밀번호도 알렸으니 빨리 서둘러야 했다. 마침 콘트라베이스 독주 음반의 재생 시간도 다 되어가고 있었다. 자리에서 일어나려는데 핸드폰이 울렸다. 발신자는 예상대로 그녀였다. 사태를 파악한 그녀가 그에게 전화를 걸어온 것이다. 그나저나 그녀가 트렁크를 열어본 곳은 어디였을까. 달리는 지하철 안이었을까, 아니면 그녀의 집으로 가는 길가 어디쯤이었을까. 거기가 어디든 그에게서 트렁크 비밀번호를 건네받은 그녀는 바로 숫자 다이얼을 돌렸을 것이다. 447 그리고 또 447. 열림 버튼을 누르는 즉시 트렁크는 배신하는 법 없이 찰칵, 열렸을 것이다.

그녀는 트렁크 안에서 봉투 두 개를 발견했다. 하나는 그의 마지막 재산인 현금 이백만 원이 들어 있는 두툼한 봉투였고, 다른 하나는 그의 자필 편지와 그의 사진이 들어 있는 얇은 봉투였다. 기대했던 것보다 너무 시시해서 실망한 건 아닐까. 그나저나 그녀는 어느 쪽 봉투를 먼저 열어봤을까. 어느 쪽이 먼저이든 간에 그녀는 그의 자필 편지를 읽어봤을 게 분명했다. 그러지 않고서야 그녀는 지금 그에게 전화를 걸어올 리 없었다. 생각해보니 그 트렁크 안에는 두 개의 봉투 말고도 진갈색 일회용 밴드와 칫솔도 들어 있었다. 그녀가 그를 위해 사다 준 것들은 결국 그녀에게 돌아가고 만 셈이었다.

지쳐가던 핸드폰 벨 소리가 멈췄다. 그녀는 지금 이쪽으로 달려오고 있을 것이다. 그가 먼저 그녀를 버렸다는 사실을 두 눈으로 확인하기 위해 말이다. 할 수만 있다면 그는 그녀뿐만 아니라 세상 모든 사람에게 자기가 먼저 그들을 버렸다는 사실을 알리고 싶었다. 아버지와 형과 누나에게. 놀이공원의 나이 어린 팀장과 지하철에서 그를 마이콜이라 불렀던 서른여덟 살의 개자식과 그의 손등을 할퀸 된장녀에게. 그리고 예령 아주머니와 케냐의 그 이름 모를 사람과 G를 비롯해, 그를 스쳐간 수많은 타인들에게. 특히 그는 나쁜 년 G를 생각하면 기분이 통쾌해졌다. G한테서 버려졌다고 생각한 그가 G를 버리게 됐으니 당연했다. 이제 그들이 해줘야 할 일은 약간의 후회 정도면 되었다. 그게 그가 바라는 전부였다.

그사이 핸드폰이 다시 울리기 시작했다. 발신자는 역시 그녀였다. 그건 그렇고, 그는 편지에 뭐라고 썼던 걸까. 잘 기억나지 않았지만 그는 누군가에게 쓴 편지를 되새겨보기로 했다. 초대장 형식을 빌린 편지는 길지도 짧지도 않았다.

〈초대장〉

지금 이 편지를 읽고 있는 당신은 남자일까요, 여자일까요. 나이는 어느 정도이며 무슨 일을 하는 사람일까요. 당신이 어떠한 사람이든 당신은 좋은 사람일 거라 생각합니다. 왜냐하면 저와 마지막을 함께해준 사람일 테니까요.

당신과 같이하게 될 하루, 혹은 그 이상의 여행은 어떤 모습일 지 궁금합니다. 적어도 고급 레스토랑에서 식사를 하고, 특급 호텔에서 잠을 자게 될 것입니다. 당신과 당신의 시간이 허락만 해준다면 번지점프를 하러 가게 될지도 모르겠습니다. 그리고 당신 이라는 우연과 그날의 우연에 의해 제가 계획하지 못했던 일들을 함께 겪게 될 것입니다. 그런데 당신은 저와 함께 번지점프를 했을까요? 당신도 뛰어내렸을까요? 물론, 당신이 뛰어내렸든 뛰어내리지 못했든 그런 건 상관없습니다. 높은 곳에서 떨어지는 것에 대한 공포는 저 혼자 체험하면 되는 일이니까요. 죽는 방법으로 바람직하지 않다는 걸 몸소 느낄 이유는 당신에게 없으니 저에게 미안해하지 않아도 될 겁니다.

지금 당신이 이 편지를 읽고 있다는 건 저한테서 트렁크와 트렁크의 비밀번호를 받았다는 것이고, 그것은 곧 당신이 저의 친구가 되어주었다는 의미일 것입니다. 두툼한 봉투에 든 것은 그에 대한 저의 작은 보답입니다. 실은 주변 정리를 하다가 알게 된 게 있었습니다. 그것은 죽는 데에도 돈이 필요하다는 겁니다. 단출하게나마 장례를 치르고, 입관과 화장을 거쳐, 어디 납골묘에 묻히는 것까지 모두 돈이었습니다. 그래서 제 죽음에 필요한 돈을 미리 지불해둬야 했습니다. 저에게 남겨진 사람이란 게 있을까 싶지만, 혹시나 남겨진 그 누군가에게 피해가 가지 않도록 말입니다. 그러니까 제 말은, 사정이 여의치 않아 이것밖에 해주지 못한 점 죄송하게 생각한다는 겁니다.

그리고 먼저 떠나는 제 모습을 당신에게 보여주고 싶은 마음에 저의 집 주소를 뒷면에 적어둡니다. 열쇠는 신문 투입구에 손을 밀어 넣으면 바닥에 만져질 겁니다. 당신이 해줄 일은 하나도 없습니다. P업체가 유품 정리부터 장례 대행까지 다 해줄 거니까요. 당신은 그저 제가 먼저 당신을 버렸다는 사실만을 확인하고 돌아가면 그뿐입니다. 여름이라 미안합니다. 그리고 고맙습니다.

혹 시간이 허락한다면 제 장례식에 와주실 수 있겠습니까?

2006년 6월의 어느 날,
장세오 드림

편지에는 명백한 죽음이 들어 있었다. 자필 편지와 함께 동봉된 사진에는 환하게 웃고 있는 그가 보였다. 다 태워버리고 유일하게 남겨둔 그 사진 뒷면에는 이런 문장이 쓰여 있었다.

가장 행복했던 저의 한때입니다. 나 같은 사람이 살다 갔다는 걸 기억해주길 바라며…….

얼마나 환하게 웃고 있는 사진인지 그 사진을 보고 있으면 그도 모르게 미소가 지어졌다. 그래서 누군가에게 꼭 한 번 보여주고 싶은 사진이었고, 그러기에 영정사진으로 쓰고 싶었던 사진이기도 했다.

그는 그만 자리에서 일어났다. 문틀에 단단히 박아놓은 못들을 올려다봤다. 그의 무게를 충분히 지탱하고도 남을 만한 세 개의 대못이었다. 저것은 트렁크를 들고 집을 나서기 전에 박아놓은 것이었다. 그는 한 개뿐인 식탁 의자를 문턱 사이에 옮겨놓고 에르메스 넥타이를 집어 들었다. 의자를 밟고 올라가 박아놓은 대못에 넥타이를 야무지게 묶었다. 고리는 잘 만들어진 것 같았다.

의자에서 잠깐 내려선 그는 실오라기 하나 걸치지 않은 자신의 몸에 호랑이 인형 옷을 껴입었다. 샤워로 체온이 내려가 있던 몸이 그새 따뜻해지는가 싶더니 더워지기까지 했다. 깨끗이 빨아둔 탈 인형에서는 아주 옅은 섬유유연제 향이 났다.

그는 마지막으로 발에 프라다 구두를 꿰어 신었다. 그러고는 호랑이 탈을 들고 의자 위로 올라섰다. 세상 사람들은 누구나 다 죽을 때까지 자신이 한 번도 살아보지 못한 나이를 살다 죽는다. 그 역시 한 번도 살아보지 못한 서른일곱의 삶을 살고 있었다. 하지만 그는 서른여덟과 서른아홉의 삶을 비롯해, 마흔 이후의 삶들이 하나도 궁금하지 않았다. 선택은 거기에서 비롯된다. 그래서 그는 넥타이 고리를 목에 건 다음 호랑이 탈을 머리에 썼다. 안전한 헬멧 같았다. 이제 발로 의자를 밀쳐내기만 하면 되는 일이었다. 그러면 그는 그가 유일하게 지배할 수 있는 대상이라 믿었던 그 대상을 진짜로 지배하게 되는 것이었다. 승자는 선택하는 쪽이지 선택받는 쪽이 아니었다. 그러니까 진 쪽은 '죽음'과 '타인'이지, 결코 '그'가 아니란 얘기였다. 아, 근데 이놈의 두통은 끝까지 말썽이었다. 더는 참을 수 없었고 두통약도 먹고 싶지 않았다.

지칠 대로 지친 그가 세상을 향해 말했다. "하나 둘 셋, 안녕……."

의자가 옆으로 넘어지는 소리가 들렸다. 드디어 끝이었다. 결코 반성이 되지 않을 그의 선택의 끝이기도 했다. 이제 그에게 두통약은 필요 없었다. 돈도 가족도 친구도 필요치 않았다. 번듯한 직업을 구하기 위해 애쓰지 않아도 되었고, 살아내야 하는 삶의 의무로부터도 자유로워졌다. 그래서 그는 생각했다. 내일을 가질 수 없는 사람에게 남은 건 무엇일까. 오직 죽음뿐인 걸까.

버둥거리는 그의 발끝에서 프라다 구두 한 짝이 힘없이 떨어져 내렸다.

42

모호하고 희미했다. 어떤 경계에 놓여 있는 것 같았다. 죽음이라는 게 이런 걸까? 아주 가벼워지는 거? 허공을 나는 기분이라고 해야 할지, 아니면 잔잔한 물속을 떠다니는 기분이라고 해야 할지 잘 모르겠다. 아무튼 가벼운 어떤 것이었다. 뭔가가 보일 듯 보이지 않았다. 그는 호랑이 인형 옷을 입고 탈을 쓴 채 허공에서 버둥대고 있는 자기를 보았던가? 에르메스 넥타이를 이용한 값비싼 죽음 옆에는 식탁 의자가 넘어져 있고, 한 시간하고도 이십 분의 재생 시간을 마친 콘트라베이스는 처음부터 다시 재생되고 있었다. 아, 그런데 저건 무슨 소리일까. 어디선가 울먹이는 소리가 들려왔다. 그 울먹이는 소리가 알아들을 수 없는 말들을 쏟아내고 있었다. 목소리는 빨라졌다가 느려지더니 뒤틀리고 뒤집혔다. 어떤 간극의 세계 같았다.

"미안해요. 제가 너무 늦었어요. 빨리 왔어야 했는데…… 미안해요. 정말 미안해……."

추웠다. 몸이 으스스 떨려오기 시작했다. 죽음이 살아가는 계절은 거기와 반대로 겨울인 걸까. 그의 눈앞에 검고 희미한 형체가 어른거렸다. 마치 성에 긴 유리창을 들여다보고 있는 느낌이었다. 답답했다. 손을 뻗어 유리창을 닦았다. 투명해진 유리창 사이로 뭔가가 보였다. 오른쪽 귀밑에서 잡아 묶은 긴 파마머리가 오른쪽 목선을 타고 오른쪽 가슴께로 내려와 있었다. 누군지 알 것 같았다. 놓여 있는 세계는 다르지만 어쨌든 그들은 다시 만났다. 그런데 그녀가 울고 있었다. 그가 먼저 떠나버린 게 슬퍼서 울고 있었다. 누군가를 통쾌하게 버리고자 한 일인데 그녀는 너무 슬퍼했다. 미안했다. 그를 위해 울어주는 그녀라서 미안했고, 끔찍한 모습을 보게 해서 미안했다. 그녀에게 무슨 말이든 해줘야 할 것 같아 그가 입을 움직였다. 괜찮다고, 당신 잘못이 아니라고 말해주려는데 아무리 노력해도 목소리가 나오지 않았다. 점점 커지는 간극 때문인지도 모르겠다.

그녀의 낡은 아디다스 운동화가 보였다. 얼마나 급하게 달려왔는지 그녀는 자신의 한쪽 운동화 끈이 풀려 있는 줄도 모르고 있었다. 그는 폰세바돈 마을의 철의 십자가 아래에서 카를로스 미겔이 묶어줬다는 그 운동화 끈으로 손을 가져갔다. 천천히 매듭을 지어보려는데 머리가 아파왔다. 정말로 두통은 끝까지 그를 봐줄 생각이 없는 것 같았다.

간극을 이겨낸 그가 다시 손을 뻗었다. 풀린 운동화 끈이 그의 손끝에 가닿았다. 고리 두 개를 만들어 매듭을 지었다. 균형 잡힌 나비매듭이 그녀의 낡은 운동화 위로 사뿐히 내려앉았다. 파란색 나비였다.

그녀의 운동화 끈을 묶어주고 난 그가 자리에서 그만 일어났다. 그의 눈으로 자신의 벗겨진 구두 한 짝이 들어왔다. 그가 그것을 집어 들었다. 구두코에 내려앉은 흙먼지를 손으로 닦아내자 구두에서는 광택이 났다. 그는 금요일의 백화점에서 이 구두를 처음 사 신었을 때처럼 다시 프라다를 신었다. 일회용 밴드를 붙이지 않았는데도 뒤꿈치가 아프지 않아서 좋았다. 드디어 그의 발에 적응된 그만의 신발이 되어준 것이다.

그렇게 멋진 구두를 신은 그는 알 수 없는 간극을 향해 발걸음을 떼기 시작했다. 절대 낡지 않을 그의 첫 번째 명품 구두가 화요일 오후의 햇살에 반짝거렸다. 그는 요일이 사라진 자리에는 무엇이 있을지 궁금해하며 걷고 또 걸었다. 그리고 생각했다. 이곳에는 밤이 없었으면 좋겠다고. 그래서 밤이 없는 나라를 더 이상 찾아다니지 않아도 되면 좋겠다고……

한낱 허구이자 상상에 지나지 않지만, 가끔 이미 써버린 소설 속 인물들이 생각날 때가 있다.

그들은 하나같이 처량하고 안쓰러웠다.

가까운 사람들이 죽음과 죽음이 아닌 방식으로 떠나버렸고, 아주 다양한 이유로 슬픔과 절망에 빠져들었다.

간혹 납득할 수 없는 사건 사고에 휘말리기도 하고, 보편적이지 않은 이상하디 이상한 상황에 노출되기도 했다. 그러다 상처를 입고 고통을 당했다. 반목하고 갈등하다 싸우기도 했으며, 어떤 인물은 화해와 변화 속으로 성장해 들어갔다. 하지만 또 어떤 인물은 더 극한으로 치닫다가 비극과 파국에 파묻히기도 했다.

이미 써버린 그 소설 속에는 나와 너가 있었던 것 같다.

어쩌면 그들과 우리가 있었고, 개연성을 벗어난 수많은 '만약'이 있었는지도 모르겠다.

분명하게는 죽음과 상실이 있었다.

그들은 불행과 행복을 나눠 가졌고, 종종 고독이란 방에 갇혀버렸다.

고통과 슬픔과 절망과 좌절에 눈물을 흘렸고, 차별과 혐오와 갈등과 분노와 상처에 또다시 눈물을 흘렸다.

온갖 결핍과 빈곤에 허덕였지만, 관계와 희망과 용기와 웃음과 사랑을 가져보기도 했다.

돌이켜보면 그건 모두 다 누군가의 삶이었던 것 같다.

보편적이지 않을 이유가 없는 요소이자 감정들이었던 것이다.

진짜일 수 있는, 그래서 우주의 끝 어디쯤에 실재할 수도 있는 이야기들 말이다.

그래서일까.

정작 나 자신에 의해 끝나버린 이야기였지만 한 번씩 이렇게 물어보곤 했다. "만약 그들과 그들의 이야기가 세상 어딘가에 실재한다면 그들의 그다음은 어떻게 됐을까?"

어쩌면 나는 운동하다가 문득,

젖은 빨래를 널다가 문득,

청소를 하고 설거지를 하다가 문득,

버스 창밖을 바라보다가 '문득문득' 생각나는 그런 이야기를 쓰고 싶었는지도 모른다.

결말지어진 소설 속 인물의 안부를 궁금해하고, 그들의 안녕을 염원하게 되는 그런 소설 말이다.

있었던 이야기가 아닌, 언젠가 있을 수도 있는 이야기.

마냥 허구일 수만은 없는, 우주의 끝 어디쯤 단 한 사람에게 생겨날 법한 이야기.

그렇기에 불현듯 기억하게 되고 연민하게 되는 이야기들.

이번에는 장세오와 조소라다.

이상하게 이번 인물은 유독 애처롭다.

'인간'의 다른 말은 '고통'임을 잘 알지만, 부디 밤이 없는 저 너머의 그가 행복해졌으면 좋겠고, 남겨진 그녀 또한 편안해졌으면 좋겠다.

그리고 오늘을 살아내다 간극 너머로 사라져간, 소설 밖 다른 모든 이들 또한 그랬으면 좋겠다.

2022년, 다른 여름이기를 바라는 어느 여름에
김희진

다른 여름

ⓒ김희진, 2022

1판 1쇄 발행 2022년 8월 30일

지은이 김희진 | 펴낸이 윤혜준 | 편집장 구본근

펴낸곳 도서출판 폭스코너 | 출판등록 제2015-000059호(2015년 3월 11일)

주소 서울시 마포구 월드컵북로 400 문화콘텐츠센터 5층 9호(우 03925)

전화 02-3291-3397 | 팩스 02-3291-3338 | 이메일 foxcorner15@naver.com

페이스북 /foxcorner15 | 인스타그램 /foxcorner15

종이 일문지업(주) | 인쇄·제본 수이북스

ISBN 979-11-87514-92-3 03810

• 이 도서는 2014년도 한국문화예술위원회 아르코문학창작기금지원사업에 선정되어 발간
되었습니다

• 이 책의 전부 또는 일부 내용을 재사용하려면 저작권자와 도서출판 폭스코너의 사전 동의
를 받아야 합니다.

• 잘못된 책은 구입하신 서점에서 바꾸어드립니다.

• 책값은 뒤표지에 표시되어 있습니다.